見えざる網

伊兼源太郎

角川文庫
19357

目次

1

「いつもはっきりした形で繋《つな》がっている必要があるんですか」

妙な気分だった。自分がテレビに映っている。一か月前に三十歳を迎えた私の顔は、かなり老けていた。鏡で見る顔とはまるで違う。気づかないうちに現実と虚構を行き来しているのかもしれない。そんなことを思うほどだった。

唐突に画面が切り替わった。今度は得意気な笑みを浮かべる若い男だった。

「いろんな情報が手に入るし、友人とはずっと繋がってないと。じゃなきゃ、友達とは呼べないっすよ。利用しない人って、単に友達がいないだけじゃないですか。だいたい流行《はや》りですから、乗らなきゃ損でしょ」

華やかな曲に合わせ、画面にテロップが出る。

あなたはSNSを利用していますか？

テレビカメラを向けられ、受けた質問だった。どうやら、私は時代遅れの反対派にさせられた。それも象徴的に切り取られている。あの後、言葉を続けていたのだ。

そもそも目に見えるものだけが結びつきですか。長い間会っていなくても、友人は友人じゃないですか。

綺麗事《きれいごと》。

そうテレビ局側に判断されたのかもしれない。手っ取り早く特集の目的に当てはめるには、典型的な発言に仕立てることが効率的なのだろう。

オレンジジュースを手にベランダに出た。まだ白みがかっているが、陽射しは今日も憎らしいほど強い。八月の午前六時半にふさわしい朝日だ。清々《すがすが》しいのに重たい。そんな夏の朝らしい風も浴びた。ジュースを飲み干して部屋に戻ると、お天気キャスターがなぜか嬉《うれ》しそうに言った。東京は朝から二十八度、今日も猛暑日になりそうですよ。私はテレビを消した。

それからいつもの朝を過ごした。

シャワーで一晩の汗を流し、髭《ひげ》を剃《そ》る。髪を乾かすと鏡に向かい、長袖《ながそで》シャツにネクタイを締めた。今日も気温が一気に上がった気がした。

ジャケットを手にとり、昨日までと同じように七時半に部屋を出た。

最寄りのJR大塚《おおつか》駅までは徒歩でも五分。しかし、その五分であっても、日陰を選んで歩いた。今日も瞬く間に汗が体から染み出し、シャツが肌に張りついた。いっそのこと、脱いでしまいたいほどだった。駅へ向かう人波は一様に顔を顰《しか》めている。私も同じ顔なのだろう。

駅ではホームの先頭に立った。今日も一本前が発車した直後だった。シャツの袖《そで》をまくる。徐々に姿を見せる他の乗客は半袖《はんそで》ばかりだ。長袖はもちろん、ジャケットを手に持つ姿もない。家からオフィス、オフィスから出先、オフィスから自宅。ジャケットはこの季節、ただ運ぶだけの存在だ。それでも手放すことは出来ない。

常にネクタイを締め、上着を着るべし。そんな社長の意向があるからだ。二百人程度の会社だけに、社員全員に年賀状を出す原則もある。時代遅れの社風とは思うが、その組織に属する以上、従うのも筋だろう。

ハンカチを額にあてると、周りがいつもと違うことに気づいた。

ホームが溢《あふ》れそうなほどに混んでいる。

それは、大塚駅では経験のない混み方だった。そのほとんどが、いつもこの時間には見ない若い男たちだ。夜通し飲んだのかもしれない。……いや。それにしても多すぎる。それに彼らには会話もない。各自が無表情に携帯電話を眺めている。なぜか携帯で写真を撮る音もあちこちから聞こえる。

その集団に細い少年がいた。かなり目立っている。小学生か中学生だろう。身長は百六十センチ程度で顔は幼く、髭の気配はまるでない。顔立ちはいいが、やけに鋭い目をしているのが気になった。少年も携帯を見つめている。

内回りも外回りも電車がくる、とアナウンスが流れた。七時四十分発のいつもの電車だ。この車両は空《す》いている。新宿に七年も通い続けているだけに、その辺は熟知している。ただでさえ蒸し暑い中、この人いきれだ。あの車内の冷えた空気が恋しい。

その巣鴨《すがも》方面からの車両が見えた時だった。

突然、ホームに靴音が折り重なった。夥《おびただ》しい靴音が全身を叩《たた》きつけてくる。私は視線を振った。

若者の集団が携帯を眺め、一斉にホームを時計回りに歩き出している。

押すな、並んでんだろうが、横入りすんじゃねえ。

そんな怒声にも似た声があがるが、若者たちは気にする素振りもなく画面を眺め、無表情に歩き続けている。それは人間の集団というより、一つの意思を持った生き物にも見えた。

不意に背後からの圧力が強まった。私はよろけ、体勢を崩した。さらに圧が追い打ちをかけてきて、つま先がホームからはみ出た。また弾《はじ》かれ、体が前のめりになる。

鈍色《にびいろ》のレールが見えた。頭の中が色あせ、腹の底が冷えた。

警笛が響いた。背中への圧はますます強まる中、レールの軋《きし》みが迫ってくる。景色は遠ざかり、物音が消えていく。

咄嗟《とっさ》だった。

後ろに向けてホームの端を弾き蹴《け》った。

直後、急に景色が蘇《よみがえ》り、再びけたたましい警笛が耳に飛び込んできた。続いて全身に強い風圧を浴びた。轟音《ごうおん》とともに目の前を車両が通り過ぎていく。

鼓動が耳元で激しく波打っていた。額や背中から汗が噴き出してくる。いつの間にか止めていた呼吸を再開する。私は何人かに受け止められていた。

いつも顔を合わせる中年の男が顔を覗《のぞ》きこんできた。青白い顔だった。彼は今日、私の背後に並んでいた。

「大丈夫ですか。私の背中にも強い力がきたんだ。君を押すことになってしまった」

その声はかすかに震えていた。

私は彼に頷きかけた。大丈夫です。そう一拍の間をあけて応じると、もう一度口の中で、大丈夫です、と繰り返して列から抜けた。

吸い寄せられるようにベンチに座った。乗るはずだった電車が走り去ると、ホームから人が消えていた。あの若者たちも電車に乗ったらしい。

一人残されたホームに風が吹いた。生温《なまぬる》いのに心地よい。ネクタイを緩めようと喉元《のどもと》に手をやると、うまく指が動かなかった。ゆっくり目の前に手をかざす。

かすかに震えていた。

私は背もたれに寄りかかった。震える指先で何とかネクタイを緩め、シャツの一番上のボタンを外した。そして、深呼吸を繰り返した。そのまま何本か電車を見送る。

三十分後、列の最後尾に並び直し、電車に乗った。

西新宿のオフィスに着いたのは、それでも定刻前だった。今光《いまみつ》さん、珍しいな。凛太《りんた》郎《ろう》が寝坊だとよ。同僚から口々に声をかけられた。曖昧《あいまい》に返事をして自席に座ると、私はそっと心臓に手を当てた。手は震えていない。動悸《どうき》も激しいわけではない。

もう本当に大丈夫だ。呟《つぶや》き、パソコンに向かった。

まずメールに目を通した。一晩で百通近く届くが、本当に必要なものは五通もない。新製品案内への反応や問い合わせに返信していくうちに頭が仕事仕様に切り替わり、午前十時に会議を一つこなした頃には、恐怖は消えていた。

気づくと昼休みだった。

オフィスの入る高層ビルを出ると、途端に陽射しが目に食い込んできた。路面も熱気で揺れている。ほんの数秒で引いていた汗が額や背中に蘇ってきた。早く冷房の効いた店に飛び込みたいところだが、ビルを出てすぐの大通りで赤信号につかまった。背後ではOLたちのため息に混ざり、携帯電話のシャッター音がした。

行き交う車をぼんやり眺めつつ、私は試作品が仕上がったばかりの新製品について考えていた。開発費がかかっただけに、何としても結果がほしい。頭の中はそのことで一杯だった。

やがて隣が一歩、前に出た。つられ、私も一歩踏み出した。

たちまち激しいクラクションが空気を切り裂いた。私は反射的に後ずさった。バスとタクシーが立て続けに目の前を抜けていく。慌てて横断歩道の信号を確認する。赤信号だった。

すうっと一筋の汗が背中を流れた。手の平には粘り気の強い汗が滲《にじ》んでくる。隣の若い男は携帯電話を眺めて涼しい顔をしている。私は深呼吸して、乱れかけた鼓動を抑えつけた。よくあることだ。そう自分を納得させた。

ほどなく信号が青に変わった。歩き出そうとすると、視界の端で少年か少女の影が見えた気がした。だが、目を向けても誰もいなかった。

肩で息を吐き、信号を渡った。

小さな飲食店が並ぶ路地に進んだ。西新宿の高層ビル群から少し歩くと、この墓場もある一角に出る。途端に人間の営みが漂う一帯だ。外出していない時は、この辺りで昼食を食べることにしている。どこからか携帯電話のシャッター音が場違いに響いた。

さらに細い路地に入る。三人が並ぶ程度で一杯になる道幅だ。この先に気に入った古い定食屋がある。両側には高い壁が続き、私より三十センチは高い。あるいは、五十センチ近くあるかもしれない。

陽射しはほぼ真上から注ぎ、影はないが、今日も壁のせいで路地が薄暗い。最初は歩きづらくさえ思えたものだが、この圧迫感にも慣れた。風雨に晒《さら》され、ひびが入った壁も見慣れた日常の一部だ。この壁を見ると、ほっとする自分がいる。

背後からエンジン音がした。

振り返ると、軽トラックだった。道幅ぎりぎりだ。私は壁に張りつく格好になった。

軽トラックが背中すれすれを通り過ぎていく。荷台に冷蔵庫や洗濯機など大型家電を積んでいた。通り過ぎてもなお、足元に震動が伝わってくる。

不意に頭上で影が揺れた。

何かが鼻先をかすめ、乾いた音がした。

足元で鉢が割れていた。干涸《ひから》びた土と萎《しお》れた花が路上に投げ出されている。いくつかの鉢が割れる音が続いた。私はしばらく割れた鉢を見つめていた。

頬を汗が伝う。暑さによるものか、冷や汗なのか自分でもわからない。なおも止まらない汗を拭《ぬぐ》うこともなく、視線を上げた。

両側の壁の上には鉢が点々と並んでいる。何度もこの路地を通った。しかし、壁の上に鉢があった記憶は無い。気にしていなかったから、これまで目に入らなかっただけだろうか。記憶を手繰るが、意識は何の答えも寄越さなかった。

大塚駅での出来事が脳裏をよぎった。

今日は何なんだ……。

遠くでクラクションが鳴った。昼を謳歌《おうか》する会社員の笑い声も聞こえる。不意に路地の曲がり角に消える人影が見えた。それは、また少年か少女の影だった。

食欲が失《う》せていた。路地の真ん中を歩き、私はオフィスに戻ることにした。

午後、社内の空気は弾んでいた。毎年のことだ。明日から夏休みが始まる。午後四時を過ぎると、夏休みの予定を話し合う姿がオフィスのあちこちで見られた。

外部からの電話も話題は夏休みで持ちきりだった。私への電話もそうだった。クリッピングと呼ばれる、テレビ映像のほか、雑誌や新聞記事をキーワードで拾い集めてくれる会社からだった。マーケティングの観点から、私はよく利用している。

お盆はどこも混みますからね。だから九月に夏休みをとりますよ。社員がいないから、この土日も出勤ですけどね。先方はそう笑っていた。

同僚のほとんどは五時ちょうどに退社した。私はいつも通り、午後八時まで残業をこなし、ひと気のないオフィスを出た。

日は落ちても、蒸し暑かった。それでも僅《わず》かばかりの解放感がある。ジャケットをロッカーに入れたままにしたからだ。これで夏休み明けの出社では手に持たずに来られる。明日から社長は二週間の休みに入る。監視の目が届かないその間は、通勤帰宅時にジャケットを持ち運ぶ必要はない。

新宿駅は人で溢《あふ》れていた。私は中央線のホームに向かった。ちょうど電車が発車した直後で、ホームには誰もいない。

空虚なベンチに座った。今朝のことがある。先頭に立つ気はしない。

ほどよく人が並んだ頃、その最後尾に並び、何事もなく電車に乗れた。

吉祥寺《きちじょうじ》も新宿同様に喧騒《けんそう》で満ちていた。アーケード街の人波を抜け、デパート裏の路地に入る。足元はレンガ調に舗装され、人通りが疎《まば》らな小路《こみち》だ。

看板が見えた。ダニーボーイ。アルバイトをしていた頃と何も変わっていない。

店へ続く地下への階段は湿り、一歩ごとに軋んだ。重たい木製ドアを引き開けた途端、甘い空気が流れ出てきた。薄暗い店内にはコルトレーンが流れている。マイ・フェイバリット・シングスだな、と思った。

入ってすぐにある狭い厨房へ続くスイングドアから、私は奥を覗《のぞ》き込んだ。

店長が業務用冷蔵庫に寄りかかり、細長いタバコを吸っていた。厨房奥のドアが薄く開いている。倉庫の出入り口だ。アルバイトがストックのポップコーンでも探しているのだろう。

店長と目が合った。

「凜坊、久しぶりね」

柔らかな声だった。

店長は今光という苗字《みょうじ》でも、凜太郎という名前でも私を呼ばなかった。凜坊。初対面からそう呼んできた。

一年ぶりだった。毎年、私はこの時期に訪れている。店長の長酒に付き合うためで、アルバイト時代からの習慣だ。店長はあの頃と変わらない。栗色の髪はウェーブがかかって艶《つや》やかで、薄い化粧も相変わらずだ。その素っ気ない化粧が深い顔立ちを生かしている。肘《ひじ》まで捲《まく》った白いシャツに、黒パンツを合わせた装いもそのままだ。豊かな胸や張りのある尻《しり》は今も維持され、恐ろしく老けない人だと今年も思った。

「凜坊か。もう俺も三十ですよ」

「凜坊が歳をとる。その分、ワタシも歳をとる。だから、坊やは坊やのまま。子供でもわかる簡単な理屈じゃない？」

テーブル席が五席の狭い店に、客は中年の男が一人だった。私は厨房が見える一番大きなテーブル席に座った。ビールを下さい。声をかけると厨房からアルバイトの若い女が顔を覗かせ、外国の瓶ビールと冷えたグラスを運んできた。彼女は気持ちの良い笑みを浮かべている。私も微笑みかけ、ビールをグラスに注いだ。

ささささて、と店長が目の前に座ってきた。店長はシングルモルトとアイスボックス、それにグラスをテーブルに置いた。

「まだ九時ですよ。ちょっと早すぎませんか」

かつても店長は営業中によく飲んでいたが、それは午前零時過ぎからだった。

「今夜はいいの。祝杯だから。それにワタシの勘では、お客さんはあと一人しか来ないし。ダニーに来る人は家族持ちが多いからね。今頃、夏休みに向けて忙しいはずよ。それで今日はバイトちゃんも一人ってわけ。ずっとこの時期はバイトちゃん一人で十分だと思ってきたけど、いよいよ実行したの。英断でしょ」

確かに今日は若い女が一人いるだけだった。ダニーでは接客は女子アルバイトが行い、厨房は男子アルバイトが切り盛りする。料理は男の方がうまい。接客は女の方が喜ばれる。そんな店長の方針からだ。

「何の祝杯ですか」

「そのうちわかる」店長は片目を瞑《つむ》ると、流れるようにウイスキーを注いだ。そしてマドラーで十三回転半回し、グラスを掲げてきた。「乾杯」

私もグラスを掲げた。

「しかし早いもんね。凜坊がいっぱしの社会人みたいに見えるもん」

「みたいじゃなくて、もうとっくに社会人ですよ」

「世も末ね」

　店長が笑った。

「でも、子供の頃に描いた三十歳と今の自分は違いますね。五十になっても、想像していた五十歳とは違うんでしょうね」

「人間なんて、死ぬまでそんな変わらないんじゃない？　老人が全員、人格者ってわけでもないし。吉田兼好《よしだけんこう》だって現代人と同じような愚痴を言っているじゃない。あの人、何時代の人だっけ」

　店長のグラスの氷が崩れ、甲高い音が鳴った。また季節が巡った。毎年この音をこの店で聞くと、そう実感する。生きている限り、歳はとる。そして自分が何も変わっていないことを感じる。実際には色々と変わっているのだろうが、このまま十代だった自分と中身が入れ替わっても違和感はないと自分では思える。経験が増えただけで、成長はしていないのだろう。

「最近、料理はしているの」

「あんまり。というかほとんど」

「じゃあ、久しぶりにカレーを仕込んでくれる？」

「じゃあ？」毎年店に来ているが、初めての申し出だった。「もう忘れましたよ」

店長は声をあげて笑った。中年の客が珍しそうに店長を見ている。

「体で覚えたものは簡単には忘れないし、凜坊のカレーは絶品。ワタシが保証する」

「その代わり、飲み代は無料。どうですか」

「お安い御用ね。それにしても、社会人ぶって駆け引きなんかしちゃって」

「世知辛い世の中ですからね」

エプロンを借り、私は厨房に立った。まずにんにく、人参《にんじん》、玉葱《たまねぎ》をみじん切りにし、奥から寸胴鍋を引っ張り出した。鍋を火にかけ、たっぷりバターを落とす。香ばしい匂いが漂った頃、にんにくと玉葱をぶち込んだ。飴色《あめいろ》になるまで炒《いた》め、人参を入れる。僅かに芯《しん》が残った段階で牛肉を一枚ずつ落として軽く焼き、赤ワインを具材が浸るまで注ぐと、マンゴーチャツネを加えた。灰汁《あく》をすくい、しばらく煮たたせ、さらに赤ワインを追加し、カレー粉を溶かす。食欲をそそる匂いが一気に立ち昇った。

冷蔵庫から瓶ビールを一本抜いた。

「早速貰《もら》いますよ」

「お好きなように」

言われた通りだった。確かに体は覚えている。手順を思い描くまでもなく、体が勝手に動いた。何も考えない心地良さがある。忘れていた感覚だった。

瓶のまま一口飲み、寸胴鍋を覗いた。泡が小さくなっている。火を止め、ソースとケチャップを加えて混ぜた。カレーの醍醐味《だいごみ》は色々な材料を混ぜることだ。あとは冷ましてからの作業になる。

　店のドアが開いた。いらっしゃい、ワタシの勝ちよ。店長が声をかけている。賭《か》けの相手らしい。祝杯とは、そのことだろう。そう思いながら、客に顔を向けた。思わず声が出た。

「何やってんだ、千春《ちはる》」

「元気？　凜」

　千春が笑みを投げてきた。大きな目に通った鼻筋、そして形のいい唇。その整った顔にのる薄化粧は相変わらずだ。弾《はじ》ける若さは消えているが、その分、すっかり落ち着いている。気の強そうだった目も、いくらか温和になっている。

　最後に会ったのは、お互いが大学を卒業する間際だった。このダニーに来た。その後、レンタカーを借りて河口湖まで出かけた。レンタカーを借りる際はガムを嚙み、香水をふりかけ、酒のにおいを消した。これが最後のバカ。そう千春と言いあった。湖面に注ぐ柔らかな朝日が、目に痛かったのを覚えている。

　当たり前のことが沁《し》みてきた。お互い年齢を重ねている。もう三十歳だ。それでも久しぶりという気がしない。

「で、凜こそ何やってんの」

「バイト」

　二人とも早く座りなさい、と店長が割って入ってきた。

私はエプロン姿のまま、厨房から出た。いらっしゃいませ、末松《すえまつ》さん。アルバイトが千春に言った。千春がこの店に頻繁に顔を見せていたのは明らかだった。妙な取り合わせになったと思いながら、私は二人と向かい合う格好で座った。

「俺が賭けの対象だったんですね」

「まあね。凛坊が今週この店に顔を見せるかどうか。それをちーちゃんと賭けていたの。で、ワタシの勝ちってわけ」

千春のビールが運ばれてきた。店長がグラスに注ぐ。とりあえず乾杯。店長の音頭で私たちはグラスを合わせた。

一口飲むと、千春が尋ねた。「でも、どうして凛が来るってわかったんですか。しかも、絶対に来るって断言していたし」

「種明かしは簡単。お盆前の金曜日、凛坊は毎年ダニーに来るのよ」

ええ。千春が悲鳴に近い声をあげた。店長は声をあげて笑っている。私は二人のやりとりを見ながら、ビールを口にした。

「そんなこと、一言も言わなかったじゃないですか」

「そりゃ賭けだからね」

「詐欺罪って知ってますか？　私のカイシャでは、捜査対象に入りますからね」

「へえ、警察って自分たちの組織のことを会社って言うんだ」

「ええ。外部の人にあいつは警察だ、なんて警戒されたくないですから」

千春は警視庁に勤務している。詳しい部署は聞いたことはない。丸七年だ。もう何人もの犯罪者を逮捕してきたのだろう。

千春が視線を向けてきた。

「で、どうしてお盆前の金曜日にお店にくるの」

私は即答できなかった。BGMも切れ、妙な空白が落ちてきた。

「ワタシの息子が十年前のこの季節に亡くなってね。まだ五歳だった。旦那《だんな》とは別れていたし。それで凜坊が一緒に冥福《めいふく》を祈ってくれていたってわけ」

ワタシのためね、と店長がその間を埋めた。

千春は口を開けたものの、何も言わずにグラスを口にあてた。

「俺は年に一回、この店で酒を飲みたいだけですよ。お盆前は空《す》いているし、明日からのことも気にしなくていい。気兼ねなく飲むにはちょうどいいんです」

私はそう話を引き取って、ビールを飲み干した。

バド・パウエルが流れた。軽快なピアノが店長と千春の間に漂ったぎこちない空気を消していく。

私は女の子にロックグラスを運んでもらうと、ウィスキーロックを作り、一口含んだ。甘さと香ばしさが広がった。そして喉が焼ける。一口目の醍醐味だ。

さてと、と店長が立ち上がった。

「とりあえず、仕事に戻ろうかな。ボトルは置いていってあげる。ワタシのおごり」

店長は厨房《ちゅうぼう》に戻っていった。千春がグラスを振る。

「まったく、やっと凜に会えたよ」

「やっと？　探していたのか？　電話してくれれば良かったじゃないか」

「就職してすぐに電話番号変えたの、どこのだれ」

「教えただろ」

「水に落としたら、メモリーが全部消えてさ」千春が舌を出した。「店長さんも昔の番号しか知らなくてね。実家にも教えてないそうじゃない。携帯って便利なようで不便だよね。紙なら滲《にじ》んでも見られる場合もあるけど。携帯だと、はいそれまでだもん」

「解決方法は簡単だよ。落とさなきゃいいだけさ。で、何の用なんだ」

千春が身を乗り出してきた。

「頼みたいことがあってさ。一緒に墓参りに行ってくれないかな。今年、七回忌だからさ。凜と一緒に行ったら、お母さんも喜ぶと思うんだ」

「いいよ。親戚《しんせき》より、おばさんの方が親しみはあるくらいだから」

私には断る理由もなかった。夏休みも特に予定はない。

「予想通りの返答ね。どうせ暇だろうと思ってたけど」

「ほっとけ」

千春は満面の笑みを浮かべた。「ほんと、この店を張っておいて良かった。凜は単細胞だから、行動範囲は変わってないと読んだ通りだった」

「はいはい、どうせ単細胞だよ。で、最近は忙しいのか」

「なんか社会人みたいな質問じゃない」

「社会人だからな」

この発言は今日二度目だな、と思った。

千春は軽く肩をすくめた。

「本当はわたしの仕事は忙しくない方がいいんだけどね。やっぱり忙しい。犯罪者ってよほど暇なのね。他にやることがないんじゃないかな。しかもほとんどが単純な犯罪。犯行がバレないように考え抜かれた犯罪なんて、滅多にお目にかからないし」

「目につかないだけだったりしてな」

千春が一瞬、息を詰まらせたように見えた。

そうね、と重い声がきた。

「警察って、見えるものだけしか追えないから。目につかない犯罪も実は多いかもね。事故に見えるけど、本当は殺人だったとか。防げる犠牲だったとか」

今度は私が言葉を詰まらせる番だった。

どうかしたの、と千春が顔を覗《のぞ》きこんでくる。

「ちょっとな」

「話してみたら？　世の中、話せば楽になることも多いよ」

確かに口に出すことで楽になるかもしれない。常に犯罪と向き合う千春に偶然だと断定されれば、それだけで心強いものがある。私は今朝からの出来事を話した。

千春は軽く眉根《まゆね》を寄せた。

「これまで他にも何か不審なことはあったの」

「いや、特に」

「何か心当たりは？　誰かに恨まれるとか」

「冗談だろ。これでも真っ当に生きてきたつもりだ」

ふうん。千春は眉根に指をあてた。この仕事していると、眉間《みけん》の皺《しわ》が消えなくなっちゃうのよね、ほんといや。そう言って、眉間の皺を指で伸ばした。

「でも、だったらなおさらじゃない。わたしと一緒にいたほうがいい。現役警官がボディガードになってあげる」

「ボディガードね。急に偉くなった気分だな」

「良かったね、普通は一生体験できないことだよ」

「しかし、何で俺なんだ？　もういい歳なんだ。彼氏でも紹介がてら連れていけよ」

「それ、セクハラだから」

「ギムレット一杯で買収させてくれ」

「ま、許してあげる。話を戻すとさ、だいたい誰もお墓参りに行きたいとは思わないでしょ。わたしたちとは違うの。みんなお墓なんて縁遠い存在なんだから」

そんなもんか。そんなもんよ。

それから店長を交えて飲んだ。カレーの仕込みもしつつ、夜通し笑い、歌った。

店を出ると、朝焼けが空を覆っていた。

2

午後一時過ぎの津田沼《つだぬま》駅前には、余りひと気はなかった。東京に比べ、土の香りが風に混ざっている。

千春とは津田沼駅集合にしていた。改札前で待っていると、次の電車で千春が来た。

「久しぶり。何時間ぶりかしら」

駅前ロータリーでバスに乗った。客は私たち以外、老人ばかりだった。

屋根がオレンジ色の戸建。葉が風に揺れる街路樹。各戸で洗濯物が干してある古いマンション。野菜で満ちた畑。バスが体に染みた街並みを進んでいく。

「凜は津田沼、いつぶりなの」

「去年の九月以来かな。そんなに久しぶりじゃない」

「九月か。おばさんの命日ね。でも、携帯番号を教えていないくらいだから、実家には立ち寄ってないんでしょ」

「ああ。別に立ち寄る必要もないし」

「なんだかなあ。ねえ、そういえば携帯のメアド教えてよ」

「知らないんだ」

「は？　教えたくないわけ」

「そうじゃない。面倒だから変えてないんだよ。最初から設定されているだろ？　PM8KAQなんとかみたいな、出鱈目《でたらめ》のアルファベットと数字が並んだやつ」

「SNSはやってないの？」

「やってない。スマホじゃないし、やりたいと思ったこともない」

　千春が目を広げた。

「凜、友達少ないってばれるよ。とりあえず送って。わたしのメアド、変わってないから」

　私は数年ぶりに携帯のメールアドレスを他人に教えた。

　それから十分ほどバスに揺られた。次は竜台寺《りゅうだいじ》、竜台寺。車内にアナウンスが流れた。門前近くの花屋で菊の花束を二束買った。あら、こんにちは。花屋のおばさんが素《す》っ頓狂《とんきょう》に言う。私は軽く頭を下げた。

　三門を潜り、境内に入る。境内には他にも墓参りにきた老人や中年の男女がいた。正面には、古い本堂の瓦《かわら》屋根が陽射しを受け、白く輝いている。江戸中期の建築物だ。柱や壁に使われた木材は濃い茶色に変色しているが、朽ちる気配はない。本堂に近づくにつれ、香のにおいが濃く漂ってきた。大晦日《おおみそか》に活躍する鐘楼の脇を抜ける。本堂の横には住居を兼ねた寺務所があり、その脇から墓場に出られる。

まずは挨拶《あいさつ》しないとね、と千春が寺務所に歩み寄っていく。

私はその場で立ち止まった。ちょうど寺務所から袈裟《けさ》姿が出てきた。記憶に比べ、その顔は老けている。無理もない。今年、還暦だ。もう初老に足をかけている。千春が何か言うと、その視線が飛んできた。

目が合う。ほんの一瞬だった。すぐに千春に向き直っていた。

千春が振り返り、手招きしてくる。私はひとつ深呼吸し、歩き出した。千春と談笑している。どうやら毎年、交流を深めているらしい。

「ちいちゃん、お母さんのお墓参りが終わったら、寺務所に寄りなさい。冷たいお茶でも出そう」目が向いてきた。「ついでにおまえも来ればいい」

「ちょっと、蛙の子は蛙ですよ。凜、良いことしているみたいだから」

「へえ、この馬鹿息子がね」

千春が肩を大きく上下させた。

「何でこう仲が悪いかな」

行くぞ、千春。私はそう声をかけた。

墓場にも陽が照りつけていた。それでも空気は周辺より冷えて感じた。墓地の間を進んでいく。桶《おけ》が揺れ、時折、汲《く》んだ水が跳ねた。千春の母親の墓前に立った。

やりますか、と千春が軽く頬を叩《たた》いて気合を入れた。

古い花束を片付け、雑草を二人がかりで抜いた。たわしで墓石を洗い、埃《ほこり》を落とす。

汗が額から落ち、地面に吸い込まれていく。一時間ほどで見違えるほど綺麗《きれい》になった。新しい花を供え、線香を立てた。そして手を合わせる。目を開けると、千春はまだ祈っていた。風が吹いた。汗にぶつかって心地良い。衣擦《きぬず》れの音がした。

「次は凜のおばさんのお墓ね」

千春が立ち上がった。

一区画過ぎ、私は母の墓前に立った。雑草は抜かれ、墓石も綺麗だった。花も新しい。いつも通りの光景だ。毎年九月に来る時も、常に同じ状態が保たれている。

「綺麗ね。さすが」

「坊さんは暇なんだろう。まあ、それでも洗うことに意義がある」

二十分ほど墓石を丁寧に洗った後、花を供えて線香を立て、祈った。

それから本堂に戻り、薬師如来像を拝んだ。幼い頃にあの頭を叩き、ひどく母親に叱られたことも懐かしい。

どこからか香と混ざった土のにおいがした。やけに落ち着いた。心の漣《さざなみ》が凪《な》いでいく気がする。いつも思うが、不思議なものだ。ここにいた頃、こんな感情を抱くことはなかった。気づいたのは家を出てからだ。

寺務所に入ると、エアコンがきいていた。

あら、ちーちゃん、とお手伝いのお富《とみ》おばさんが言った。私が幼い頃から寺務所にいる、もう初老に手が届く頃合いだ。

「まあ、凛も。珍しいね。明日は台風がくるかも」

ほんとだ、凛もいらあ。奥から嗄《しわが》れた声がした。境内の植木剪定《せんてい》を長年お願いしている大将だ。子供の頃から、その頭はごま塩だった。もうれっきとした老人だ。大将もお富おばさん同様、いつも寺務所にいた。ここから別の現場に出向くこともしょっちゅうだった。

ご無沙汰しています、と私は二人に会釈した。おじさん、おばさん、こんにちは。千春も笑顔を投げている。

奥から顔が突き出てきた。

「こっちにおいで、ちいちゃん。ついでに馬鹿息子も」

寺務所の奥は畳敷きの居間となっている。蓋《ふた》がのった湯のみが出てきた。よく冷えた麦茶だった。

「ああ、生き返る、干からびるかと思った」

一口飲み、千春が声を弾ませた、

私たちは笑い合った。その笑いが引くと、千春は湯のみをテーブルに置き、真顔になった。

「志木統《しきすべ》住職。ありがとうございました」

この寺の住職は歴代、志木統と名乗っている。私も父をその名で呼ぶように言われた。そのため、私の中でも幼い頃から父は志木統だった。お父さんでも、パパでもない。もっとも、千春までそう呼んでいるとは思わなかった。

「まだ言うのかい、ちいちゃん」

「何度お礼を申し上げても足りません。母が亡くなった際、ウチにはお墓を用意するお金がありませんでした。それを志木統住職は無償でご用意下さったんです」

「墓についちゃ、色々と知り合いもいるからね。俺は声をかけただけだよ。土地はどうせうちのもんだからな」

石屋を脅したんだろうがよ、と遠くから大将の笑い声がする。

「呪いをかけただけだ」志木統が言い返した。「用意した方がいいって」

「呪いですか。昔、ウチを助けてくれた時も同じことをおっしゃっていましたね」

千春が言うと、志木統は坊主頭をぽんぽんと叩いた。

「そうだった、そうだった。そんなこともあったね。懐かしいな。あの時ばかりは、馬鹿息子も人様の役に立った」

中学三年の四月だった。東京から千春が転校してきた。教室に入ってきた時、一瞬誰もが息を止めた光景は忘れられない。次の瞬間、男子生徒が色めき立ったのだ。休み時間には人だかりができた。誰もが千春と話したがっていた。女子も妬《ねた》むことなく、千春に群がった。私はその光景を遠巻きに眺めていた。

二週間がたった頃だ。学校に千春の噂が流れた。

末松って娼婦《しょうふ》の娘らしいぞ。あいつも商売に手を染めているって話。誰がオヤジかわからないんだってさ、だから片親なのね。あいつ自身も病気もちらしいぜ。やだ、怖い。話すとうつるかもしれないな。隣の席のやつ、可哀想に。ほんと可哀想ね。

そんな千春への悪口は、すぐに校内に広まった。

「凜、どう思う？」

野崎《のざき》だった。生徒会長も務める学年一の秀才だ。サッカー部では一年生からレギュラーで、県選抜のメンバーでもあった。背番号は十にこだわり、一年生の時、上級生に勝負を挑み、十番は自分だと認めさせた逸話もある。その時、右太腿《ふともも》につけられたスパイクの傷痕は生々しいものがあった。顔立ちも精悍《せいかん》で、学年を問わず女子生徒から人気もあった。教室や廊下の雑巾《ぞうきん》がけをしていても、野崎の周囲からは汚れが進んで避けているように私には見えた。

勝利こそ、人生の全てだよ。それが野崎の口癖であり、似合ってもいた。

一年の頃から野崎はなぜか私によく声をかけてきた。タイプはまるで違う。私は勉強ができたわけではない。部活も剣道部という、まったく目立たない部の一員だ。

「バカな連中だな」

私は吐き捨てた。

「本当だよ。力ずくで鎮めるかい」

「やめとけよ。ほっときゃ、そのうちバカでも気づくだろ」

「へえ、坊主は喧嘩《けんか》しないのか。その丸太みたいな腕は見せかけなのかい」

「俺は平和主義者なんだよ」

「人を叩く剣道部が？」野崎が声をあげて笑った。「それにしても、末松って綺麗な顔をしているよね」

野崎は千春を眺めていた。私も視線を向けた。昼休みだというのに席で一人、文庫本を読んでいる。二週間前と違い、周囲には誰もいない。

「野崎と末松が歩けば、お似合いだよ」

私たちは何となく千春に視線を向け続けていた。

やがて野崎が言った。

「他人を操ることは簡単だよ。声を大きく主張すればいいだけさ。たいていの人間はそれで流される。流されないのなら、雰囲気を作って包んでしまえばいいんだ」

「末松の噂を消してやるのか」

野崎は何も言わなかった。

授業後の掃除でも千春は孤立していた。本格的な無視が始まっていた。

千春の噂を耳にして一週間が経った頃だ。春らしく穏やかな陽射しが注ぎ、涼しい風が吹く、その日最後の授業だった。まだ若い男の担任が受け持ちの英語の授業を潰《つぶ》した。

「最近、変な噂を聞く。そりゃ、人間には好き嫌いはある。だが、末松はこの街に来たばかりだ。妙な噂は無視して、このクラスだけでも仲良くしてほしい」

空気が白けた。誰も何も言わなかった。担任は明らかに空回りしていた。

「おまえら、二年前の柴崎《しばさき》の件、忘れたわけじゃないよな」

クラスが固まった。

無視、上履き隠し、背中に死ねという紙、机上に置かれた一輪挿しの花瓶。柴崎はそんないじめを受け、登校拒否になり、自殺した女子生徒だった。

おい、末松。担任がひときわ大きな声を発した。

「おまえからも何か言え」

千春は口を開かず、うつむいていた。

「お前がそんなんだから、皆が変な噂を信じることになるんだよ」

担任は千春に大股《おおまた》で近寄ると両脇に手を入れ、無理矢理に立たせた。そして、後頭部に手を置き、強引に押そうとした。千春は頭を下げなかった。

「なんでアタマ下げねえんだよ。すいません、仲良くして下さいって言えッ」

「私は何も悪いことはしていません。頭を下げる必要はありません」

「なんだとッ。俺はな、わざわざお前が仲間に入れてもらえるきっかけを作ってやってんだ。てめえのことは教師の間でも問題になってんだよ」

担任が机に拳《こぶし》を落とした。

担任は癇癪《かんしゃく》持ちで、すぐ手を出すことで知られていた。この日も立て続けに机を殴った。千春は唇を噛《か》み締めたままで、その意思を曲げる気配はない。

怒号は続いた。誰もが押し黙り、担任の荒い声だけが空間を支配した。教室の空気は沈み、刺々《とげとげ》しさが増した。重い空気が圧《お》し掛かってくる。私は額の周囲が熱を帯びるのを感じた。

　先生、と声を発していた。

「俺は末松のこと、好きでも嫌いでもないですよ。全員が変な噂を信じているわけじゃないですから」

　担任の血走った目がきた。

「ああ？　そんなことはもう問題じゃねえ。まずこいつの性根を叩《たた》き直さなきゃ、何も解決しねえんだよ」

　鋭い平手が飛んだ。千春が床に吹っ飛んだ。それでも千春は強い視線で担任を睨《にら》んでいる。

「何だ、その目は。おいこら、立て」

　担任は椅子を蹴飛《けと》ばした。勢いよく千春の椅子が転がる。

　私は席を立っていた。おい、凜。野崎の声を背中で聞いた。足早に歩み寄ると、担任と目が合った。

　鼻と唇の間に拳を叩き込んだ。鈍い音がし、白いものが担任の口から零《こぼ》れた。さらに顎《あご》に軽く掌《てのひら》を突き出した。担任の体が揺れ、床に崩れ落ちる。

　教室の空気が冷えるのを、私は感じた。

　と、教室の後部ドアが開いた。おい、なにしてんだッ。他の教師だった。

有無を言わさず、私は職員室に連行された。しばらくして、担任は歯医者に直行したと言われた。いい気味だと思った。

手を出した理由は話した。学級委員の野崎も加わり、弁護してくれた。野崎が言うなら本当だろう。でもな、担任を殴った事実は消えないぞ。学年主任は睨んでくると、勝ち誇ったように続けた。ご両親には連絡したからな、と。

野崎はしばらく食い下がったが、職員室からはじき出された。

放課後、両親が来た。二人は黙って、学年主任の話を聞いていた。余りにも短絡的で粗暴です。お宅ではどんな教育をされているのですか。理由がどうであれ、手をあげた事実が問題なんです。非難と説明が一段落ついた時だった。志木統が私を見た。

「で、手加減したのか」

「するわけないだろ」

志木統は声を出して笑った。

「そうか、大将仕込みの少林寺が炸裂《さくれつ》したか」

「笑いごとではありません」

学年主任が身を乗り出すと、志木統から笑みが消えた。

「ウチのバカは功徳を積んだだけです。いくぞ」

腕をつかまれ、私は立たされた。学年主任の声が背中にかかったが、そのまま腕を引かれ、連れていかれた。

「よくやった」

帰路、一言そう言われた。

その日の夜だ。千春と母親が竜台寺に来た。確かに派手な人だった。今日は息子さんにお世話になったそうで。千春の母親は深々と頭を下げ菓子折りも出してきた。

凜、ぼっとしてないでお嬢さんを境内にでも案内しな。私の母親が言った。

「案内？　うちのどこに案内する所があるんだよ」それでも私は声をかけた。「末松、仏像でも見るか。うちにはそれくらいしかないから」

千春は頷《うなず》いてきた。心なしか、私にはその顔が明るくなったように見えた。

本堂に入った。灯《あか》りはついているものの堂内は薄暗い。

「わたし、こういう所に入るの初めて」

「ふうん。いつでも好きな時に来ればいい。寺なんてそんなもんだ。よく色んな人が相談に来るし。借金で困った人、夫婦喧嘩した人、ギャンブルをやめられない人」

「へえ。本当の駆け込み寺ね。でも、いいの？　わたしといるところを見られたら、今光君も色々と面倒なんじゃない」

「面倒だと思うかどうかは、本人次第だろ。俺は思わないね」

どうして、と千春が私の顔を覗《のぞ》き込んできた。

言葉に詰まった。可愛いコと一緒にいることを迷惑に感じる男はいない。素直には言えなかった。

「バカの仲間に入りたくないだろ。別に末松は何も悪いことをしてないんだから」

束の間あいた。

「今日はありがと」

「別に礼を言われることじゃない」

「今光君、強いんだね」

「志木統、いや、オヤジの方針でさ。坊主の家の嗜《たしな》みとか言って、少林寺拳法《けんぽう》を習ってんだ。うちに来る植木屋の大将が達人でさ。その人が師匠ってわけ。少林寺は禅宗の修行が発祥だから、天台宗のウチとは関係ないんだけど。あ、よくわかんないよな」

「そうね。よくわかんない。でも、お寺の息子も大変だってことはわかった」

満面の笑みだった。

「千春って呼んで。わたしは凜って呼ぶ」

その時だった。ちょっと、ウチの子を巻き込まないでよ。甲高い怒声が聞こえた。私は千春と目を合わせ、本堂から寺務所の方を覗いた。

野崎の母親がいた。野崎は父親を早くに亡くしている。そのためか、野崎の母親は教育熱心で知られていた。

辺りは静かだった。

巻き込むって何のことですか。落ち着いた志木統の声も聞こえてきた。

「この娼婦《しょうふ》の娘のことよ。あんたの息子が教師を殴ったそうね。ウチの健太《けんた》が弁護したそうじゃない。何で健太も巻き込むのよ。坊主のくせにどんな教育してんの、アンタ」

ヒステリックな声が夜に響き渡った。

私は隣の千春の顔を覗いた。唇を噛み締めている。肩がかすかに震えている。私はその肩に手を置いた。華奢《きゃしゃ》な肩だった。

「ところでその噂、私は聞いたことはありませんが、他の親御さんの間では流行《はや》っているのですか」

志木統が言うと、野崎の母親が鼻を鳴らした。

「噂なもんですか。誰だって知っていますよ」

「ほう。あなたは誰から聞いたのですか」

間があった。

「そんなこと、忘れました」

何かを隠すような、ひときわ甲高い声だった。

そうですか。志木統が冷たい声を発し、そんなことよりも、と言い足した。

「あんた。取り憑《つ》かれているぞ」

「は？　なに言ってんのよ」

「こりゃ、もう経を唱えても手遅れですな。神社のお祓《はら》いでも無理でしょう。重い業ですよ。せいぜい取り殺されないよう、気をつけて下さい」

薄闇でも野崎の母親の顔が青ざめたのが、はっきりとわかった。鋭い風が吹いた。

とにかく、ウチの子を巻き込まないでちょうだいッ。そう吐き捨て、野崎の母親は肩をいからせて境内から出て行った。

私は千春を連れ、本堂から出た。志木統がこちらを向き、豪快に笑った。

「腹が立ったので呪いをかけてやった。坊主の呪いなら、簡単に解けないだろうよ」

翌日、いつもの通学路で野崎と落ち合った。聞いたよ、昨晩はうちの母が迷惑をかけて悪かったね。野崎は開口一番に言った。

それ以来、野崎と私の間に千春が加わった。学校でも放課後でも色々な話をした。千春も野崎の母親について気にしていない様子だった。


千春が目の前の湯のみを口にあて、ゆっくり戻した。

「前から伺いたかったんですが、母を助けてくれた時、呪いをかけたって言っていましたよね。ということは、お坊さんは呪術《じゅじゅつ》も出来るのですか」

「できるよ」志木統は真顔で言った。「アギョウサン、サギョウゴ」

「今のが呪文みたいなものですか」

千春、と私は口を挟んだ。

「あ行の三番目とさ行の五番目は何だ」

あ、と千春が素《す》っ頓狂《とんきょう》な声をあげた。

志木統が白い歯を見せて笑う。

「でもね、ウチは出来ると言えば出来る。そこの馬鹿息子も少しは出来るはずだ」

千春が顔を覗き込んできた。私は肩をすくめる。

志木統が煎餅《せんべい》をかじった。いい音がした。そこに、ところで志木統住職、と千春の深い声が混ざった。

「お盆にお墓参りしても、墓には仏の魂はいないから意味がない、ってカイシャで馬鹿にされたんですけど」

「くだらんな。仏さんの魂は元々、墓にない。ただ己の心の内にあるだけだよ。いつ墓参りしようと、本来は何も構うことはない。色々と制度や仕来り、言い伝えがあるだけだ。仏さんと向き合いたい時に来ればいい。大事なのは、仏さんを思う心一つさ。つながりってのは、そういうもんさ」

千春は表情を止めていた。

住職、とお富おばさんが顔を覗《のぞ》かせた。

「ご挨拶《あいさつ》したいと檀家さんがお見えですよ」

そのまま志木統と入れ替わりに、お富おばさんが入ってきた。おばさんは私たちの級友の消息について話し始めた。

玉田《たまだ》さんは東京の銀行員で、武永《たけなが》君は大阪の工場で働いているんだって。それで菊堀《きくほり》君はね……。興味はなかったが、私は頷《うなず》きながら聞いた。相変わらずお富おばさんの情報収集力には感心させられる。

野崎君は？　そう千春が尋ねた。

「ああ、二人と仲良かった、引っ越しちゃったコだね」

ふっ、と私は胸が疼《うず》いた。

野崎は、千春がきた年の夏休みに転校した。転居の一週間前、突然、野崎は竜台寺を訪れ、その事実を告げてきた。

「凜、実は一週間後に引っ越すことになったんだ。誰にも言わずに消えようかとも思ったけど、凜だけには伝えておくべきだと思ってね」

「選ばれて光栄だよ。残念だな。ま、仕方ないよな。親の仕事の都合なんだろ」

不意討ちの衝撃を隠すため、私はわざと軽い口調で応じていた。

「違うよ。僕をある塾に行かせたいらしい。東大進学率が一番高い東京の高校に通わせるためだそうだ。僕のためだと言っている。子供は親の所有物じゃないのにね」

「うちは放任主義だからわからない感覚だよ。東京に行きたくなさそうだな」

「東京っていうよりもさ。いや、まあいい。だいたい塾が僕に必要とは思えない。知っての通り、僕は頭がいいからね」

「野崎が言うと自慢にも嫌味にも聞こえないから不思議だよな。まあ、それだけ期待が大きいってことだろ。期待を背負うのも大変だな」

野崎は口元だけ緩めた。嘲《あざけ》るような笑みだった。

「違うよ。母は自分のために引っ越すんだよ。塾なんて取り繕った理由に過ぎない」

「理由？　何の？」

「責任の重さだよ。自分の発言のね。春にこの寺で色々あっただろ。あれ以来、周囲の目ばかり気にしているんだ」

私は寺に野崎の母親が来た時のことを思い出した。

「親の間で非難されているのか」

「さあ。おそらく、他人の中にいる自分を悪い方に想像して、現実の自分と区別がつかなくなったんだよ。で、耐えきれなくなり、潰《つぶ》れたんだ。素直にそう言えば僕も納得する。でも、母はそのカモフラージュに自分の価値観を押し付けてきた。まことしやかな理由を押し付け、従わせる。ある種の洗脳だよ。だけど、洗脳とわかっていれば怖くない。脱出の方法を考えられるからね」

「脱出？　親はいつまでも親だろ」

「僕は勝つ。絶望からの勝利を目指す」

「親に勝つ？　どういう意味だ」

野崎は何も答えず、笑みをたたえたままだった。

「ところで、千春には言わなくていいのか」と私は話を変えた。

「引っ越すことかい」

「それもだけどさ。他に言うことがあるんじゃないか」

いいよ、と野崎は首を振った。

今のように携帯電話もインターネットもない時代だ。その後、私たちは連絡を取り合うことはなかった。

ううん、野崎君ねえ、とお富おばさんが首を傾げた。

「噂は入ってこないね。調べておくよ。そうそう、三中、もうすぐ取り壊しだって」

母校は二年前に廃校になった。お富おばさんはその跡地に大型ショッピングセンターが建設される予定だと捲《まく》し立てた。それが落ち着くと、千春が身を軽く乗り出した。

「ねえ、おばさん。凜と志木統住職って仲が悪いの」

「そんなことないでしょうに」とお富おばさんが目をあわせてきた。「どうなの」

「普通じゃないかな」

「じゃあ、おばさんの墓参りはするのに、なんで寺務所には顔を見せなかったの。携帯電話の番号くらい、教えておきなさいよ」

千春が軽く目を吊り上げた。お富おばさんは屈託なく笑った。

「そりゃ、寺を継ぎたくないからでしょ。顔を見せれば、色々と言われるだろうから」

正確に言えば違うが、私は何も言わなかった。鞄《かばん》を引き寄せ、中から新製品の試作品を取り出し、お富おばさんに差し出した。

「これ、お孫さんにどうぞ」

「なに？　中身は鉄砲？　箱に物騒な絵が描いてあるけど」

「キングコブラって銃のモデルガンです。本物志向なんで本体は金属製だし、重量も実物同然なので、怪我に注意してください。念のため、別売りのプラスチック弾はつけていません。十歳のお孫さんはやんちゃ盛りでしょうから」

「相変わらず、玩具《おもちゃ》じゃないみたいだね。こりゃ、本当に重いねえ。まあ何にしろ、凜が玩具メーカーにいるおかげで色々と助かるよ。ついでといっちゃなんだけど、もう一個ない？　孫の友達が去年もらったものを気に入って、孫と取り合いになったらしいのよ。ほら、あの機関銃みたいなやつ」

「やっぱり、子供は本物がわかるんですね。用意しておきますよ」

悪いね。お富おばさんが拝んできた。

「おばさん、住職の今日の予定ってわかりますか」と千春が割り込んできた。

「これから檀家さん回り。お経をあげにいくそうだよ」

なんだ、残念、と千春はため息をついた。

大将や志木統とも簡単な挨拶をし、私たちは竜台寺を出た。

「三中、なくなっちゃうんだね」

「ちょっと見ていくか」

「それ、いい考え」

そのまま、かつての通学路を歩いた。懐かしい道のりだった。理髪店があり、雑貨店がある。その店先にはまだ公衆電話があった。畑もある。ナスやトマトが実っていた。

「ねえ、前から馬鹿息子って呼ばれていたっけ？」

「ああ。仕方ないさ。英語で零点とったことあるし」

「でもさ、あれって」

「考えてみれば、あの頃からひどい目に遭っているな」

五分ほど歩いた。千春が交差点で立ち止まり、私も足を止めた。角に建つアパートが以前より朽ちている以外、特に記憶の景色と変化はない。

「ここで事故があったよね」と千春が言った。

ある意味で千春に関連した事故だった。

私が担任を殴ってからも、千春の噂が消えることはなかった。それは五月末の月曜日だった。月曜は私が所属する剣道部も、野崎が主将を務めるサッカー部も練習がなかったので、私たちは三人で下校していた。野崎はサッカー部らしく、手頃な石を蹴《け》って歩いていた。

すると、背後から自転車がきた。

追い越され様だった。千春が唾《つば》を吐きかけられた。禁止されているのに、登下校に自転車を使う同級生の今川《いまがわ》だった。額にかかった唾をぬぐう千春に高笑いを浴びせ、今川は私たちの前から消えた。

翌朝、野崎と合流するこの交差点に出ると、その背中が見えた。野崎だけではない。近所の住民や三中の生徒がざわついていた。私が足を速めた時だった。凜。背後から千春が駆け寄ってきた。野崎。私は声をかけた。野崎が振り返ってきた。その顔は強張《こわば》っていた。野崎の向こう側にはトラックが止まっており、その脇には車輪が外れ、フレームが折れ曲がった自転車が転がっている。

そして、今川が頭から血を流して倒れていた。

急に突っ込んできたんだよ。運転手は真っ青な顔で誰にともなく呟《つぶや》いていた。

私は視線が一点に吸い寄せられた。拳《こぶし》ほどの石が自転車の近くに落ちている。近くには石が転がるような空き地もなければ、工事現場もない。

ほどなく救急車と警察がきた。

凜、と野崎が言った。

「事故を目撃したんだ。いきなり、今川がバランスを崩してトラックに突っ込んでいった。だからあの運転手は悪くない、それを言いに警察に行ってくる」

私と千春は顔を見合わせた。千春は何か言いたそうな顔をしたが、口をつぐんだ。

終礼で担任は、今川は命をとり留めたが、入院することになったと告げた。


思いのほか早く校舎に着いた。中学の頃はもっと時間がかかった気がする。体型はさほど変わっていないのだから、時間の流れ方が違っているのだろう。

塀の向こうには今も桜の木が等間隔に植わっていた。青々とした葉が茂り、そよ風に揺れている。校舎は高台にあるため、塀越しでもその姿がはっきりと見えた。埃《ほこり》や風雨に晒《さら》され、白かった塀は黒ずみ、剝落《はくらく》部分も見える。窓も曇り、校庭には雑草が生えていた。その中でサッカーゴールが一つだけ佇《たたず》んでいる。風雨に晒されているはずなのに、遠目からでも小綺麗《こぎれい》なサッカーボールが、その脇に冗談のようにあるのが見えた。

千春が懐かしそうに目を細めた。

「音楽準備室の窓。あの伝統、引き継がれているのかな」

毎朝、校門前には教員が立っていた。そのため、遅刻対策として生徒は校舎裏に面し、一階にある音楽準備室の小窓の鍵《かぎ》を開けていた。野崎の提案だった。校舎裏には雑木林があり、そこから敷地を隔てる塀を乗り越えれば、校舎に潜り込める仕掛けだ。

「そういえば、タイムカプセルってどうなったんだろう。凜には掘り返す連絡きた？」

「いや。誰も覚えていなかったんじゃないか」

学年をあげての行事で、埋めたのは夏休み直前だった。卒業から十五年後、つまり今年、掘り返す予定だった。当時の自分から十五年後の自分にあてた手紙とともに、何か一つ身の回りのものをビニール袋に入れて埋めた。手紙に何を書いたのかは覚えていないが、一緒に埋めたものは覚えている。

木刀だ。無理矢理にビニールを巻き、埋めた。なんで木刀なんだ？　野崎が尋ねてきた。休ませようと思ってさ。何だそれ？　県大会で優勝する前、家で打ち込みに使ったんだ。そしたら刃の部分が欠けてさ。へえ、過去の栄光を封印ってわけか。野崎は十番のユニホームを畳み、私の木刀の上に置いた。僕も過去を封印するよ。そう言った。

「取り壊しか。なんか寂しいね。自分の一部がなくなっちゃうみたい」

「思い出は消えないよ」

「クサイこと言うねえ」千春が笑い、鼻をつまんだ。「クサイ、クサイ」

停留所に向かった。中学校を卒業して以来、歩いていない道だ。その途中、新しい家が並ぶ中でも、かつての空き地がまだ残っていた。

「どうしたの？」

「ここにホームレスがいたのを覚えているか」

「ええ。凜と野崎君、仲良かったよね。あれ、なんでだったの」

「野崎と助けたことがあるんだ」

ホームレスに襲い掛かっていたのは、十人以上の同級生だった。普段はおとなしい連中が嬉々として、足蹴りを繰り返していた。私たちは彼らを追い払った。

ホームレスはまだ若く、街のあちこちで見かけるような顔つきだった。年齢は今の私くらいだったのかもしれない。梶野《かじの》っていうんだ。欲しいものがあるならいつでも言え。手に入れる技術が俺にはあるからよ。そう笑いかけてきた。以来、前を通るたび、梶野は欲しいものはないかと声をかけてきた。技術って何だろうな。私は野崎に言った。さあ、でも何だって何かの役に立つ、凜がお得意のセリフ通りじゃないのか。野崎は素っ気なかった。

「ほんとこの辺は思い出だらけね」

千春が笑った。

停留所に着くなり、バスが来た。始発でもないのに空《す》いていた。

3

津田沼駅に戻ると、駅前は主婦や若いカップルで賑《にぎ》わっていた。高校時代に流行《はや》ったカフェにでも行こうと、私たちは横断歩道で信号待ちしていた。

ふと、私は周囲のざわめき方が変わるのを感じた。携帯電話のシャッター音が鳴っている。いつの間にか信号待ちの人数が増えている。……似ている。そう思った瞬間だった。

誰かの肩で背中を押された。私はあえて一歩を踏み出した。その右足で路上を蹴り、勢いをつけて振り返った。

歩道を大勢の若者が左から右へと歩いていた。彼らは無言で携帯を眺め、道幅いっぱいに広がっている。私は目を留めた。

その人波の向こうに少年の影が見えた。

私は人波に手を突っ込み、体を押し込んだ。凜、どこ行くの。千春の声を背中で聞いた。少年の影が走り出した。

集団は分厚かった。進んでも進んでも、少年の影は見えてこない。しばらくすると、交差点に差し掛かった。示し合わせたように、そこで若者の集団が四散していく。

私は走った。四方に視線を飛ばし、先ほど見かけた小さな影を探した。路地の向こう側やビルの間、ガラス張りのファッションビル。至る所に視線を向けた。

足音が近寄ってきた。拳を軽く握り、振り返る。

千春だった。

「どうしたの、急に」

「背中を押されたんだ。俺が一歩、車道に踏み出したのを見ただろ」

「ええ」

「偶然かもしれない。でも、こうも重なると気味が悪い」

「偶然じゃないよ。わたしは押されなかった。他に誰も押された気配はなかった。それに、滅多に起きないから偶然って呼ぶんじゃない」

現役の警官が発した言葉には、重みがあった。私は唾を飲み込んだ。錘《おもり》を飲んだように腹に響いた。

「昨日も見かけた人影を見たんだ」

「誰か心当たりはあるの」

「いや」

「とにかく、もう少し詳しく話を聞かせて」

「詳しくも何も、昨日も話した通りだ」

「大丈夫。もっと注意深く思い出してもらうから」

私たちはカフェに入った。そこで私は昨日と同じ話をした。千春はアイスラテを一口含むと、見据えてきた。

「本当に昨日までは何もなかったのね」

「ああ。何も」

「始まりは昨日の朝からなのね」

私は頷《うなず》いた。千春の思考は読めた。偶然でないのなら、必然だ。つまり、命を狙われていることになる。冗談のようだが、そう考えるしかない。まるで実感はないが、とにかく今は考えねばならない。

なぜ、私なのか。

狙われるなら、その理由があるはずだ。それがわかれば、回避も排除もできる。今のままでは受けるしかない。いつまでも無事でいられるとは限らない。

一昨日に何かがあったと考えることが自然だろう。始まりは昨日の朝からだ。それまでは何もなかった。では一昨日、何があったのか。考えるまでもない。

日常を繰り返した。それまでと同じ今日を過ごした。それだけのことだ。

……いや。

一つだけ日常から逸脱したことがある。命を狙われる理由になるとは思えないが、それでも話すべきだろう。話せば、客観的な意見も聞ける。

私は一昨日にテレビの街頭取材を受け、それが昨日の朝に流れたことを話した。その質問や放送内容も伝えた。

「それが原因になるとは思えないけどねえ。せいぜい、まだ若いくせに頭が固いなあと思われるくらい」

私は軽く肩をすくめた。千春の言う通りなのだ。背もたれに体を預ける。気休めにカフェを見回した。若い男女がそれぞれの時間を過ごしている。そのほとんどが携帯を眺めていた。友人と思われる二人組は向かい合って座っているのに会話もなく、互いに携帯をいじっている。

友人とはずっと繋《つな》がってないと。じゃなきゃ、友達とは呼べないっすよ。

私の次にテレビに登場した若者の、そんな発言を思い出した。彼らは目の前の友人と話すことより、いつでもどこでも携帯の向こうにいる友人と繋がっておく方が重要なのかもしれない。

アイスコーヒーを飲み、思考を切り替えた。今はそんなことを考えている場合ではない。私も繋がりを考えねばならない。危険に遭った現場の繋がり、共通点だ。

大塚、新宿、津田沼。それぞれの場所を思い浮かべる。結論は簡単だった。共通点は一つしかない。

私の行く先だ。それ以外、まったく脈絡のない土地で危険に見舞われている。狙われているとすれば、監視されていると考えるべきかもしれない。その監視役は、あの影なのか。

いつの間にかグラスを強く握り締めていた。指先が真っ赤になっている。

「仮にテレビの件が理由だとしたら、警察は動けるのか」

今度は千春が肩をすくめる番だった。

「私が言うのもアレだけど、現状では何も出来ない。明確な被害が出ていないし、犯罪と結び付ける手がかりもないし。警察は何か起きない限り、動けない組織だから」

千春の口調は苦々しげで、そこから私は悔しさの欠片《かけら》を嗅《か》ぎ取ったが、深く聞くのは躊躇《ためら》われた。千春の性格なら話したければ話している。

窓から外を眺めた。私は思わず目を見開いた。

店の窓の向こうに影があった。大塚駅で見かけた少年だった。ガードレールに腰を下ろし、携帯電話を眺めている。私は千春にも言わず、そのままにした。そして少年の顔を改めて頭に叩《たた》き込んだ。

太い眉《まゆ》に大きな目と口。鼻はやや低く、真ん中で分けた髪は耳を覆っている。Ｔシャツから伸びる腕は細い。色も白く、運動はしていない気配だ。

ある種の賭《か》けだが、やってみる価値はある。

「そろそろ店を出ないか、ひとまず東京に戻って飯でも食おう」

「そうね」と千春は頷いてきた。「それぞれの現場を見たいんだけど」

「警察みたいだな」

「みたいじゃないの。これでも本職」

津田沼駅から横須賀《よこすか》線直通の総武《そうぶ》線快速に乗り、新橋《しんばし》で銀座《ぎんざ》線に乗り換えた。さらに青山《あおやま》一丁目で大江戸《おおえど》線に乗り換える。なんでこんな面倒なことするの。そう尋ねる千春に私は言った。

「暑い中、太陽の下を歩きたくないだろ。これが一番、日にあたらない行き方だよ」

そして都庁前駅で降りた。視線を振る。私たち以外、降りたのは一人だけだ。お盆休みの土曜らしく、地下コンコースにも誰もいない。想定通りだった。私は千春の腕を引き、奥まったスペースに身を隠した。駅員からも見えない位置だ。

「凜、どうしたの」

「もうすぐわかる」

足音がコンコースに響いた。この静けさでは、かなり目立っていた。深夜に聞くカラスの鳴き声のように目立っている。私はスペースから顔だけ出した。まだ姿は見えない。足音は次第に速まってきている。私を見失ったことに気づいたのだろう。

私は再び身を隠した。足音で距離を測る。まだだ。もう少しだ。頭の中にコンコースを思い浮かべ、待ち受けた。そして十分に引きつけ、体を晒《さら》した。三メートルほど向こうで足音が不格好に散る。

急停止した少年は目を丸くしていた。私が踏み出しても、少年は動かない。私は少年の目の前に立った。

「なんでつけてくるんだ」

少年は言葉に詰まったようだった。数秒後、何かを弾き飛ばすように口が開いた。

「何のことですか」

「君はどこに行くつもりなんだ」

「どこだっていいじゃないですか」

「そうだな。だが、君は津田沼にいた。この目で確認していることだ。仮に新宿が君の目的地だとしよう。君くらいの年齢なら、新橋で地下鉄に乗り換え、さらに別の路線に乗り換えるルートなんて知らないはずだ」

「新宿へのルートなんて、携帯で調べればすぐにわかりますよ」

少年は簡単に私の罠《わな》に引っ掛かった格好だった。

「君の言っているのは、アルタや伊勢丹《いせたん》のある新宿だろ。でもな、ここは都庁前だ。一歩、このコンコースから出れば、オフィス街だ。最寄りには私立学校もない。買い物をする場所もない。君くらいの人間が、先ほど言ったルートを利用するはずないんだよ。都庁前からアルタ方面には歩いて十分以上はかかる。だったら、素直に東京駅で中央線に乗り換えた方が早い。こんなこと、簡単に調べられるだろ」

少年は口を閉じた。黒目が揺れている。

「さて、何でつけてきたんだ。仲間は呼ばなくていいのか」

少年の目の揺れが止まった。ある種の感情が浮き出している。力強い視線だった。

「仲間なんていないよ」

噛《か》みつくような口調だった。少しあり、少年は続けた。

「お兄さん、気をつけた方がいいよ」

聞き返す間もなく、少年が肩から突っ込んできた。私はよろけた。油断していた。少年が駆け出し、私はその襟のうしろを摑《つか》もうと腕を伸ばすも、虚《むな》しく空を切った。追いかけようとした途端、鈍い痛みが右足首に走った。軽く足を捻《ひね》ったようだ。

あ、ねえちょっと。千春の声が少年の背中を追いかける。振り返ることなく、少年は走り去り、その足音がひと気のないコンコースに鈍く響いていた。

「最後の一言、警告なのかな」

千春が訝《いぶか》った。

わからない。少年は尾行を認めたようなものだ。しかし、その目的を問い質《ただ》すことは出来なかった。最後の一言は宣戦布告ともとれる一方、純粋な忠告とも考えられる。純粋な忠告だとすれば少年は何かを知っている。そして、私は誰かに狙われていることが確定する。宣戦布告ならば、少年に恨まれる筋合いがあるということだ。どちらにしても確実なことがある。それを受けるほど私は少年と親しくない。初対面なのだ。取り逃すべきではなかった。

地上に出ると、高層ビル群がいつもと違って見えた。西新宿から人が消えている。普段の土日もその数は少ないが、より一層少ない。走る車すらもない。

「ちょっと会社に寄っていいか」

「どうぞ。でも、土曜だよ。それに夏休みでしょ、開いてんの？」

「どうせ誰かいるよ」

自動ドアは平日と同じ様に稼働していた。エレベーターホールには誰もいない。千春をホールに残し、十二階から三十階専用エレベーターに乗った。他に誰も利用者がいないため、すぐに十七階に着いた。テンキーを入力して鍵《かぎ》を開け、フロアの半分を潰《つぶ》した倉庫に入った。試供品となる試作品を並べた棚に向かう。そこで、お富おばさん用にキングコブラを一箱、手に取った。足音が背後でした。

「おい、今光君」

振り返ると、人事部の森下《もりした》だった。元商品開発部の係長で、私の前任でもある。今日もスーツにネクタイ姿だった。それなのに顔には汗一つ浮いていない。

森下が顔をしかめた。

「困るなあ。なんでそんな格好なんだよ」

「土曜ですし、夏休みですよ」

「でも、会社に来ているじゃないか。会社に来る以上、上着は着てくれないと。シャツとネクタイの着用は最低限のルールだよ。何年目なんだ？」

森下は冷ややかな顔つきだった。芯《しん》から発言通りのことを考えているとわかる。

「これを試供用に取りにきただけですから」

舌打ちが散った。

「それか。大丈夫なの。あんな現実的なデザインで売れんの」

「マニア向けですから。甘い造りでは手抜きだと見抜かれます」

森下は再び舌打ちした。

「君さあ、ディテールにこだわるけど、玩具《おもちゃ》なんて所詮《しょせん》は玩具なんだ。玩具らしく、流れに乗って可愛らしいのを開発しときゃいいんだよ。自分以外に配りたがる社員もいないだろ」

確かにそうだった。私の会社では一般販売前の製品を友人などに試供品として配る場合、担当者に許可を得なければならない。だが、私に声をかけてきた社員はいない。あまりにもリアリティがあり、子供の手に渡るのが怖いという意見もあった。

「販売を中止するなら、まだ間に合うぞ」

「社長にも承認を頂いていますので」

森下が返答に窮するのが見て取れた。この手のタイプは権力に弱い。私は実績を残し、コストのかかる製品の開発も許されていた。

失礼します、と私は森下の脇をすり抜けようとした。腕を強く摑まれた。

「覚えておけ。これで失敗したら、開発から抜けてもらうからな。欠点を見つけ出してやる。私の方が開発畑にふさわしいんだ」

私は腕を振りほどき、倉庫を出た。

廊下には清掃のおばちゃんがいた。いつも挨拶《あいさつ》を交わす仲だ。あらあら。のどかな声を発すると、おばちゃんは眉間《みけん》に皺《しわ》を寄せた。

「お盆休みなのに出社なの？」

「おばちゃんこそ」

「私は仕事があるだけ有り難いと思わないとね。他にやることもないしさ。若いからって仕事もほどほどにね、体が一番大事よ」

おばちゃんに見送られ、私はエレベーターに乗った。

ビルを出ると、すぐ目の前の横断歩道に千春と向かった。挫《くじ》いた足の痛みは早くも引きつつある。横断歩道には誰もいない。車も走っていない。書割の中にいる気分だった。

「普通の横断歩道ね。ねえ、思ったんだけど、凛が標的だとしても他にも被害が出る可能性があったわけよね。わたしもよくつられるもん」

神経が冷えた。その通りだ。私を狙う人間を何とかしない限り、私以外の誰かが被害に遭う可能性がある。

車が一台も通らないまま、信号が変わった。

いつもの路地に入った。まだ壁の上には鉢が並んでいる。路上には乾いた土や枯れた植物がそのままになっていた。

「いつもこの路地やさっきの横断歩道を使うの」

「そうだな。最近はほぼ毎日」

「会社の人以外で知っている人はいる？」

「いるかもしれないけど、気にしたことがないから、わからないな」

千春は周囲を軽く見渡す。その目は鋭い。

「ま、一週間程度の行確《こうかく》でわかるわね」

「行確？」

「行動確認の略。捜査では基本ね。二十四時間態勢でやるの」

「される方はいい気分じゃないな」

「誰だって、いつも監視されているものよ。いい例がマイナンバー制でしょ。監視カメラだって、そこら中にあるし、世界はもう網だらけ。ねえ、なに笑っているの？」

「いつの時代も権力を持つ連中の考えることは同じだなと思っただけだ」

「どういう意味？」

「檀家《だんか》制度に似ているんだ」

「檀家って、仏教の？　うちは浄土真宗だとか、真言宗だとか」

「そう。あれは徳川幕府が作ったんだ。キリスト教が広まるのを恐れた意味もあったらしい。宗派を振り分けていき、残ったらキリスト教かもしれない。そんな理屈だ。要は管理するために縛りつけ、邪魔な人間をあぶり出す政策さ。似ていると思わないか」

「まあ、そうね。ところで、この路地って大勢が利用するの」

「いや。多い時でも五、六人が歩くのを見るくらいだな」

質問の意図は明確だ。人通りが少なければ、何か仕掛けるには丁度良い。さらにそのタイミングが重要なだけに、昨日も行動をかなり詳しく監視されていたことになる。

「これまでの現場で何かわかることはあったのか」

「何も。次は今のところの最後の現場ね。大塚駅にいきましょう」

今のところ。その響きが耳に痛かった。

そのまま駅前に続く大通りに抜けた。人の数が一気に増える。騒音が渦巻き、野太い電子音が舞っている。視線を配るが、都庁前駅で見失った少年の姿は見当たらない。もちろん、監視しているのは少年とは限らない。そう思うと、誰もが怪しく見えてきた。

千春が肘で突いてきた。

「目に力を入れないほうがいいよ。相手に悟られちゃうから。これ、捜査の基本のキ。初歩中の初歩。尾行では必須《ひっす》技術ね」

「参考になるよ」

4

新宿駅はいつもの週末より、混み合っていた。お盆休みらしく、スーツケースを転がす家族連れが多いからだろう。蒸した構内は足音とざわつきで埋まり、籠《こも》った湿気が肌にまとわりついてくる。

私たちは真っ直ぐ歩くこともできず、時折、立ち止まらなければならなかった。それでも携帯電話で写真を撮る音があちこちで鳴っている。私にはこんな場所を撮影する気が知れなかった。

なんとか人波を抜け、山手線《やまのて》外回りホームへ続く階段に辿《たど》りついたが、とても上れそうになかった。人で溢《あふ》れ、階段には入り込む隙間もない。

「すごい人ね」

千春がぼそりと言った。なおも背後からは、ホームへ上がろうとする人が押し寄せてきている。

ホームからのアナウンスが漏れ聞こえてきた。途中駅で怪我人の救護があり、外回りが遅延しているとのことだった。

「中央線で御茶ノ水まで出て、丸ノ内線で行こう」

私の提案に、千春は頷いてきた。

人と人の間に体をねじ込み、誰も会話などしていないのにざわめく人波に押し戻されそうになる中、一歩一歩踏ん張るように逆行した。全身が汗ばみ、足は踏まれ、肩は弾かれた。ただでさえ息苦しいのに、時折誰かの肘も脇腹にもらい、呼吸が止まった。そうやって、ようやくコンコースまで戻れた時だった。

甲高い悲鳴が構内に轟《とどろ》いた。地響きのような野太い音が続き、足元から細かな震動が這《は》い上がってきた。私は反射的に振り返るなり、身を硬くした。

人間が折り重なって倒れていた。

さらに悲鳴とともに大勢が雪崩れ落ちてきた。叫び声、人が叩きつけられる音、血の臭い。どっ、とそれらが押し寄せてくる。私は全身の血が引くのを感じた。山手線の外回りホームに続く階段の景色が一変している。倒れた人の塊からは腕、顔、足が不規則にその隙間から突き出ている。

一瞬、その全てを硬い静寂が包み込んだ。そして、砕けた。

下がって、押すな、下の人を引っ張り出せッ。

近くの改札から駆け込んできた駅員の怒鳴り声だった。それに呼応するように、言葉になっていない唸《うな》り声や叫び声があちこちであがる。

心が騒いだ。引いていた血が一気に足元から突き上げてくるのを感じた。

足が動いた。周囲でも足音が重なった。

私は救助に加わり、駅員らと協力し、一人、また一人と剝《は》がし、さらに下の人間の腕をとっていった。

力のない腕。握り返してくる手。老人の筋張った腕。子供の柔らかい腕。共通しているのは、下敷きとなった誰もが顔の蒼《あお》いことだった。

泡を吹いて気絶した老人がいた。肘が逆に曲がっている若い男がいた。鼻から血を流す少女もいた。被害者の年齢は老人から子供まで様々だった。

私は夢中で体を動かし続けた。体は汗まみれになった。次第に床が汗や血で滑り、踏ん張りもきかなくなった。むせ返るほどの人いきれで息が上がる。それでもここから抜け出そうとは思わなかった。

　ようやく最後の一人に辿りついた。中学生くらいの少女だった。一瞬、伸ばした手が硬直した。救助に加わった誰もが踏み出すのを躊躇《ためら》う気配を感じた。

両膝《りょうひざ》が逆方向に曲がっている。白目をむき、顔も蒼白《そうはく》だ。生きているのか……。見守る誰もがそう考えているのは明らかだった。

　私は息を止め、屈《かが》みこんだ。細い首筋に手をあてる。脈はある。鼻に手をあてる。呼吸も続いている。肩から力が抜けた。気を失っているだけだ。かえって意識がなくて良かったのかもしれない。

　通して下さい、通してッ。

　怒声が喧騒《けんそう》を破った。救急隊員が担架を持ち、改札を抜けてきた。赤色灯が駅の地下天井を照らすのが見え、けたたましいサイレンも次々に聞こえてきた。西新宿側の改札からは地下ロータリーが近い。そこに救急車が続々と到着している。

　その時、初めて私は周囲を見渡した。

　座りこみ、呆然《ぼうぜん》とする老婆がいた。肩を押さえ、呻《うめ》いている若い男がいた。血まみれのブラウスをまとう若い女がいた。ざっと数えるだけでも百人以上の怪我人がいる。すすり泣き、怒声、罵声《ばせい》が重なっている。

　救急隊員が荒々しく走りこんできた。その一人が意識を失っている少女に酸素マスクを被せる。脈あり、意識なし。冷静な声に続き、三人がかりで少女を担架に乗せた。隊員から少女の関係者かと聞かれ、私は否定した。少女が運び出されていった。同じように至る所で怪我人を担架で運び出す光景があった。隣に影がきた。

「大変な事故ね」

千春だった。その額は汗で光っている。

ああ、と私は冷え切った自分の声を聞いた。

「あのままホームに行こうとしていれば、確実に俺たちも巻き込まれていた」

千春は言葉を失っていた。

私は座り込む怪我人に視線を飛ばした。

「証拠も何もない。でも、これを偶然と片づけるのは、おめでたい発想と言うべきじゃないか。俺が狙われたとすれば、この人たちは巻き込まれたことになる」

私は壁に寄りかかった。

救急隊員は重傷者を次々に運び出し、軽傷者をその場で治療している。いつの間にか、その中に目つきの悪い集団と制服警官が交ざっていた。新宿署から来たのだろう。彼らは手早くホームへ続く階段に黄色のテープを張っていた。立ち入り禁止　警視庁。テープにはそう書かれている。

と、中年の男がこちらを向いた。光のない目だった。その目は私ではなく、私の隣に向いている。そのまま男は歩み寄ってくると、神経質そうに目を細めた。

「末松、こんなところで何をしているんだ。おまえ、杉並《すぎなみ》署だろ」

「現場に居合わせたので、救助に加わっただけです」

「邪魔はしなかっただろうな」

「邪魔なんかしません」

「どうだかな。女は余計なことをする。特におまえは余計な仕事を生みだそうとする。新宿まで聞こえてきているぞ。今日は謹慎中か。新聞各紙にでかでかと載っていたじゃねえか。奴ら、警察の落ち度だと声高に叫んでやがったぞ」

「謹慎じゃありません。休暇です」

男が睨《にら》みつけてくる。「捜査畑から手を引け。所詮《しょせん》、女にできる職場じゃねえんだ。女は駐禁切符でも切ってりゃいいんだよ」

松浦《まつうら》警部。男は呼ばれると、声の方向に軽く振り返り手をあげた。再び、その濁った目が千春に戻ってきた。

「警察ってのは、何にでも首を突っ込めばいいわけじゃねえ。発生した案件を調べるだけでも手一杯なんだ。よく肝に銘じておけ。てめえの世話も出来ない人間が、出しゃばろうとすんじゃねえよ。もっとも、身内を売る奴は警官と言えねえけどな」

松浦は鼻で笑い、離れていった。私は千春を一瞥《いちべつ》した。唇をきつく噛《か》み締め、その肩がかすかに震えている。

「昔の上司。新宿署の刑事課」

千春は短く言った。それ以上は言いたくない。言外にそう臭わせていた。

「刑事課が出張るってことは、警察は事件だと考えているってことなのか」

「いや、鉄警が応援要請したんだと思う。これだけの事故だからね。刑事課だけじゃなくて地域課や交通課も来ているんじゃないかな」

「そういえば、千春は何の担当なんだ？」

「生活安全課。最近だとネット犯罪も仕事の範疇《はんちゅう》ね」

刑事課から追い出されたのだろうか。疑問は浮かんだが、聞こうとは思わなかった。

しばらく喧騒を眺めていた。ほどなく、テレビカメラを担いだ集団が出現した。至る所でフラッシュも焚《た》かれている。新聞社だろう。

警察の間を縫うように、レポーターと思《おぼ》しき若い女がはしゃぐように怪我人にマイクを向けていた。

これ以上、この場で私たちに出来そうなことはなかった。

「さっきみたいな人がいるなら、警察に俺の話をしても笑い飛ばされそうだな」

「実際に笑い飛ばされると思う。被害妄想だと片付けられるのがオチね」

千春は眉根を寄せた。

山手線は内外回りとも運転停止となっていた。私たちは中央線で御茶ノ水まで出た。そこから丸ノ内線で新大塚駅までいき、JR大塚駅まで歩いた。

ホームの確認はすぐに終わった。何もないね。千春は軽く目を配っただけだった。

「凛、ごめん、帰る。今日は疲れちゃった」

松浦が顔を見せて以来、千春は明らかに活力を失っている。

「悪かったな。警察は休みが少ないんだろ？」

「それは心配しないで。久しぶりに長い休暇をもらったんだけど、やることないし」

私は千春を新大塚駅まで送り、帰路についた。

至る所で狙われている以上、自宅も監視対象に入っているだろう。とはいえ、今さら隠れる真似をしても仕方ない。それにホテル暮らしとなれば、金という現実的な問題もある。巻き込まれる人が出る可能性も高まる。

周囲を注視しながら、マンションに戻り、普段はしないチェーンもかけた。すぐにテレビをつけ、NHKにした。


お盆休み、新宿駅で群衆雪崩事故　負傷者百名以上

画面右下にテロップが出ていた。今のところ、死亡者は出ていない。それだけが唯一の救いに思えた。

なんか突然、上から大勢の人が落ちてきたんです。携帯を見ていたら体が持ち上がって、どうすることも出来ませんでした。死んじゃうかと思いました。

被害者は興奮気味に話していた。どこか自慢げだ。本当にひどい怪我を負った人間で

はないからだろう。

画面が切り替わった。アナウンサーと社会部の担当デスクの掛け合いだった。

新宿駅の利用客数は全国一です。特に事故発生時刻は、通常の週末でも利用客が多い時間でした。お盆休み中ということもあり、家族連れなどでさらに利用客が増えていた可能性があります。何らかのきっかけで群衆雪崩が起きたのは明らかですが、多数の利用客数そのものが事故を誘発した間接的な原因と思われます。

担当デスクは冷静な声色で手際よく分析していた。

次にアナウンサーが怪我人の程度を語りだした。女子中学生が意識不明の重体、骨折などの重傷が三十三人、軽傷は七十人以上。警視庁はＪＲが事故を予見できなかったのか捜査を進める方針です。

画面が変わった。ＩＴ企業がプロ野球球団に続き、Ｊリーグのチームも買収した話題だった。私はぼんやり眺め続けた。

次は杉並のストーカー殺人の続報です。

杉並署がストーカーの相談を受けたものの、対応せず、相談した女が殺された事件の続報だった。犯人の男も自転車ごとトラックに突っ込んで自殺した結末もあり、私の記憶にも残っている。事件はもう三か月前のことだ。

署が助けを求めるＳＮＳ上の書き込みを把握しながらも、対応しなかったことへの釈明会見だった。一昨日、匿名の情報提供が報道各社にあり、公になった事実らしい。

さらに地域ニュースになり、私はテレビを消した。そのまま何も映らない画面を眺めていた。頭の芯が冷えていた。

私が新宿駅に行かなければ、発生していない事故かもしれない。

つまり、私が死ぬか、私を狙う人間を突き止めない限り、こうした事故が続く可能性がある。警察に話したところで意味はない。千春の言う通りだ。警察は動けない。私自身は明確な脅迫を受けたわけではない。被害にも遭っていない。先ほどニュースにあったストーカー殺人がいい例だ。千春には悪いが、警察に期待はできない。

……ならば。

やるべきことは一つしかない。断崖《だんがい》の縁に立たされているのは他でもない、私だ。それに、もう私だけの問題ではない。

フローリングに大の字で転がった。無骨な感触がちょうどよかった。

あの少年だろうか。しかし、これほどの事故を、あの少年が引き起こせるのか。わからない。疑問が巡るだけで、どこにも行き着く気配はない。

夜、ほとんど眠れなかった。

気づくと、朝日がカーテンの隙間から差し込んできていた。

まだ人の少ない山手線で新宿まで出た。スーツケースを持つ家族連れは多いが、昨日の夕方に比べれば利用客は少ない。私は昨日の事故現場前に立った。何事もなかったかのように、大勢が上り下りしているが、日常に戻ってはいない。警察の姿は消えていないし、JRの職員も各階段の両側に立っている。利用客の誰もが、不安げに外回りホームへの階段に目をやっていた。

私は西新宿方面の改札を抜けた。何度か振り返り、高層ビル群を歩く。今日も見渡す限り誰もおらず、車も走っていない。本当に静かだ。西新宿にいるのが自分だけに思えてくる。それが心地良くもあった。途中、コンビニでサンドイッチと水を三本買った。

車一台、誰一人ともすれ違わず、新宿中央公園に入った。高層ビル街同様、公園にも誰もいない。私は日陰のベンチに腰かけた。

熱風が吹き抜けていく。平日の刺々《とげとげ》しさはない。どこかまろやかな空気だ。空には膨れ上がった入道雲が浮かんでいる。

やるべきことを反芻《はんすう》した。

おそらく私は誰かに監視されている。これまでの出来事を考えれば、誰かが私を事故に見せかけて殺そうとしている可能性が高い。他人を巻き込まないで解決するには、まず人が少ない場所で、こちらから監視役を見つけるしかない。それが第一歩だ。この公園なら構造も頭に入っている。今のところ、つけられた気配はない。

改めて周囲を見てみる。誰の目も感じない。人の気配すらない。蟬の鳴き声が間近に聞こえるだけだ。

のどかな空間だ。頭上では木の葉が、足元では木漏れ日が揺れている。

この公園で事故に見せかけるとすれば、どんな手を使ってくるだろうか。車も人もない。頭上から何かを落とす足場もない。電車も走っていない。石でも投げてくるつもりだろうか。

……馬鹿馬鹿しくなり、私は頭の中を切り替えた。

狙われるとすれば、必ず理由はある。ここ最近、日常から逸脱したのはテレビに取材されたことだけだ。最先端に取り残された大人を演じさせられた。それが誰かに恨まれる話とは思えない。では、本当にこれまでの生活で誰かに恨まれることはなかったのだろうか。いくら考えても袋小路《ふくろこうじ》を彷徨《さまよ》うだけだった。

日陰でも肌が焦げる感触があった。汗で全身が湿り気を帯びていく。規則的に水分を補給し、一時間ごとに屈伸運動をした。

夏休みに何をしているのだろう。不意に私はおかしくなった。その時、ポケットで携帯が震えた。千春からだった。

「今どこにいるの」

「西新宿の中央公園」

「この炎天下にピクニック？　気は確か？　それとも自殺する気？」

私は自分の考えを言った。

「今から、わたしも行く」

千春は強い口調だった。

「いや、自宅待機していてくれ」

「なんで」

「ここで何かあれば、頼れるのは千春しかいない。緊急連絡先は確保しておきたい。それに事故に見せかける要素はこの公園にはない。誰かが襲ってきても、相手がプロレスラーでもない限り問題ないさ」

「担任の歯を折った少林寺が炸裂《さくれつ》ってわけね。でも、一人じゃ何かあった時に対応できないんじゃない」

「いや、大丈夫だよ」

私はなるべく軽く聞こえるように言った。千春も巻き込みたくなかった。

「それじゃ、せめて定期的に連絡を入れて」

約束させられ、私は電話を切った。

平穏な時間が過ぎていった。昼には朝も寄ったコンビニでおにぎりを買った。二時間に一度、千春に電話を入れた。

時間が凪《な》いでいた。夏が傍らを通り過ぎていく。何もしないと時間はゆっくり流れていく。久しく、こんな感覚を味わっていなかった。

夕陽が落ちてくると、私は腰を上げた。結局、誰も私の前を通らなかった。ゴミ箱にペットボトルなどを捨てようとした時だった。

視界の端で強い光を感じ、反射的に顔を向けた。かなり先に人影が見えた。灌木《かんぼく》の向こう側だ。

考える前に走り出していた。熱気ですぐに息があがる。さらに昨日捻《ひね》った足首の痛みもぶり返し、全力では走れなかった。それでも右足を引きずる格好で、何とか灌木を回り込んだ。

ビニール袋とオレンジジュースのペットボトルが残されていた。周囲を見回しても、誰も見当たらない。

体中の毛穴から汗が噴き出してきた。相手が誰にせよ、そもそも私の居場所をどうやって知ったのか。朝も昼も尾行の気配はなかった……。

突然、電話が鳴った。ドクン、と心臓が跳ねた。画面の表示を見る。

末松千春。私はひと呼吸おき、乱れた呼吸を整えて耳にあてた。

「何かあったの？　連絡がないけど」

「忘れていただけだよ」

「まだそこにいる気？」

「いや。さすがにもう何も起こらないと思うから」

「じゃあ、ダニーで落ち合わない？　わたしも家でぼっとしていたわけじゃないの」

店長やアルバイトを巻き込むことにならないだろうか。だが、あの店で事故を装うことは不可能だろう。相手は事故に見せかけようとしている。危険はないはずだ。私はそう判断し、わかった、と応じた。

残されたペットボトルを拾い上げ、近くのゴミ箱に投げた。乾いた音がした。

吉祥寺も西新宿同様、人は少なかった。毎年この季節は、東京にいる人間のほとんどが東京出身ではないと実感する。ひと気はなくても、私は周囲に注意を払い、ダニーに向かった。

店長が笑いかけてきた。

「あら、珍しい。凜坊が一年に二日もくるなんて。ちーちゃん、もう来ているよ」

奥のテーブル席に千春は座っていた。ビールを傾けている。他に客はいなかった。私は千春の前に座った。

「一日でかなり日に焼けたね」

「日陰でも足元の照り返しがあるからな。ところで昨日の新宿の事故、続報は？」

「女の子はまだ意識不明のまま。あとはJRの対応とか、有識者とか言う人たちが偉そうに色々と話していた。何様なんだろうね、自分じゃ何もしないくせに」

「やけに絡みつくな」

「だってそう思わない？　映画でもファッションでも何でもそうだけど、評論家とか有識者って、偉そうに言うんだったら自分でやってみればって言いたくなる」

「自分でやらないから批評できるんだよ。その仕事に従事して、その苦労を知っていれば、批評なんて簡単にできない。よほど自分の方が上だと思っているなら、話は別だけどね。大抵は外から見る傍観者だから、ああだこうだ言える」

「外からの傍観者か。警察も評論家と同じね」

ビールがテーブルに置かれた。一昨日と同じアルバイトだった。

軽くグラスを重ね、私は一息で飲み干した。炭酸が喉《のど》を刺激し、体の隅々までビールが広がっていく感覚があった。グラスを置き、二杯目を注ぎながら尋ねた。

「それで、千春は家で何をしていたんだ」

「情報収集。ちょっと捜査担当の新宿署に探りを入れてね」

私は昨日会った松浦の顔を思い浮かべた。とても情報を教えてくれる人物とは思えない。千春に悪意すら抱いているようにも見えた。

私の疑問を見透かしたように千春は微笑み、言った。

「松浦警部じゃないよ。わたしにも友達はいるからさ。結論から言うと、何も進展はない。何が決定的な原因かもわからないまま。色々と複合的な要素があると思うけど」

そんなことを言いたいわけではなさそうだった。千春がテーブルに紙を広げた。

「思いつくままでいいからさ、これまでの現場での共通点を考えて。二つ以上の現場で重なればいいから。紙に落とし込めば、イメージも広がるでしょ」

「これも捜査の手法か」

「一般論かな」

私は思いつくまま、書き出した。二つ以上重なる、というのが肝だった。

全てに重なる条件は私がいた場所という以外にはない。だが、二つ以上となると違う。大勢がいたこと。若者が多かったこと。特に携帯電話を眺める若者が多かったこと。私は書き出した自分の文字を眺めた。

「西新宿の路地だけが異質だな」

「そうね」千春がメモに目を落とした。「でも、やっぱりね」

「何がやっぱりなんだ」

「携帯電話の若者。新宿駅の現場でも事故発生直前に、携帯電話を眺めながら階段を駆け下りる若い男が目撃されている。それも何人も」

「あの少年か」

「大学生くらいだってさ」

なぜかほっとする自分がいた。理由はわからない。私はビールを口にした。

いずれにせよ、中心に行き着くには弱い手がかりに思えた。若者が携帯電話を持つのは常識だ。小学生ですら持つのが当たり前の時代だ。中には二台、三台と使い分ける者までいる。実際、今年の新入社員にもいた。

もう一度、それぞれの現場を思い返した。

「他にも共通点があるな。少し細かいけど、彼らは画面を見ながら移動していた」

「そういう情報いいねえ。捜査はそういう細かい情報を積み重ねていくのが鍵《かぎ》なの」

私は書き出したメモを見返した。……やはり、そうか。去り際に見た鋭い光を思い出した。

「共通点とは言えないが、新宿中央公園には誰もいなかった。裏返せば、だから何も起きなかったと言えるんだ。相手は常に俺を監視し、事故に見せかけようとしている。だから、周囲の状況によって手が出せない場合もある。それが今日、裏づけられた」

「待って。単に凜の行動が読めなかった可能性もある。行確すれば、大塚や新宿は凜の行動範囲内とわかるから相手も仕掛けやすいけど、今日は思いつきでしょ？」

「ああ。だが、それだと昨日の新宿駅の大事故は説明できない。昨日だって別に行く予定はなかったんだ」

「その論理だと、今日も確実に監視されていたことになるけど？」

「ああ。追いつけなかったけどな」

私は夕方の出来事を告げた。

「ちょっと」千春が眉《まゆ》を顰《ひそ》める。「報告にはなかったけど」

「だから今、報告したんだ」

千春は束の間、口を閉じ、頰を指で軽く叩《たた》くと言った。

「まあ、いいわ」

私はビールを飲み終え、一昨日の残りのボトルを持ってきてもらった。氷をロックグラスに入れ、ウイスキーを注ぐ。十三回転半かき回し、口に含んだ。

「携帯電話の若者は、どの現場でも同一人物なのかな。凜はどう思う？」

「さあ。印象に残っているのは、あの少年だけだから。ところで、こんな共通点を挙げても、警察は動けないよな」

「もちろん。肝心の凛は明確な被害に遭っていないし、証拠もない。あるのは余りにも漠然とした共通点だけで、こんなの作ろうと思えば、いくらでも作れる類《たぐい》の共通点だからね」

　自力で何とかするしかない状況に変化はない。思いついていることならある。千春に話すべきかを考えた。結論はすぐに出た。

「囮《おとり》になるよ」

　千春の顔が曇った。

「危険」

「このまま時間をやり過ごしても、危険の度合いは変わらない。だったら、進むしかないと思わないか。警察もアテに出来ないんだ」

「それはそうだけど」

「詳細を詰めよう。千春に一部始終を目撃してほしい。いざという時、証人になれる」

　会話の隙間に滑り込むように、ビル・エバンスの繊細なピアノが流れてきた。曲はワルツ・フォー・デビイ。私は思わず耳を傾けた。

「この曲、好きなの？」

「ああ。それ以上に思い出がある。高校時代の同級生にジャズ好きがいた。そいつはボビー・ティモンズが最高のジャズピアニストだと言った。確かにアート・ブレイキーと一緒にプレイする時の彼は最高だ。だけど、いま流れているビル・エバンスとは毛色が違う。だから、比較する意味がない。そう言ったんだ」

「ジャズの話はわからないけど、凜が優等生的な発言をしたことだけはわかる」

「二人の演奏を聴けばわかることだよ。何にしてもその時、一念三千という天台宗の教えの入り口が見えた気がしたんだ」

「へえ。どういう意味なの」

「簡単に言えば、一つの中にも違う要素がいっぱいあるって教えかな」

「なんか子供みたい」

「世の中なんて、難しく考える必要はないんだろうな。偉いお坊さんの教えだって、簡単な言葉に置き換えれば、結局は子供でもわかることだ」

「でも、簡単なことほど難しいからね。良いことはして悪いことはしない。こんなの子供でも知っていることでしょ。でもね、大人には出来ないの」

　千春が店長にボビー・ティモンズをリクエストした。ほどなく、アート・ブレイキー名義のライブ盤が流れてきた。そして頼んでいないのに、店長がカレーをテーブルに運んできた。

「これをちーちゃんに食べてほしかったの。まだ食べてないでしょ。凜坊のカレー」

「だから仕込めって言っていたんですか」と私は尋ねた。

「まあね。人生はカレー。この凜坊の名言について語り合いたかったから」

「凜、どういう意味？」

千春は半笑いだった。

「色んな物を煮つめると、混沌《こんとん》として灰汁《あく》も出る。でも手を入れて煮込み続けると、最終的には旨くなる。人生もそんなカレーと似たもんじゃないかと思っただけだ」

千春が一口食べた。

「へえ、人生ってなかなかいい味なのね」

5

私は独りで池袋《いけぶくろ》駅のホームに入った。

大事故の後だ。新宿駅では相手も警戒し、誘いに乗ってこない可能性がある。そこで新宿同様に利用客が多く、普段の状況も比較的知るこの池袋駅を選んだ。

ほとんどの企業が夏休みに入った月曜の朝。それでも、それなりの利用客がいた。駅員も数名ホームにいる。

とはいえ、いつもの平日とは違う。普段はこの時間、駅員が階段の手すりに結んだロープの先を持ち、乗客と降車客の動線を分けている。電車内からも見える光景だ。今日、その姿はない。そこまでするほどの利用客はいないのだろう。

私はホーム中ほどのベンチに座った。どの駅員からも距離を置いた位置だ。言い換えれば、狙われやすい位置でもある。時計を確認する。午前八時半。そろそろ千春はどこかで私を見ている頃だ。捻《ひね》った右足首を軽くホームに押しつけてみる。痛みはまだあるが、踏ん張りきれないほどではない。

列の先頭に立った。途端に動悸《どうき》が速まり、急速に口が渇いていく。深呼吸し、周囲に視線を振った。今のところ、若者の姿はない。

会社員が何人か背後に並んできた。次の電車がくる無愛想なアナウンスが流れ、私は耳を澄ませた。視線を散らし、足を踏んばり、周囲からの圧力をはね返すべく、神経を集中させる。

……いつ背中を押されるのか。身も心も張りつめる時間が続いた。注意を払ったまま、その場に立ち続けた。

何事もなく山手線がホームに入ってきた。私は電話がかかってきたふりをし、列から離れ、それとなく周囲を見回した。少年の姿も若者の姿もない。

待つことにした。利用客数によって様子を見ることは前日、ダニーで千春と打ち合わせ済みだった。

午前九時を過ぎると、明らかに通勤客が減り、駅員の姿も減った。

状況は午前十一時過ぎまで変わらなかった。私は千春に電話を入れた。

「夕方にやり直そう。若い連中はまだ少ない。寝ているんだ」

池袋の街に出た。やはり若者の姿は少ない。私たちはカフェに入った。チョコデニッシュとコーヒーを前に、夕方まで出来ることがないか話し合った。

帰省ラッシュの真っ只中《ただなか》。そう気づき、丸ノ内線で東京駅へ向かった。

入場券を買い、私は東海道新幹線のホームに立った。安全扉があることもあり、危険を感じることも異変もなかった。

午後五時過ぎ、私は再び池袋駅にいた。利用客は多く、朝のラッシュ時並みだ。若者もいる。

午後五時半。さらに若者が集まり始めた。誰もが携帯電話を手にしている。携帯のシャッター音もあちこちで鳴っている。にわかに緊張が高まった。……条件が整ってきている。

そろそろだ。走り去る電車を見送り、私はホームの先頭に立った。荒くなりそうな呼吸を抑えつけた。一分、二分と経った。そして。

ホームが若い客で溢《あふ》れ、人いきれで息苦しいほどになった。私は意識を尖《とが》らせた。鼓動が速まり、全身が汗ばんでいく。

次の電車がくるアナウンスと、ほぼ同時だった。

背中に重い衝撃がきた。抵抗するが、私は次第に強まる圧でじりじりホームの際に追いやられ、足が黄色の線にかかった。対抗しようと、重心を背面に据えた。それでも姿勢が前傾に倒れていく中、視線を振った。

多数の若者が駅のホームを一方向に歩いている。

突然、若者の一人が走り出すのが見えた。何人かがその後を追う。ぐぅっと背中にかかる力が一段と強まり、体が浮き上がりそうになった。なんとか踏ん張るも、若者の動向に注意を払っている場合ではなかった。

押すなよ。押さないで。

背後で強張った声があがり始める。汗が全身から噴き出してきた。危険ですのでホームを走ることはご遠慮下さい。荒い声でアナウンスが流れる。

私は筋肉が次第に硬直するのを感じた。

脇に僅《わず》かにスペースがある。だが、そこに飛び退いたとしても、私の後ろに並ぶ誰かがホームに落ち、その誰かが轢《ひ》かれる結果になる。

私は全身に力を込めた。足の指先にでさえ、力をこめた。

まず太腿《ふともも》、続いてふくらはぎが震え始めた。腹筋と背筋まで痛みを発し始め、足の痙《けい》攣《れん》が激しくなる。今にも攣《つ》りそうで、歯を食い縛った。

近づく電車が見えた。タイミングを狙ったように、さらに強い力が背中に圧《お》し掛かってきた。全力で押し返した。が、その反動で体が押し出され、上半身がホームからはみ出た。けたたましい警笛が鳴る。選択肢はなかった。

息を止めた。

無理矢理に体を横に倒し、ホームに倒れ込むように転がった。

刹那、轟音《ごうおん》を伴った分厚い風がきた。鼻先を車体がかすめていく。誰も轢かれた気配はない。私は肘で体を起こし、脇に抜けた。足は震えることなく動いた。カァッと血が滾《たぎ》っていた。

混雑するホームを力ずくで突っ切る集団がいた。私は利用客を腕でかき分け、彼らも追った。なかなか進まないが、目は離さなかった。

先頭の男がホームの端に達していた。その場で立ち止まり、携帯に何かを打ち込んでいる。車両には目もくれず、乗車の気配もない。他にも十人ほどが走っていたが、次々に走るのをやめていた。私は視線を彼らにも飛ばした。

妙だった。

誰も私を見てこない。私を狙っているのなら、一人くらいはそれとなく一瞥《いちべつ》してくるだろう。疑問を抱えたまま、歩みを進めた。降車客が新たな流れを作り、阻まれた。走っていた連中が、最初にホームの端に達した一人を残して散っていく。全員を追いかけることは無理だ。私は先頭を走った一人に絞ることにした。その若い男はホームの端で満足そうに笑みを浮かべている。どこにでもいる若者で、これといった特徴はない。

降車客の波を抜けるとスムーズに進めた。

私は男の前に立った。携帯電話に落ちていた視線が上がってくる。怪訝《けげん》そうな顔つきだった。私を見知っているとは思えない。そんな態度だった。

「君は何でホームを走ったんだ」

「は？　あなたに何の関係があるんですか」

「君のせいでホームから落ちかけた。だから、聞いているんだ」

「言いがかりはやめてもらえますか。警察、呼びますよ」

「呼びたければ、呼べばいい。駅のホームは混んでいたよな」

「それが何ですか。見りゃわかりますよ」

「走れば、誰かにぶつかる。ぶつかれば、連鎖的に列に圧力がかかる。ホームの際にいる人間はどうなると思う？」

「そんなの俺に関係ないっすよ」

「あえてこの場所を選んで走ったんだな。俺を殺すために」

カマをかけた格好だった。

「はあ？　なんで、アンタを殺さなきゃならないんですか」

「じゃあ、何で走ったんだ」

「うるせえな。フローラポイントですよ」

聞き慣れない単語だった。何だそれは、と私は尋ねた。

「フローラ市場《いちば》って知っているでしょ」

私は男に頷《うなず》きかけた。それなら聞いたことがある。ポータルサイトが運営するネット通販だ。運営するフローラ社はプロ野球球団に続き、Ｊリーグのチームも買収したと報じられたばかりだ。ＩＴ業界ではかなり注目を集める企業だといえる。

「そこで金として使えるフローラポイントを貯めるためですよ」

理解できなかった。私は束の間考えた。

「駅で走れば、ネット通販で使える通貨を貯めることが出来る。そういうことか」

「ええ」

私は刑事ではない。嘘を見抜くことを職業にしているわけではない。それでも、若者に嘘をついている気配がないことはわかった。

「どうして駅で走れば、ポイントが貯まるんだ？」

「別に駅で走れば貯まるわけじゃないですよ。もういいですか」

若者は私を押し退けようと太い腕を出してきた。勝手に体が反応する。私はその腕を捻り上げていた。呻《うめ》き声とともに、若者の体が傾く。

「監視しているわけじゃないんだな」

「なんで、アンタを監視しなきゃいけないんですか。そんな暇じゃないですよ」

「一昨日の新宿駅の事故は知っているな。あの現場にいたのか」

「いませんよ。何なんですか。ポイント集めの何が悪いんですか」

汗水たらして働くだけが能ではない。だが、釈然としなかった。喉がいがつき、胸に鉛が詰まったようだ。

「ポイントを貯めて何を買うつもりなんだ」

「靴ですよ。スニーカーですよ」

　若者が激しく体を振った。私は腕を放してしまった。若者は睨《にら》みつけてくると、走り出した。若者の足は速かった。追いかける間もなく、ホームに到着した電車の降車客に紛れてしまった。

　私はホームの端にある鉄柵《てっさく》に寄りかかり、深呼吸した。

　フローラポイント。調べるべきだろう。それにしても、スニーカーで死にかけた。その事実を考えていると、千春が走り寄ってきた。

「だめ、監視役は見つからなかった。人が多すぎて全然見られない。でも、ほんと怖かった。揉《も》みくちゃにされた凜が視界から消えたけど、近寄れなかったし、怖くて声も出せなかった」

　確かに綱渡りだったが、その分の収穫はあった。私は若者から聞いた話をした。

「ポイント？　でもフローラ社の立場になれば、顧客が駅のホームを歩いても何の得にもならないよ。ポイントってオマケみたいなもんでしょ。意味がわからない」

「調べよう。ノートパソコンは持ち歩いてないよな」

「ええ、家に帰らないと。スマホってすぐ電池が切れるから使いたくないし。職業柄、緊急連絡もあるからさ。あ、でもパソコンなら駅の近くにあるじゃない」

　池袋駅を出ると、北口のインターネットカフェに入った。千春がパソコン前に座り、すぐにフローラ社のサイトでフローラポイントを調べた。

仕組みは単純だった。

フローラ社が運営するSNSの登録者のうち、フローラ社から送られてくるメッセージ通りに行動した者にポイントは与えられる。複数いた場合は、規定人数に達するまで達成順にポイントが与えられ、一ポイントが百円に換算される制度だった。

例には、フローラポイントのメリットをブログに書き込む、友人三人をフローラSNSに紹介する。そういったことが挙げられていた。見方を変えればネズミ講にも思えるが、他の企業でも友人紹介によるサービスは行っている。珍しいことではない。

私は例を読み込んでいった。

挙げられた例は、フローラ社のメリットになることばかりだった。ポイントを与えることも頷ける。一方、駅のホームを走らせたり、階段を駆け下りさせたりすることがメリットになるとは思えない。……とはいえ、実際にその行動をした人間がいる。その理由があるはずだ。

「この事実を話したところで、警察が動く材料にはならないよな」

「残念ながら。でも、一歩前進ね。これまで凜に降りかかったことを考えれば、フローラ社のメッセージを受けた若者が関係している可能性は否定できないから」

「つまり、フローラ社が事故に見せかけようとしている」

改めて言葉にすると、冗談に聞こえた。

「でも何のためだろう」

「それを一番知りたいのは俺だよ」

狙われる筋合いはまるでない。そもそもフローラ社と接点もない。私企業が個人の命を狙うということも信じがたい。

「なあ、そのメッセージは誰が考えているんだ」

フローラ社のサイトを隅々まで見ても、答えはなかった。問い合わせ先の電話番号も掲載されていなかった。代表番号すらない。あるのはメールでの問い合わせフォームだけだった。これ捨てアドレスだから。千春はそう言って、フリーメールのアドレスで質問を送信した。

コーヒーを一口含む間に、返信がきた。


フローラ社からのメッセージは、管理プログラムが作成し、弊社SNSの会員（通称フローラ会）にランダムに送信しております。いつ、どこで、誰が受け取るのか。それは神のみぞ知ることです。なお、この返信も管理プログラムが文例から、最適と思われる一文を選んだものです。さあ、あなたもフローラ社のSNSに参加しましょう。フローラ社は世界へ繋《つな》がる新しい扉を用意しております。


「何の答えにもなっていないな。フローラ社に誰か知り合いはいるか？」

「いない。わたしに聞いたってことは、凜もいないってことね」

「乗り込むしかないか」

「最終的にはね。でも、手ぶらで行っても意味がないよ。相手が言い逃れ出来ない証拠を集めて、突きつけるのが捜査の基本だからさ。もう少し情報を集めないと」

千春がフローラ社のサイト内で情報を集めた。わかったことはそれほど多くない。創立は八年前。社長は日本の高校からマサチューセッツ工科大に進学した梶野勝利《しょうり》。社員数は三千人。インターネットサイトとしては後発だが、ネット通販に力を注ぎ、ポータルサイトやプロバイダー業務のほか、今では不動産業界にも進出して売上高は年間二兆円に上っていた。系列には警備会社や家具メーカーなども名を連ねている。

また、スポーツとネットという異文化の架け橋になりたい、そう宣言し、広告塔としてプロ野球球団とJリーグのチームを抱えていた。さらに、今ではアメリカの企業が独占状態だったSNSにおいて、その対抗馬にまでなっている。フローラ社のSNS会員は全国で若者を中心に二千万人、世界では二億人に上るという。

千春がキーボードを叩《たた》いた。問い合わせフォームに入力している。

利用者の年齢層は？　回答はすぐに来た。

十代から八十代まで幅広い年齢です。さあ、あなたもフローラ社のSNSに参加しましょう。フローラ社は世界へ繋がる新しい扉を用意しております。

他社のSNSと比べての特徴は？　やはり回答はすぐに来る。

何と言っても、フローラポイントです。実質的な割引制度となっております。さあ、あなたもフローラ社のSNSに参加しましょう。フローラ社は世界へ繋がる新しい扉を用意しております。

メッセージはフローラ会なら、誰でも受け取れるのですか？　すぐ返信がある。

権利はどなたにもございます。しかし、いつどこで誰にメッセージが届くのかはわかりません。管理プログラムがランダムに選んでおります。さあ、あなたもフローラ社のSNSに参加しましょう。フローラ社は世界へ繋がる新しい扉を用意しております。

管理プログラムを作成したのは誰ですか？　やや間があり、回答が届いた。

弊社プログラマーです。さあ、あなたもフローラ社のSNSに参加しましょう。フローラ社は世界へ繋がる新しい扉を用意しております。

「なんかいやな感じ。会話なら、声の抑揚とか顔つきとかで曖昧《あいまい》な返事にも突っ込めるけど、これだとね。いつも最後にある一文が気持ち悪いし」

同感だった。とにかく、このままでは表面上の情報が得られるだけだ。まず若者に送られたメッセージを把握すべきだろう。私がいた場所と照らし合わせることで、そこから繋がりが見えるかもしれない。……しかし、どうやって探すべきか。街頭で呼びかけるわけにもいかない。先ほどの若い男を逃がしたのは痛手だった。

千春がマウスを置いた。

「ネット社会って感じだね。この感覚、古いのかな」

「俺たちがそう感じる最後の世代だろうな。子供の頃はインターネットなんてなかったんだから」

「そうね。もう子供だって使っているんだから。ネットがない世界なんて想像できないもん。わたしたち、文字通りに丸ごと網に包まれているよね」

千春の言う以上かもしれない。

ある意味、ネットはもう道具ではない。自分の一部とも言える。目、頭脳、手足。その延長線だ。自分の経歴や記念写真を預け、買い物や調べもの、コミュニケーションにも使う。いつからか仮想世界ではなく、現実世界になっている。

フローラポイントも現実的な通貨と言えるのかもしれない。私には馴染《なじ》まない感覚だが、先ほどの若者の感覚ではそうなのだろう。

ハッとした。だったら、馴染んでいる世界に聞けばいい話だ。

「愛好家のサイトを探してくれないか。効率よくポイントを集める方法とか、メッセージを受け取る方法を解説したサイトだ。必ずある。メッセージそのものも掲載されているはずだ」

わかった。千春が言うなり、その指が動いた。

やはりあった。

ご神託。サイトではフローラ社からのメッセージをそう呼んでいた。なるべく多くの人間と繋がり、なるべく多くの情報を発すること。つまり、より深く利用することが近道。ご神託を受け取りやすい条件として、サイトはそう解説していた。

メッセージ文そのものについての記載もあった。フローラ社のサイトに載る例文とは違うものも多く、私はいくつか目を通した。

三月二日午後三時、新宿のセレクトショップ「レーダース」に行け。ポイントは十。

九月二十四日午後四時、原宿《はらじゅく》の古着店「カウンター」に行け。ポイントは八。

六月十日午前八時半、東京ビッグサイト内のイベントに参加せよ。ポイントは六。

六月十日午後一時、最寄りの自動販売機で炭酸飲料を飲め。ポイントは一。

「フローラ社の宣伝もあるけど、何か手広いPR手段って感じね」

領《うなず》けた。自社のことよりも、他社を宣伝する使い方の方が多い。だからこそ、ポイント割引という形で利用者に還元できるのだろう。割引分を補う原資は、企業からの広告費で賄える。よく出来た仕組みだ。誰も損をしない。フローラ会に若者が多いことも頷ける。たいがいの若者は時間ならあるが、金はない。さらに、欲しいものなら山ほどある人種だ。アルバイト感覚、あるいはゲーム感覚で参加しているのだろう。

他のメッセージ文にも目を通していく。

駅のホームで走れ、という類《たぐい》の文はここでも投稿されていなかった。当たり前だ。駅のホームを走ることに金を出す企業はない。広告にならない。あの若者に担がれたのだろうか。駅のホームを走る、フローラポイント。そう千春が検索した。私と同じ疑問を抱いたのだろう。

千春が検索を続ける。その手が止まった。

「へえ、フローラって、古代ローマの花と春、豊穣《ほうじょう》の女神だって。わたしの名前と同じ由来みたい。フローラで検索をかけていたら、そんなページに行き着いちゃった」

女神のように千回の春を迎えるほど楽しい人生を歩んでほしい。

野崎と三人で下校途中、千春はそう自分の名前の由来を話したことがあった。なんでそんな話になったのかは覚えていないが、私や野崎に比べ、名前に華やかさがあると思ったのは覚えている。

マウスのクリック音が無言の間に染みた。ポータルサイトのトップページに戻った。

その瞬間、トップニュースの一文に、私は目が吸い寄せられた。

新宿群衆雪崩　中二女子が死亡

……犠牲者が出た。深く息を吸った。肺が痛むまで強く吸った。

肩に手が置かれた。柔らかな手だった。

「凜のせいじゃない」

千春の声は押し殺されていた。

私はいつの間にか強く握っていた拳《こぶし》を目の前で開いた。手の平には、くっきり爪の跡が赤く残っている。

「本文を表示してくれないか」

千春がマウスをクリックすると、画面が切り替わった。

町田京子《まちだきょうこ》。武蔵境《むさしさかい》に住む中学二年生だった。友人と映画を見るため、新宿を訪れていたという。どうして京子が。一緒に巻き込まれた同級生は絶句し、嗚咽《おえつ》したと記事にあった。その同級生も手首を捻挫《ねんざ》したという。

私は椅子の背もたれに体を預けた。そのままどこまでも沈んでいきそうだった。店内に流れる有線が空々しく聞こえた。

少女の死。その直接的な責任は私にはない。しかし、関係ならある。それも強い関係だ。話したこともない。性格も知らない。彼女について何も知らない。それでも他人ではない。私が新宿駅を利用しなければ、死ななかったかもしれない命。

私は千春を見た。

「警察はＪＲを捜査するのか」

「予見可能性の有無が問題になると思う。でもそこまでだろうね。そこから先に伸びることはない」

明確な口調だった。千春は私の質問の先を見越したのだ。

新宿の事故現場で目撃されている、階段を駆け下りた若者がフローラ会だとする。すると本当の事故原因はＪＲにはない。だが、その根本まで警察が辿《たど》り着くことはない。走ること自体、何の罪にも問えないからだ。

私たちが話したとしても同じことだ。第三者が指摘したところで、犯罪に問えない事柄は犯罪に問えない。仮に若者の疾走がフローラ社のメッセージによるものであり、事故発生の原因だと判明しても、フローラ社は簡単に言い逃れできる。すべては管理プログラムの判断である、と。もちろん、注意は受けるだろう。公共の場で若者を走らせるメッセージを発信すること自体が過失だと。しかし、そこまでだ。フローラ社は駅の状況を知る立場にはない。責任を負う立場にはなりえない。

その上、全てはまだ推測と仮定の積み重ねに過ぎない。

私は奥歯を強く嚙《か》み締めた。……だからどうした。人が死んだ。少女のためにも、私はやるべきことをするしかない。

宙を睨《にら》みつけていた。

フローラ社を調べるべきだ。私がやらなければ、誰もやらない。狙われているのは他の誰でもない。理由はわからないにせよ、私だ。

雪崩事故の原因は、先ほどの若者のようにフローラ社からメッセージが届いた人間なのだろうが、彼らに殺意を汲《く》み取ることはできないはずだ。彼らはメッセージ通りに行動したに過ぎない。

ならば、メッセージを送った側の意図を浮き彫りにする必要がある。プログラムが管理しているとはいえ、まずは人間がメッセージを入力する必要があるはずだ。次々に私の周囲で異変が発生していることを考えれば、誰かが私を監視し、その上でメッセージを送っている。そう筋道を立てていいだろう。

とりあえず、身近な端緒は監視役だ。どこかにいるはずだ。今も私の行動を注視し、次の事故を起こすタイミングを計っているかもしれない。

「何を考えているの」

「やるべきことさ」

「フローラ社と事故を結びつける証拠や証人を探すつもりなんでしょ」

「ああ。できれば内部事情を知る人がいいが、外堀から埋めていくしかないだろう。ところで、千春もまだ続けるのか」

「どういう意味？　当たり前でしょ」

「千春は警察だ。他の捜査員が調べていることを、休み中とはいえ嗅《か》ぎまわるのは、余り好意を持たれる行為だとは思えない。普通の企業でも自分の仕事に横から首を突っ込まれるのは、煩わしいだけだ」

「同僚に好意を持たれる必要はない。それに警官だからこそ、警察には手が届かない部分もわかる。今回はその灰色部分のど真ん中。今度こそ、負けるわけにはいかないの」

「今度こそ？」

千春は口をつぐんだ。一昨日、新宿駅で松浦がほのめかしたことに、何か関係があるのかもしれない。私は千春から口を開くのを待った。

「個人的な理由」千春は硬い口調だった。「世の中なんて、個人的な理由で動いていると思わない？」

「そうかもしれない。話したくなったら、話してくれ。聞くだけなら出来るから」

一拍の間があいた。

「ねえ、何か食べにいかない」

ネットカフェを出ると、少し歩いた。池袋駅北口の中華料理店に入った。北口はちょっとした中華街だ。中国語の看板があちこちにかかっている。安く、本格的な中華料理が楽しめる地域だ。

店内は日本人と中国人が半々だった。日本語と中国語が飛び交い、笑い声が混ざっている。運良く空いていたテーブル席に座った。すぐにテーブルには頼んだ単品料理が並んだ。麻婆豆腐《マーボーどうふ》、黄ニラと木耳《きくらげ》の炒《いた》め物、八宝菜、唐揚げの甘酢かけ、チャーハン。ちょっとしたものだった。壮観ね。千春が冗談めかした。

しばらく食べていると、千春が切り出してきた。

「凜は自分のためでもあるけど、死んだ女の子のためにもやる気なのね」

「突然、何だ？」

「新宿の事故で女の子が亡くなったって知った時の顔、凜じゃないみたいだった。中学時代を思い出した。ほら、わたしのために担任を殴った時の顔よ」

「そうか」

「誰かのために行動できるって、凄《すご》いと思う」

「みんなが健康で幸せなら、それに越したことはない。そう思わないか」

「なんか志木統住職みたいね。それって陰陽道《おんみょうどう》の基本的な考え方なんでしょ。前に住職から聞いたことがある。なんか密教とも関係があって、どうたらこうたらって」

ああ、と私は言った。

「陰陽道は魔術の類《たぐい》じゃない。経験科学だ。すべての人間が楽しく、健康に長生きできることを主眼に置いた学問さ。だからこそ、陰陽道を元に医術、農業、暦などが細分化されていった。占術だって、経験則に基づいたものなんだ。志木統の言う通り、天台宗や真言宗の密教とも関係が深い。昔の坊さんは今で言う学者であり、医者でもあった。

つまり陰陽師と重なる部分もある。お互い知識を共有しあっていたんだ」

「さすがに詳しいね。ねえ、お寺継ぐの」

「わからない。別に寺にこだわる必要はないと思っているから」

「どういう意味？」

「そのままだよ」

私はチャーハンを口に入れ、間をあけた。

「誰かのために行動できるのは凄いと言うけど、千春は職業として市民のために行動しているじゃないか」

「全然だめ」

束の間あいた。

「見逃したの。被害者の嘘を」

私は箸《はし》を置いた。店内には笑い声が渦巻いている。だが、不思議とその声が遠ざかっていく気がした。

「灰色部分ってやつか」

「そう。周囲は誰も首を突っ込まなかった。警察の範囲じゃない、そう私も言われた。でも私は何とかしてあげたかった。だって警察だから」

「警察は万能でも公平でもない。どんな職業もそうさ」

「でもね、警察が見放したら誰が身の危険を感じている人を助けるの？」

返す言葉はなかった。私自身、いま身に染みていることだ。

「私は失敗した。その結果、人が一人死んだ。まだ二十歳の女の子がね。彼女のためにも私は強くならなきゃいけない。警察は最後の砦《とりで》。市民が頼る最終手段なんだから」

千春が意を決したようにビールを飲み干し、口元を引き締めた。

「そのコが死んだことについて、私への処分はなかった。元々、警察が手を出す範囲の話ではなかったから責任もないって。そのコも嘘を言っていたし。でもね、職業として責任がなくても、道義上の責任はあると私は思っている」

私は相槌《あいづち》も打たず、千春が吐き出せるようにただ黙っていた。

しばらく千春から言葉は出てこなかった。熟考しているようでもあり、苦悩しているようでもある。

ゆっくり、目を合わせてきた。

「ストーカー被害にあった女の子が殺されたニュースがあったでしょ。あれなの」

私は千春にかけられた中年の刑事の視線を思い出した。

「嘘ってのは、何なんだ」

「警察は女の子に近づかないよう元恋人の男に警告を何回か出した。その担当が私だった。それでも男は付きまとってきたけど、被害がないから動けなかった。動かしてもくれなかった。私は男から連絡があったと聞いて、勤務後に彼女の部屋に行った。そこで言われたの。彼が改心してくれた、もう付きまとわないってメールをくれた、もう大丈夫って。明らかな男の嘘だし、メール自体が警告を無視した行為だった。でも、彼女は男を信じようとしていた。私は引き揚げてしまった。嘘だとわかっていたのに」

捲《ま》くし立てると、千春は視線を落とした。

「その翌日に彼女は死んだ。犯された挙句、滅多刺しにされてね。近所に轟《とどろ》く悲鳴を残して死んだの」

周囲の騒がしさが壁となり、私は千春と二人だけの世界に隔離されている気がした。

「あえて見逃したんだろ。彼女の信じる気持ちを汲《く》んで」

「ええ。でも見逃すべきじゃなかった。私は彼女のためにSNSにも入った。それなのに助けられなかった。その一年前、新宿の刑事課を追い出されていたの。当直の時、旦《だん》那《な》に殺されるって主婦の通報にも動こうとしない上司と喧嘩《けんか》してね。その主婦は刺されて重傷を負った。あの時、私は絶対に誰も見捨てないと誓った。なのに、また負けてしまった」

私は腹から重い息を吐いた。

「誰も完璧《かんぺき》じゃない。さっきも言った通り、警官も万能じゃない」

「でも万能に近づこうとすることは出来るから」

「簡単に近づければ、世界は生き神様だらけになる」

私たちは黙した。ビール追加しますか。たどたどしい日本語で店員が尋ねてきた。私は頷《うなず》き返した。

二人とも黙り、箸も動かさない中、新しいビールが来た。注ぎあい、口につけた。

「ビールって、こんなに苦かったっけ」

千春が冗談めかせた。

私は微笑みかけた。

「そういえばあの事件、なんで今頃、ＳＮＳの書き込みが報じられたんだ」

「さあね。あ、私は売ってないよ。バカ松浦がそう言ってたけど。でも表に出て良かったんだよ。警察は治安維持を目的とする組織なのに、未然に防ぐことが出来ないなんて間違っている。これで少しは警察に火が点《つ》くはずだから」

「その書き込みは、どんな内容だったんだ」

千春がグラスを置いた。

「誰か私を助けて。そんな率直な叫びだった。彼女には友達がいなくて、誰もそのメッセージを見ていなかった。私以外にはね。でも、私が何と言おうと本人からの通報でもなく、被害もないという理由で警察は動かなかった。私も別件の事件処理を回され、動けなかった。解剖結果を見ると、その時、まさに彼女は殺されようとしていたの。それに、すぐにメッセージは消されていた。たぶん、逃げる前の男の仕業だと思う」

千春の目が深みを帯びた。

「今回の件、ある意味で私にとっては弔い合戦なの。卑劣な人間にもう負けたくない。私はもう何があっても負けられない」

私にというよりも、千春は自分に言い聞かせるような口調だった。

6

「そろそろ行かないと、六時からだから」

昨日同様、私を見張る監視役を探す千春からの電話だった。

今日は朝から新宿の山手線ホームに立った。だが結局、夕方までフローラポイントを求める若者の姿はなかった。そもそも利用客も少ない。

新宿駅のコインロッカーから荷物を取り出し、近くのデパートのトイレに入った。ポロシャツとチノパンから、黒のスーツに着替え、黒のネクタイも締める。靴はこのために黒の革靴を履いてきた。エアコンがきいているが、着替えだけで汗が噴き出した。しかし、苦痛ではなかった。死者への礼は失するわけにはいかない。トイレを出ると、五分ほど待った。

女子トイレから、全身、黒一色の千春が出てきた。

中央線に乗った。私たちは黙していた。二十分ほどで武蔵境駅に着いた。

陽射しは昼間に比べれば緩んでいるが、暑さは変わらない。都心に比べ、かなり蝉の声が響いている。ハンカチで額の汗を拭《ふ》きつつ、歩みを進めた。

十分ほど歩くと、私たちと同じ真夏の喪服姿が目立ち始めた。住宅街に入ると、やがて葬儀場が見えてきた。大きなホールだった。

町田家。

簡単な看板が出ている。昼間、千春が新宿署に問い合わせてくれていた。

ホールの周囲にはジーンズ、Tシャツ姿のテレビカメラマンが大勢いた。ガンマイクを持つ者もカメラマンと同じように砕けた格好だ。マイクを持つインタビュアーはそれなりの格好だが、談笑している。その笑い声は場違いなほど周囲に響いていた。新聞社のカメラマンたちも、ホールの入り口が見渡せる位置に陣取っている。

ガラスの自動ドアを潜った。菊と香のにおいで満ちていた。白黒の幕がかかり、スタッフが神妙な顔つきで頭を下げてくる。背後でドアが閉まると蟬の声や笑い声が消え、急に静かになった。

町田京子の通夜は二階の小さな会場だった。記帳し、斎場に入る。

「京子さんの同級生で、三枝理央《さえぐさりお》さんはお越しですか」

千春が尋ねた。

町田京子と一緒に映画を見に行っていた同級生だ。新聞で嗚咽《おえつ》したと報じられたが、名前までは掲載されていなかった。千春が新宿署の捜査員から聞き出していた。

スタッフは芳名帳を捲《めく》り、調べてくれた。まだ来ていなかった。

「お越しの際、教えて頂けないでしょうか。杉並署の末松と申します」

スタッフは重々しく頷いた。

会場はすすり泣きで充満していた。

満面の笑みの少女が遺影に掲げられている。端整な顔立ちだ。周囲を白い菊に飾られた遺影は、少女が遠い存在となったことを如実に示している。その傍らでは遺族が俯《うつむ》いている。母親だろう。常にハンカチを目に当て、肩が上下に動いている。その隣では父親らしき人物が口を固く結び、虚空を睨《にら》んでいる。

参列者は少女の同級生やその父母が多かった。私や千春は異質な存在にも見える。不意に肩を叩《たた》かれた。顔を向けると険しい顔の若い男がいた。

「遺族ですが、JRの方ですか」

「いいえ。あの事故に巻き込まれかけた者です。近くなものですから、弔いだけでもと思いまして。隣の女性も同じです」

失礼しました、と若い男が離れていった。硬い背中だった。

私と千春は目を合わせ、焼香の列に並んだ。

私たちの番になった。焼香し、手を合わせた。祈りの言葉は出てこなかった。遺影を目に焼きつけて列を譲り、席に戻らずに会場を出た。

廊下の片隅に千春と並んだ。参列者がホールから出て行くたび、自動ドアの向こうから、カメラのフラッシュ音やレポーターの質問を投げる甲高い声が聞こえてきた。彼らの神経はゴムで出来ている。感情の電気が通っていないのだ。……だが、これからやることを考えれば私も同類だ。

やがて、スタッフが歩み寄ってきた。千春に耳打ちしている。私は記帳中の少女を見た。右手首に包帯を巻いている。傍らには顔のよく似た女性がいる。母親だろう。千春からスタッフが離れていく。

「あの女の子」

千春は短く言った。私は小さく頷き返した。

記帳を終えた三枝理央が、母親と思われる女性と会場に入っていった。

待った。この待ち時間が彼女たちにとって持つ意味。それを考えると、胸の奥が締めつけられた。

十分、十五分と経った。

肩を震わせ、力ない足取りで三枝理央は出てきた。ハンカチを目にあて、嗚咽を抑え込んでいるのがひと目でわかる。その姿に一瞬、足が止まりかけた。……が、私は新宿駅の惨状を思い返し、一歩を踏み出した。

当日の話を聞くだけなら、他の被害者でも構わない。千春がその住所を聞き出してくれるだろう。だが、私はこの少女から話を聞かねばならない。友人を失った少女と向き合わねばならない。彼女たちは私の巻き添えを食ったのだ。

歩み寄った。

「三枝さん、少しお話を聞かせて下さい」

二人が立ち止まった。

ハンカチをずらした三枝理央の真っ赤な目と向き合った。私は背筋をただし、ゆっくり頭を下げた。

「私はあの事故に巻き込まれかけた者です。あの現場で携帯電話を眺める若者たちを、三枝さんが目にしていないかと思いまして」

「こんな場所で何ですか」母親が険のある声で言った。「非常識じゃないですか」

あの、と千春が言い添えてきた。

「大事なことなので、思い出して頂けないでしょうか。杉並署生活安全課の末松と申します」

「警察にはもう色々と話しましたよ」

母親がヒステリックな色を帯びた声を発した。急ぎの事態なんです、と千春が冷静な声色で言い返す。

私は三枝理央を見つめていた。その真っ赤な瞳《ひとみ》には、ある種の意思が宿っているようにも見えた。いつの間にか、肩の震えも止まっている。

三枝理央はかすかに頷いてきた。

「見ました」

「突然、走り出したのですか」

「はい。こんな混んでいると怖いね。京子とそんな話をした後、すぐでした。何人もが一斉に走り出して、悲鳴に包まれ、私たちは足元が浮き上がったんです」

直後、その顔に翳《かげ》がおりた。私は胸の奥が鋭く痛んだ。三枝理央の肩が再び激しく上下する。細い体が壊れてしまいそうだった。

私はかける言葉を持たなかった。

もういいですか。母親はきつく睨みつけてくると、三枝理央の手を引き、私たちの前から消えた。それでも、私はしばらく三枝理央が去った方向を見ていた。彼女の影がその場に残っている気がした。

体の芯が熱かった。状況から考えれば、二人が見たのは間違いなくフローラ会だ。彼らを操る指示者は私を狙ったのだ。

それは最初からわかっていた。彼女の口から聞くため、私は少女を傷つけた。一生塞《ふさ》がることのない傷をさらに抉《えぐ》った。思い出したくないことを思い出させてしまった。

彼女は今、何を考えているのだろう。頭の中は事故の光景で埋まっているかもしれない。……私は自分の行為に必ず意味を持たせなければならない。

会場に向き直り、ゆっくり手を合わせた。

ホールを出た。途端、視線を感じた。辺りを見回すも、目につくのはマスコミの集団、それに町田京子の同級生と思われる集団だけだった。

「凜、どうかした」

「何でもない。なあ、都庁前の少年を覚えているよな。彼の役割は何だと思う？　監視役にしては頼りない。かといって、駅のホームや階段で走っているわけでもない」

「さあね。フローラ会であることは、間違いなさそうだけど」

私たちは互いに視線を飛ばしながら、武蔵境駅に戻った。上りの中央線はほどほどに混んでいた。ほどなく吉祥寺駅に着いた。下り線も同時に到着していた。

階段を下りていると、なんだか怖いねえ、と隣にいた中年女性がぼそりと言った。気づくと、いつの間にか若者が階段を埋めている。

と、急に携帯を手にした数人の若者が駆け出した。

咄嗟《とっさ》に私は前の千春を横から覆いかぶさる形で囲い、両手で手すりを強く摑《つか》んだ。足や背中に衝撃がきた。体が滑り落ちそうになる。怒声があがり、悲鳴が続いた。誰かが吠《ほ》え、誰かが喚《わめ》いた。その一瞬が随分と長い時間に思えた。

喧騒《けんそう》が収まった。低いどよめきが階段を覆っている。私は階下を眺めた。新宿駅のような群衆雪崩は起きていない。そして、若者たちの姿はすでにない。

新宿みたいになったら、どうすんだッ。

中年男の激しい怒号が響き渡った。慌ただしく駅員が何人かやってきた。お怪我された方はいませんか、間もなく次の電車が到着します。声を張り上げている。

私は手すりを離した。手の平が真っ赤になっていた。

吉祥寺は人通りが少なかった。普段は歩きづらいアーケード街も滞りなく進める。ダニーには今日も客はいなかった。リー・モーガンの軽快なトランペットが出迎えてくれた。

「あら、また来たの。よっぽど暇なのね」

店長が笑いかけてきた。テーブルに座り、タバコを咥《くわ》えている。

「店長の方が暇そうですよ」

「それもそうね」と店長は声をあげて笑った。その笑みが引く。「誰かの弔問帰りね」

ええ。私は短くそれだけ言って上着を脱ぎ、ネクタイを解《ほど》いた。

店長と同じテーブルに座った。いつものアルバイトが運んでくれたビールを飲み干すと、私は千春に耳打ちした。千春が目を丸くした。

「それ本当？」

私は頷き、店長に目をやった。

「もう一人来る予定なので、ちょっと見てきます」

「わたしも」

千春が先に店を出て階段をのぼり、私は続いた。

地上に出ると、千春とは逆方向に向かった。やや広めの通りに向け、ゆっくり歩く。しばらく店の周囲を歩いた。電話がポケットで震えた。千春からだった。耳にあてる。

「凜、後ろ」

振り返った。

十メートルほど離れた場所にいた。

都庁前で会った少年だった。

少年も立ち止まった。私は少年を見据え、歩み寄った。顔が青白く見えるが、夜のせいかもしれない。少年は逃げなかった。夏休み中にもかかわらず、制服と思えるズボンにワイシャツ姿だ。華奢《きゃしゃ》な体を包む白いシャツが夜に浮かんでいる。

少年の前に立った。

「まだ酒は飲めないよな。コーラでも奢《おご》るよ」

その腕をとった。一瞬、少年の腕に力が宿った。が、すぐに抜けた。そのまま私は少年の腕を引き、千春とダニーへ戻った。

少年のため、コーラを頼んだ。店長は気を利かせたのか、すぐに席を離れた。少年を壁際に座らせ、私は千春と並んで彼の正面に座った。

その目を見据える。何かあると感じさせる目つきだった。

「さて、君を何と呼べばいい。まずは名前を教えてくれ」

「教える義務はない」

「確かに義務はない。じゃあ、これから尾行小僧と呼ぶことにする」

「いやだね」

「じゃあ、教えろ」

「言いたくない」

「なるほど。尾行小僧に決定だ。それとも覗《のぞ》き小僧がいいか」

「やめろよ」

少年の声がわずかに昂《たかぶ》り、私は体を乗り出した。

「強情も時と場合を選ぶことだ。君の目の前にいる人間は死にかけた。それも、何度もだ。その現場で同じ影を見ている。君の姿だ。このまま警察に行くか？　この小僧は殺人未遂犯だと突き出す。警察が簡単に信じるかはわからない。だが、それくらいのことをする権利は、死にかけた者にはあると思わないか」

少年が目を広げた。少しあった。

「ハチミツと呼べ」

どの現場にもいたからといって、罪に問われることはないが、脅しの効果はあったようだ。

「ハチミツが好きなのか」

「ああ。悪いかよ」

可愛いわね、隣で千春がかすかに笑う気配があった。

ハチミツは明らかに頬を引き攣《つ》らせた。照れているのか、怒っているのか判断できない顔つきだ。その視線がテーブルに落ちる。

アルバイトがコーラを持ってきた。

「飲んでくれ。熱中症になられても困る」

ハチミツはグラスを手に取ると、もう片方の手でストローを押さえ、ゆっくりコーラを飲んだ。喉を鳴らすわけでもなく、勢い込みもしない上品な飲み方だった。性根が透けている。尾行や覗き魔だと呼ばれれば、開き直ることなく恥じたことも頷《うなず》ける。

しばらく無言が続いた。

私は新しいウイスキーのボトルを入れ、炭酸水も頼んだ。ウイスキーソーダを作り、半分を飲み干した。ハチミツはテーブルに戻したコーラのグラスを見つめている。

「ハチミツ、何で監視してくるんだ」

「監視なんかしてない」

「都庁前に続き、今日この場所だ。監視しているのは明白だろ」

「違う。監視じゃない」

「じゃあ、なぜつけてくる？　大塚駅、西新宿、津田沼。それに今日」

ハチミツの視線がテーブルに落ちた。

「偶然だよ」

「偶然にしては出来すぎだ。それに都庁前では忠告も受けた」

「だから偶然だよ」

私はウイスキーソーダを一口飲み、間をあけた。

「俺を監視していれば、フローラポイントが貰《もら》えるのか」

ハチミツの視線が上がってきた。

「アンタには関係ないよ」

「関係ならある、そう思わないか。君のせいで死にかけたんだ」

「だから、俺には関係ないんだって」

再びハチミツは黙った。私は続けた。

「居場所を報告すれば、フローラポイントが貰えるんだな。君は金のために、他人を売っているんだろ」

「だから違うって」

ハチミツは声を張り上げた。

「罪悪感はないのか。他人を利用してまで金が欲しいのか。他人の命を脅かしてまで得る金に何の価値があるんだ」

ハチミツの目には尖《とが》った光が宿っていた。

「綺麗事《きれいごと》だよ、そんなの」

「なぜそう思うんだ」

「アンタには関係ない」

「君は監視する一方、忠告もくれた。まだ金に自分を売っていない証拠だと思う」

「偉そうなこと言っているけどさ、アンタだって金は欲しいだろ」

「そりゃそうさ。でもな、人を貶《おとし》めてまで欲しいとは思わない」

「やっぱり綺麗事だ。資本主義は競争社会だ。競争で勝つには、相手を蹴落《けお》とさなきゃいけない。そのためには誰かを貶めることも必要なはずだ。自分が勝つ以上、誰かは負ける。負けるのが嫌なら、勝つしかない」

私は千春と目を合わせた。千春も目を軽く見開いている。私はハチミツに向き直った。

「初詣《はつもうで》か何かで寺にいったことがあるか」

「当たり前だろ」

「大きな寺の入り口には、門があるだろ。あれは三門といって、三解脱門を表している。仏教の教えを具現化したものだ。全てのものは空《くう》。空であるものは形がない。つまり形あるものに執着する必要はない。今はわからないかもしれないが、覚えておけ。ハチミツが感じている価値観以外の価値観もある。それに則して生きている人間もいる」

「意味わかんねえよ」

「知っていれば、そのうちわかることもある。勝負で勝つことは大事だ。だけど、勝ち方が重要なんだと思う」

私はウイスキーソーダを飲み干し、二杯目を作った。ハチミツは険しい視線を向け続けてきていた。

「話を戻そう。フローラ社からは、どんなご神託があったんだ」

「アンタに対してはない」

「何に対してならあったんだ。そのご神託によって、俺を監視していたのか」

「違う。偶然だって言っているだろ」

ねえ、と千春が割って入ってきた。「お腹空《す》かない？　ハチミツも」

確かに空腹だった。私はピザやパスタを注文した。カレーも、と千春が言った。

「学校は楽しい？」

千春が尋ねると、ハチミツは肩をすくめた。

「別に。行かなきゃいけないから、行ってるだけだよ」

「じゃあ、学校に行かなくてよかったら、何をするの」

一拍の間があいた。

「絵」

「へえ、好きなんだ」

千春が微笑みかける。この年頃の人間と話すのが手慣れた様子だった。

「悪いかよ」

「そんなことない。じゃあ、今は勉強の合間に絵を描いているの」

「あんまり描いてない。絵を描くにも勉強は必要だから。才能ないかもしれないし」

「やけに現実的だな」と私が言った。

「夢ばかり追いかけても仕方ないだろ。もう十四歳なんだ。現実も見据えないとな。日本で絵描きなんかで食っていけると思うか」

「さあ、芸術には疎いんだ。でも、絵で食っていかない人間だって、絵は描ける。絵描きだけが絵を描く権利があるわけじゃない」

「今は描けないんだよ」

ハチミツは呟《つぶや》き、ストローに手をあててコーラを飲んだ。

「フローラポイントを貯めたら、画材を買うの？」

千春が柔らかな声で言うと、ハチミツはグラスを置いた。

「そのつもりだった」

「ご両親は買ってくれないの」

ハチミツが鼻で笑った。言葉は出てこなかった。私にはその仕草に軽蔑《けいべつ》と侮蔑《ぶべつ》が混ざったようにも見えた。

「そうだ、家に電話しなくていいの？」

「大丈夫だよ」

「でも、もう九時だよ」

「だから大丈夫だって」

苛立《いらだ》ちが目立つ声だった。

いい匂いが漂ってきた。まずピザがテーブルに運ばれてきた。チーズの焼けた香りがぷんと漂う。食え、うまいぞ。私が水を向けると、ハチミツは一片を手に取った。その食べる瞬間を見計い、私は切り出した。

「家は武蔵境だな」

ハチミツが目を向けてきた。驚きの色が浮かんでいる。

「心配するな。送っていく」

ハチミツから返答はなかった。私はピザを食べた。その間、ハチミツを観察した。ピザを持ったまま動かない。ある程度の衝撃は受けたようだ。

「簡単な推論だ。さっき武蔵境に行った帰りに視線を感じた。それまでは監視の視線は感じなかったのにな。で、武蔵境には二つのグループしかなかった。マスコミと中学生だ。そしてハチミツは制服を着ている。武蔵境にその制服を着たグループがいた」

私はそこで区切り、続けた。

「町田京子さんの同級生なんだな」

ハチミツはピザを皿に置いた。目がゆっくりと伏せられる。

私は二枚目のピザに手をつけた。カレーと、トマトとバジルのパスタが運ばれてきた。

お待たせしましたっ。アルバイトの明るい声が落ちてくる。

ハチミツを見つつ、私はピザを咀嚼《そしゃく》した。何を考えているのかはわからない。わかるのは、相応の打撃を受けていることだけだ。

言うべきか迷っていた。もしハチミツが少しでも良心の呵責《かしゃく》を覚えているなら、さらに打撃を与えることになる。中学二年生に与えるには強すぎる威力かもしれない。一生消えない傷になるだろう。だが、言うべきことだと思えた。町田京子は短い生涯を終えさせられたのだ。私は視線を止め、腹の底を固めた。

「町田さんが死んだ理由は知っているな」

ハチミツから返事はない。知らないはずはない。

「あれは俺を狙ったんだと思う。何が言いたいかわかるか」

凜。千春が小声で囁《ささや》いてきた。私には止めるつもりはなかった。

「ハチミツ、君は同級生を殺した。自分の手を使っていないにしても、意図がなかったとしても、それに加担した。フローラポイントという金銭のために人が一人死んだ。何とも思わないのか」

ハチミツの目が閉じられた。固く閉じた唇が震えだした。私も千春も何も言わなかった。十秒、二十秒と待った。ハチミツが目を開けた。

「俺じゃない」

何かが引っ掛かった。だが、私はそのまま続けた。

「確かにハチミツじゃない。だが、ハチミツも実行犯の一人だ」

「違う。俺は、俺は」

ハチミツの声は震えていた。

「君はまだ誰かを傷つけるつもりか。君が監視を続けることで、また誰かが町田さんと同じ目に遭う可能性はある。その被害者が再び君の同級生である可能性もある」

ハチミツの口が動く。しかし言葉は出てこない。

「町田さんとは仲が良かったのか」

「別に」

ハチミツは無愛想に言った。わざとらしい口調に私には思えた。

「もう監視はやめろ。ハチミツがやめても、誰かがするのかもしれない。だが、ハチミツはすべきじゃない。少しでも責任を感じているなら手を引くんだ。それがハチミツにできる町田さんへの弔いでもある」

「俺じゃない。だから俺が出来る弔いは手を引くことじゃない」

ハチミツの声は哀しいほど切実な色を帯びていた。

私は目を広げた。ハチミツの様子に、何かが強く引っかかった。

ハチミツとの会話を振り返ってみることにした。

フローラ社からのメッセージを尋ねると、私に関するものはないと言った。私を監視していたわけでなく、偶然だとも言った。

その一方、大塚駅や都庁前で私はハチミツの姿を見ている。他の現場でもそれらしき姿を見ている。だが、池袋駅では見かけていない。新宿の事故後、見かけなくなったとも言える。さらに、ハチミツが嘘を述べているとも思えない。

それらのいくつかの事実を重ね、考えてみた。……見える構図があった。

私は体をテーブルに乗り出した。

「ハチミツは俺に関するものではないご神託を受け、行動していた。そこに俺がいた。だから偶然と主張している。そうだな」

ハチミツは黙った。無視を決め込んだのか、あるいは考えを巡らせているのか。

「ご神託は誰かに話したら、効力がなくなるか？　なくならないなら話せよ」

「俺はただ大塚駅や西新宿に行けとか、そういうご神託に従っただけだ。アンタをつけていたわけじゃない」

「いや。都庁前駅でハチミツを見たことについては、つけてきたとしか考えようがない。ハチミツを津田沼でも見たんだ」

「あれは」とハチミツは言い澱《よど》んだ。「あの時は確かにつけた」

三人の沈黙をコルトレーンの物哀しいテナーサックスが埋めていく。

「おかしいと思ったからだよ。ご神託通りに行った先々にアンタがいた。最初は大塚駅のホームだよ」

「その時に顔を覚えたのか？　よく覚えていたな」

「ホームから落ちかけただろ。嫌でも記憶に残るよ」

「次は西新宿か」

「ああ。横断歩道だ。その次は路地。指示があった場所でアンタを探したんだ。津田沼で見かけた時、やっぱり妙なことに巻き込まれたからつけたんだ」

「でも、昨日は姿を見かけなかった。町田さんの死が関係あるのか」

「ああ。何もする気が起きなかったから」

ハチミツの顔が翳《かげ》った。

「他にハチミツと同じことに気づいた会員はいないのか」

「わからない。でも、いないと思う。金がかかっているから、会員はご神託をこなすことに集中するし。俺も同じ人間を違う現場で見たかもしれないけど、覚えていない。最近の若い奴って、みんな同じ髪型に同じ格好だから特徴をつかめないんだ」

私は苦笑をかみ殺した。ハチミツより若い人間はいなかったはずだ。

「前にも、おかしいことがあったんだ」

「誰かが死にかけたのか」

「いや、死んだ」

ハチミツの目がわずかに揺れた。私は詰まりそうになる言葉を押し出した。

「町田さん以外、という意味だよな」

「ああ」

「ご神託通りに行動したら、誰かが死んだ。そういうことか」

「まだ夏休み前。一か月くらい前だよ」

ハチミツは呻《うめ》くようだった。

「現場を見たのか」

「いや。大塚駅とほとんど同じだよ。夕方に三鷹《みたか》駅でホームを走り、階段を駆け下りた。他の会員はそのまま改札を抜けていった。けど、俺は客の波に負けてそのまま改札を抜けられなかった。そしたら人身事故が起きたってアナウンスが流れたんだ」

「他にも同じようなことは、あったのか」

いや、とハチミツは首を振った。

「じゃあ、偶然かもしれない」

「俺がホームの際を走っていると、おっさんが突然、俺の進路を塞《ふさ》いだんだ。よけたけど、肩がおっさんにあたった。その時、おっさんがふらついた気がするんだ」

「ハチミツ、その当たった男が死んだと確かめたのか。そもそも人身事故だからといって、誰かが死んだとは限らないぞ」

「わからない。怖くて、俺はホームに戻れなかったから」

ハチミツがテーブルに体を乗り出してきた。

「だってそうだろ。そのおっさんがホームにいなければ、俺が殺したも同然じゃないか。そんなの確かめられるかよ」

ハチミツの呼吸は荒かった。不意に力尽きたように体を椅子の背もたれに預けた。私はコーラを顎《あご》で示した。ハチミツがゆっくりストローに口をつける。少しずつ、何度かに分けて飲んでいる。

一息つくのを待ち、私は尋ねた。

「いずれにせよ、大塚駅のことを、その時と同じ状況だと思ったんだな。フローラ会がご神託と呼ぶ行動を実施すると人を傷つける、あるいは殺す場合がある、と」

「そうだよ」

「フローラ社には確かめたのか」

ご神託が届く会員なら、専用の問い合わせ先があるかもしれない。

「いや。証拠がないとだめだろ。だからあれから、ご神託通りに動いてきた。ポイントなんてどうでもいいから、確かめようと思ってさ。間に合わないことも多かったけど、その場合でも、すぐに次のご神託に従ったんだ。結局、何も摑《つか》めてないけど」

「間に合わなかった先で、事故発生の有無は確認してないのか」

「だってなんで事故が起きたのかは、目で見ていないからわからないだろ」

「確かにな。ところで、ハチミツが繰り返し言った『偶然』の意味に俺が思い至らなければ、尾行した理由は言わないつもりだったのか」

「悪いかよ。言えば本当になる気がしたから。言霊ってやつだよ。俺が口に出すことで、また誰かが死ぬかもしれないと思ったからだよ」

「優しいんだね」

千春が言った。

数秒の沈黙があり、私が問うた。

「今日もご神託があったのか」

「いや。今日は携帯を切っていた。町田の葬式会場でアンタを見かけたから、俺が知らない間にご神託があったかもしれないと思って、ついてきたんだ」

他に聞くべきことがあるか、と千春に耳打ちした。特に。千春は声に出さずに唇だけ動かすと軽く腰を浮かせ、カレーをハチミツの前に置いた。

「食べなよ。ここの名物だから」

気乗りしない様子だったが、ハチミツが一口食べた。その目が軽く見開かれる。

「おいしいでしょ」と千春が声をかける。

ああ、とハチミツが唸《うな》るように言った。

「人生の味だよ」

私は言った。

カレーをかき込むハチミツを眺めた。一連の話に嘘はないだろう。信じてやりたい気持ちもある。甘いのかもしれないが、この少年は十分に苦しんでいる。

私が関係したご神託を、ハチミツに転送してもらった。時間と行先、そこでの行動を指示する内容だった。

金曜日の朝の場合、大塚駅に午前七時三十八分に行き、三十九分からホームを時計回りに歩き、四十分発の電車に乗れ。フローラポイントは十五、となっていた。

「なあ、これまで届いたご神託も全て転送してくれないか」

ハチミツのスプーンが止まった。

「残していたのに、この前の金曜日からの分以外が消えたんだ。気持ち悪くてさ」

私は息を腹に沈めた。

食事を終えると、ダニーを出た。吉祥寺駅前でタクシーを拾った。念のため、電車は使えない。ハチミツまで巻き込むことはできない。

タクシーが進む中、千春が尋ねた。

「町田京子さんと仲が良かったのね」

「いや、話す程度だよ。俺は学校で嫌われているかさ。でも、町田だけは話してくれたんだ」

　このとっつきにくい態度は同級生に対しても、同じなのかもしれない。

「ハチミツはテストで零点とったことある？」

「零点とる方が難しくないか。少し勉強すれば十点はとれるだろ」

「ここに経験のある人がいるよ。凛、話してみたら」

　私には千春の意図は読めなかった。しかし、別に話さない理由もない。

「中学三年の一学期末のテストだ。放課後、担任に呼ばれたんだ。進路指導室という割には灰皿があり、吸殻も山盛りだった」

「今だって教師なんてそんなもんだよ。整髪料禁止って言いながら、自分たちは使っているんだからな。禁止する理由が中学生だからって、そんなの意味不明だよな」

「ふうん。時代は変わっても、そういうのは変わらないんだな。あの時も担任はいきなり煙草を咥《くわ》えたんだ。一本だけ前歯が白くてな。妙に浮いていたのを覚えている」

　アイツ差し歯だったからね、と千春が茶々を入れてきた。

「正直に言え、今日の英語のテストでカンニングしたな。そう言われたんだ。俺は身に覚えがなかった。だから、していないと言ったんだ」

　私は肩をすくめ、続けた。

「嘘を吐くな、と担任は机を叩いた。見た奴がいる。そう叫んで煙草を投げつけてくると、俺の胸倉を掴んだ。身に覚えがない以上、してないと俺は改めて言った。担任が怒鳴っては、俺が言い返す。その繰り返しだった。すると担任は言った。お前の言うことは信用できないってな。で、俺はその理由を聞いたんだ」

ハチミツはじっと私を見ていた。私もその顔を見据えた。

「泥棒だと疑われる生徒じゃねえか。吐き捨てるような口調だったよ」

「何やったんだ、アンタ」

「濡《ぬ》れ衣《ぎぬ》だよ。中間テストの時だった。俺の通った中学じゃ、テスト期間の一週間前から部活は休みになる。勉強する期間という措置でね。でも、月曜から水曜までは実質的に遊びの時間だった。誰かの家に勉強するという名目で集まり、騒いだもんさ」

「へえ」

「誰かの家だけじゃなく、駅前のテナントビルに買い物にも出かけた。で、水曜の朝、机に身に覚えのないサングラスが入っていたんだ。そこに、朝から学年主任が来た。サングラスを掴むと、俺は進路指導室に連行された。津田沼駅前の洋服店から学校に連絡が入った。そう学年主任は言った。俺と同じ様な背格好の生徒がサングラスを盗んだ所を見た人間がいる。そんな内容だったそうだ」

「その時、その場所にいなかったと知る証人がいるのに、この人は言わなかったの」

そう千春が割り込んできた。

「なんでだよ」

「色々あってな」

「わたしのためだった」と千春が言った。「わたしと一緒にいた。でも、その時に一緒にいたと言わないでってお願いしていたから」

あの日、千春は勉強道具も持たずに寺に来た。

家にいられないから、しばらくいさせて。か細い声だった。家にお母さんの同伴相手が来てね、居場所がなくてね。でも、誰にも言わないで。ああ、でも何で俺に言ったんだ？　だって世話になるなら事情を告げるのが礼儀でしょ。それに、凜は誰にも言うはずないから。

「結局、千春が職員室に駆け込んで助けてくれたんだ」

「野崎君が教えてくれたから。凜がピンチだって。ああ、野崎君っていうのは友達。いつも三人一緒だった。引っ越して以来、連絡とれてないけど」

「ふうん。じゃあ、何でその担任はカンニングの時にその話を持ち出したんだよ」

「差し歯の原因は凜だから。凜が折ったの。仕返しできると思ったんだろうね」

「いやな奴」ハチミツはぼそりと言い、続けた。「で、カンニングは？」

認めないと大変なことになるぞ。担任の脅すような口調は今でも耳に残っている。私が発した問いかけに浮かべた戸惑いの表情も鮮明に記憶に焼き付いている。

誰にとって大変なことになるんですか、先生にとってですよね、学校にとってですよね。

「信用できないなら、好きにしてくれ。そう言ったら、本当に零点になった」

つまりね、と千春が手を軽く叩いた。

「学校は勉強する場所。でも、その勉強って英語とか数学だけじゃない。わたしは得たものが多かった」

ハチミツは何か考えているようだった。だが、その口から言葉は出てこなかった。しばらく車内を沈黙が埋めた。やがて事務的な口調でハチミツが運転手に道順を伝えはじめた。閑静な住宅街に入った。止めてください。運転手にハチミツが丁寧な口調で言った。タクシーに乗り慣れている口ぶりだった。

かなり大きな家の前だった。洋風の屋敷。そう表現するのがしっくりくる造りだ。門扉は幾何学模様を描いた金属で造られ、夜でも白い壁が浮き出て見える。だが、見える限りの部屋の電気は消えている。

千春を車内に残し、私も降りた。ハチミツが両親に何か言われた際、弁護するつもりだった。ここから見える部屋の電気が点《つ》いていないからといって、不在とは限らない。

「まだご両親は帰っていないのか」

「しばらく帰ってこない。どうせ今頃、パリで目を覚ました頃さ」

「兄弟はいないのか」

「ああ。一人っ子」

「食事や洗濯は自分でしているのか」

「洗濯だけね。食事は外で食べればいい。あいつら、金なら置いていっているから」

「だったらフローラポイントなんて稼がなくていいじゃないか」

「あいつらの金で絵を描きたくなかったんだ。絵を汚したくないから。もうポイントも集める気ないけどさ」

私は表札を見た。深谷《ふかや》雄治《ゆうじ》。聞いたことがある名前だった。パリやロンドンのファッションコレクションで名を売った日本人だ。斬新、革新、前衛的。深谷雄治を形容する言葉には、たいていこれらの枕詞《まくらことば》がつく。

「ご両親は仕事でパリに行っているんだな」

「ああ。誰も着ない服をせっせとデザインしているよ。あいつらの感覚、ちょっとおかしいんだ。他のデザイナーに負けたくないんだとよ。俺にはあのデザインが勝っているとは思えないけどね」

「ご両親を嫌いなのか」

「興味ないね。好きでも嫌いでもない」

「じゃあ、なんで同じ価値観を受け入れているんだ。勝つことへのこだわりだよ」

「俺はあの二人に負けたくないだけだ」

私は夜に浮かぶ屋敷のシルエットを眺めた。この大きな家に一人で暮らす。その気分は想像できなかった。塀のカードキーの前にハチミツが立った。機械音が続く。門扉が開くと、ハチミツが振り返ってきた。

「アンタ、これからどうするつもりなんだ」

「さあな。やれるだけやるしかない」

「へえ、たくましいな」

「溺《おぼ》れた時に藁《わら》をつかんでも、そのまま溺れるだけだし、忙しい時に何匹もの猫に手を借りたところで、忙しいままだろ？　結局、何があっても自分が何とかするしかない。適切な手助けを得られるかどうかも自分次第でしかない」

「ふうん」

誰もいない屋敷に入るハチミツの背中を見送ると、私はタクシーに戻った。走り去る時も屋敷は暗いままだった。ハチミツの境遇を千春に話した。寂しいだろうね。千春は呟《つぶや》いた。自身の境遇を重ねたのかもしれない。

しばらくして千春は言った。

「ハチミツの話だと、やっぱり色んな事故にご神託が関係ありそうだね。その因果関係を突き止めないと。凜の場合も、凜が狙われたと明確に繋《つな》がったわけじゃないけど。そういう事実を積み重ねていけば、きっと手が届く」

「そうだな。千春は、ここ最近の人身事故の情報を集めてくれないか。その上で分析したい。問題はフローラ社からのメッセージを、どういう形で集めるかだな」

そうね、と千春は肘《ひじ》をつくと、こめかみに指をあてた。昔から、千春が考え込む時の仕草だった。

「ダメ。何も思いつかない。でも、事故については資料を当たってみる。警察ってバカみたいに資料だけはある場所だから。少し時間をちょうだい」

「事故死って、一日にどれくらい発生しているんだ」

「警視庁管内では、交通死亡事故は平均すると一日一件程度ね。軽微な事故を含めれば二百から三百くらいになるかな。列車の人身事故だと三日に一件程度だと思う。あ、でも死亡人身事故以外を含めると多いかも」

「今回は死亡事故に関するものだけを調べてくれ。期間も過去一年に区切ろう」

「どうして限定するの？　張れる網は広く張っておいた方がいいんじゃない」

「失敗じゃなくなるまで狙い続ける。今、降りかかっている状況を考えれば、そう仮定するのが自然だからだよ」

　タクシーを放し、武蔵境駅から中央線に乗った。私は新宿で降りた。千春はそのまま中央線に残った。このまま警視庁に行ってみるから、また連絡するね。そう言った。休暇中でも仕事は出来るのだろう。私は松浦の一言が気になった。謹慎。もし千春の休暇にそういう意図があるのなら、経歴にさらに傷がつくことになる。

　だが、私は千春を頼るしかなかった。日々、事故は発生している。それを全て把握するのは素人には厳しい。

　その一方、私にもやれることがある。千春がそばにいると、進めづらいことだ。

7

裸に近い若い女があちこちで嬌声《きょうせい》をあげ、そこに若い男たちが群がっていた。

池袋に来るたび、この街は田舎臭いと思う。新宿や渋谷にはない、土の臭いがするからだ。若者を横目に繁華街から外れ、私はひなびた薄暗い路地に入った。緑、紫、薄い青。くすんだネオン看板が夜に浮いて見える。専門学校前を抜けると、目当ての雑居ビルが見えた。今にも崩れ落ちそうなビルだ。

階段に足をかけた。エレベーターはない。小さな虫の死骸《しがい》が隅に溜《た》まっている。三階に上った。金属のドアにプレートがかかっている。久しぶりだった。

蟻の巣。カウンターだけのバーだ。

ドアを開けると、濁り、籠《こも》った空気が押し寄せてきた。昔の掃除機の尻《しり》から出た排気に似た臭いがする。

顎《あご》や鼻の下だけでなく、頬まで髭《ひげ》が密集した初老のマスターが大きな目をこちらに向けた。いらっしゃいませ。いい声だった。

カウンターの奥にいた。相変わらずの格好だ。小太りの体を白シャツで包み、黒縁メガネをかけている。

「宮沢《みやざわ》」

声をかけると、ゆっくりこちらを向いた。

「流行《はや》らない店にようこそ」

宮沢が微笑んだ。

私は宮沢の隣に腰掛けた。いつも通り、強い香水のにおいがした。宮沢は冬でもかなりの汗をかく体質だ。そのため体臭を必要以上に気にしている。高校時代から多量の香水を体に振りかけ、夏場には一瓶を一か月で使いきると聞いたこともある。

私はマスターにウイスキーのロックを頼んだ。宮沢はBGMに合わせ、カウンターを指先で軽快に叩《たた》いている。

マイルスがジャズの帝王なら、ブレイキーは王様だよ。かつて宮沢はそう言った。

蟻の巣はBGMにアート・ブレイキーしか流さない。ファンにはたまらないが、マイルスやコルトレーンに比べれば、その数は決して多くはない。そもそもジャズファン自体が少ない。だからだろう。いつも店は空《す》いている。

五年前、私は宮沢に連れてこられた。高校のクラス会帰りだった。その時、宮沢とは卒業以来だった。また、その席でジャズを話題にしたのは私たちだけで、それは高校時代から変わらないことでもあった。それから年に数回、私はこの店を訪れている。そして、宮沢は常にいた。今日も私は連絡していない。

マスターが私の前にグラスを置いた。宮沢が飲みかけのグラスを持ち上げる。

「キングに乾杯」

私もグラスを軽く持ち上げた。一口飲み、早速、切り出した。

「フローラ社、知っているよな」

「当たり前だろ。誰に聞いてんだ？」

宮沢は情報セキュリティ対策が専門のプログラマーだ。高校の頃から、ジャズとパソコンの世界に浸っていた。今はどの企業にも属していない。世界的なＩＴ企業の日本法人で働いていた際、社員持ち株を売り、かなりの額を手に入れたという。明確な額を聞いたことはないが、十億近くになったと仄《ほの》めかされたことがある。もう一生分は稼いだね。それが宮沢の口癖だ。

「たいした会社だよ。フローラ社が創業した頃は、有象無象のＩＴ企業があった。そこで生き残った上、これだけ勢力を拡大したんだ。拍手を送りたいね」

「フローラポイントは知っているか」

「あれは慧眼《けいがん》だな。ネット通販におけるポイント制度の先駆けだ」

「会員にメッセージが届き、その通りに行動するとポイントが貰《もら》えるそうだな」

「ご神託ってやつだろ？　一種のねずみ講さ。もしくは新興宗教と同じだよ。功徳を施せば、極楽に近づけるってね。ま、宗教は今光の方が詳しいな」

宮沢は軽く笑い、続けた。

「何にせよ、あの会社は右向け右の心理を利用するのが上手い。巻き込むのが上手いんだ。最近、若いヤツの間で流行っている音楽も服装もフローラ社が作り出したものが多い。フローラ社のサイトで広告に加え、利用者の口コミを垂れ流す。こんなにいいって人が多いなら、と手を出させる手法だ」

　グラスを振り、宮沢はなおも続ける。

「ねずみ講と言えば、フローラ市場で何かを買うと、次から次へと類似商品や関連商品の情報が送られてくるだろ？　今じゃ色んなネット通販がやる手法だが、あれもフローラ市場が先駆けだ。売る側には当然、メリットがある。買う方も手軽さはある。だけど、発見するという、物を買う時の楽しみがない。個人的にはそう思うけどね」

「誰かフローラ社に知り合いはいるか」

「いないこともないが、何なんだ」

「ここ一年のフローラ社が会員に送っているメッセージを知りたい。いつ、どんなメッセージを送っているのか」

　宮沢は難しい顔つきになった。

「知っている社員は限られているだろうな。その上、その社員はそんなこと言わないだろう。あそこは社長の顔すら拝めない秘密主義なんだ。ＩＴ企業のトップは会見や株主総会で必要以上に表に出て、マスコミにもよく顔を出すのが相場だが、フローラ社は違う。社員も表に出ることを好まない社風だ。細かい分業体制が確立し、情報がどこから漏れたのか、すぐわかる仕組みも整えている。それに情報漏洩《ろうえい》は即解雇だったはずだ。そんなことでいい給与を棒に振る奴はいない。つまり、社員はリスクを冒してまで内部情報を漏らす意味がない」

「そこまで統制する理由はあるのか」

「さあな。理由があるにしても、表に出ないさ。そういう社風だ。それにユーザーにとっちゃ、社長や社員がどんなヤツでも関係ない。使いやすさとサービスが全てだ」

「ご神託を集める方法はないか」

「片っ端から会員に当たればいい」

「出来ると思うか」

「方法はやりたい奴が考えればいい」

「俺もそう思う」

私は宮沢の肩に手を置いた。

「出番だ」

目を瞑《つむ》り、宮沢はアート・ブレイキーのドラムに合わせて体を揺すりはじめた。香水のニオイが散る。考えているのだろう。私は肩から手を離し、グラスを握った。ドラムの盛り上がりが終わると、宮沢の体の揺れが止まった。

「その集めたデータは何に使うんだ」

「俺のために使う」

宮沢がこちらを向いた。その目に驚きの色が浮かんでいる。

「珍しいな。今光が自分のために行動するなんて」

「そんなことないさ。俺はいつも自分のために動いているよ。飯を食い、呼吸し、歩いている」

「まあ、そういう見方もある」

「面白そうだろ。うずくんじゃないか」

宮沢の行動基準は単純だ。面白いか、面白くないか。金がある以上、それ以外に判断基準はないだろ？　宮沢は以前、そう嘯《うそぶ》いた。そして、その通りに行動している。蟻の巣のカウンターから、ノートパソコンで内閣府の機密文書にアクセスした場面を私は目撃している。宮沢は情報自体に興味はない。ただ侵入することが目的なのだ。一応の市場調査、それに腕が錆《さ》びついていないかの確認さ。そう言っていた。

宮沢は鼻で笑った。

「確かに面白そうだな。フローラ社は社風から考えても、強力な自社ソフトで守っているに違いない。いい暇潰《ひまつぶ》しにはなりそうだ」

「いい趣味だよ、ほんと」

「今のは褒め言葉だと受け取っておくよ」

宮沢は指でグラスを弾いた。

「ひと仕事終えた後に浴びる大音量がたまらないんだ。あれは何物にも代え難い。生きていると実感する。普段使っている部屋は夜中でもうるさくてな。だからいつも音楽を浴びに行くんだが、ほんと至福のひと時だね」

「へえ。で、うまくいきそうか」

「まあ、相手がどんなに精巧なプログラムだろうと、人間が組み上げた以上、完璧《かんぺき》はありえない。穴はある。その穴を手探りで見つけ、潜り込めばいい。結局はアナログな方法が一番確実なんだよ。最後は人の手が勝つ。職人の技を見れば、一目瞭然《いちもくりょうぜん》だろ？　機械で作られた製品より、職人が作った製品の方が優れている。それにネットでの買い物を考えてもわかる。締め括《くく》りは郵便だ。どんなに技術が発達しても、最後は人さ」

「今までフローラ社に侵入したことはないのか」

「ああ。私企業には興味ないんだ。俺の遊び場は警察や政府機関だよ。元々、クライアントも公的機関が多かったし」

「時間はどれくらいかかりそうだ」

「何とも言えないな。相手のレベルにもよる。一時間で終わるのか、あるいは一か月以上かかるのか。まあ、かかっても三日程度だろう。急ぐのか」

「なるべく早くしてほしい」

そうか、と宮沢は目の前のウイスキーを飲み干した。

「それじゃあ、早速取り掛かろう。マスター、お勘定。こいつの分も」

「自分の分は自分で払う」

「いや、金なら腐るほどある」

「羨《うらや》ましい限りだよ」

「金があっても、いいことばかりじゃないさ」

私たちは店を出た。若い男女があちこちにたむろしている。何が楽しいのか、それぞれ熱心に携帯を見ている。

路地に入った。ひと気が途絶え、私たちの足音だけがする。

「実は詳しく探ってほしいことがある。広告とは思えないご神託があるんだ。そのご神託を作る人間、その正体を知りたい。どうやってその内容を決めているのかもな。誰かを標的にご神託を作ることがあるのか。あれば、その標的はどうやって選ばれるのか」

「おいおい」宮沢が鼻で笑う。「だんだん話が穏やかじゃなくなってきたな」

「俄然《がぜん》、興味がわいた顔をしているぞ。嬉《うれ》しそうじゃないか」

「まあな。面白ければそれでいい。それに、今光には借りがある。街でかつあげされそうになった時、助けてくれた借りがね。三人を叩《たた》きのめした姿を、今でも鮮明に思い出せるよ」

大将の教えだった。一人で複数を相手にする時はな、一人ずつ相手にできる状況に持ち込むのが第一だぞ。それが出来ないなら、相手のボスを徹底的にぶちのめせ。それこそ殺すくらいまでな。ここで肝心なのは殺さないことだ。私に言い聞かせると、大将はニッと笑っていた。

宮沢が軽く背中を叩いてきた。

「俺としては、ようやく借りが返せる。あれから長い時間がたっちまった。今光は約束を忘れているのかと思ったよ」

「俺にできることがあったら、俺に言えよな。裏ビデオでも裏本でも何でも入手してやるよ。あのセリフは忘れられないさ」

携帯で連絡を取り合うことにし、私たちは別々のタクシーに乗った。

今日も自宅付近では監視の目を感じることはなかった。だが、誰かが見ていることは間違いない。死にかけたのは、私にまつわる場所だ。自宅も調べているに決まっている。チェーンをかけ、ベッドに腰をおろした。

空白にいる気がした。

千春と宮沢に頼るだけで、今、私は何もしていない。これでは志木統と同じだ。お富おばさんと大将の代わりに、千春と宮沢がいるだけだ。網を張り、何かが引っ掛かるのを待つだけ。しかし、考えても具体的な行動案は浮かんでこなかった。

エアコンを切ると窓を開けた。熱帯夜の風が吹きつけてくる。私は目を瞑った。

目を覚ましたのは、午前十時過ぎだった。喉《のど》は渇き、体は汗でべたついている。いい天気だった。強い陽射しの中、蟬が鳴き、子供の賑《にぎ》やかな声が遠くから聞こえる。

電話が鳴ったのは、昼過ぎだった。落ち合う時間と店を決め、私は準備にとりかかった。準備の最後、ノートパソコンを鞄《かばん》に突っ込んだ。

歩き、地下鉄に乗った。まるで危険は感じなかった。

丸の内のカフェに入ると、すでに千春はいた。化粧でごまかそうとしているが、その顔には明らかに疲れの色が滲《にじ》んでいる。

「じろじろ、なに？　わたしの顔、何かついている」

「いや、疲れているなと思ってね」

「疲れって怪物はね、年中無休なの。特に三十過ぎると二十四時間営業って感じ。ほんと憎たらしい」

私はウェイトレスにアイスコーヒーを注文した。千春は鞄からクリップで留められた分厚い紙の束を取り出した。

「都内で発生した列車の人身事故や交通死亡事故のリスト。広報課の後輩にお願いして、ここ一年分を遡《さかのぼ》ってみたんだ。単純な事故発生件数だと五万件以上あるし、凜の指摘どおりに絞らせてもらったの。それでも二百件以上ある。両面印刷で約百枚ね」

私は紙の束を手に取り、捲《めく》っていった。氏名、年齢、職業。文字の羅列だ。

「今さらだけど、個人情報を持ち出していいのか」

「あんまりよくないけど、マスコミには報道連絡しているものだから」

私はもう一度、目を落とす。

「不審死はないのか」

「事故死のリストにあるってことは、不審な点はないということ。もちろん、見抜けなかった可能性はあるけどね」

「このうち、何人かがフローラ社の絡みかもしれないな」

「一応、調べたけど明確な共通点はない。もちろん会社員とか、男か女かとか、そういうぼやけた共通点はあるけどね」

私は紙を捲っていった。見る限り、私との共通点もない。だが、探す取っ掛かりはある。身辺に妙なことが起こり始めたのは先週の金曜。テレビ取材の翌日だ。……どうやって手繰っていくべきだろうか。街頭インタビューでは、その名前が放送に流れることはない。

あの時のインタビューを反芻《はんすう》する。

SNSについてだった。フローラ社と関係がないわけではない。まずはそれを糸口にするしかないだろう。

携帯電話のメモリーを呼び出し、電話を入れた。先方は夏休みではない。出社すると言っていた。はい、と聞き覚えのある声が出た。

「驚いたな、代表取締役が電話に出るんですね」

「誰もいないんですよ」と塚原《つかはら》は笑った。「今光さんも仕事ですか」

「いや、趣味でクリッピングをお願いできないかと思って」

「もちろん、いいですよ。キーワードは？」

「SNSとフローラ社で。期間は過去一年分。テレビ映像と新聞紙面を優先して下さい。ネット関係は後日でも構いません」

ネット記事も早急に確認したいところだが、量が多くて時間がかかりそうだからだ。

「映像はいつも通りＤＶＤに焼きますか」

「お願いします。本当なら、今すぐにでも見たいところなので」

すぐか、と呟《つぶや》いた後、塚原は続けた。

「記事はインデックスに目を通す作業が厄介なので難しいですが、映像なら今日中に出来ますよ。暇を持て余していたところなんで。午後七時過ぎに弊社に来て頂ければ渡せます。それとも、どこかに送った方がいいですか」

受け取りに行くと伝えて電話を切ると、私は整えておくべき準備を考えた。すぐに思いつく作業があった。軽く周囲を見ると、カフェが混み始めている。

「念のため移動しないか。出来れば人が少ない所がいい。報道発表しているといっても、あまり見られたくない資料だろ」

「暑いけど、仕方ないね」千春が肩をすくめる。「公園にでも行こうか」

タクシーで日比谷《ひびや》公園に行った。空いているベンチに座る。運よく木陰だった。足元に猫がやってきた。ひと鳴きすると、丸まって寝た。

私は鞄からパソコンとリストの束を取り出し、束の方を千春に差し出した。

「読み上げてくれ。名前の漢字、職業、年齢も。リストを作る。ＤＶＤで照合作業が出来るようにな」

「映像で名前が出てくるとは思えないけど」

「いや、必ず役立つはずだ」

千春が読み上げ、私がエクセルに打ち込んだ。蟬時雨を聞き、湿った風を浴びた。入力には二時間近くかかり、さらに打ち間違えの確認に一時間かかった。

作業を終えると、ベンチの背もたれに寄りかかった。軽い疲れを覚えていた。すでに陽射しの勢いは衰えているが、暑さは引いていない。千春が近くの自動販売機で買った水を飲むと、体に染み渡った。

私は再びパソコンの画面を眺めた。

このエクセルデータに写真が加われば、照合元データとしての体裁が整う。

「何だか、空気がのんびりしているね。誰も何も問題ないって感じ」

確かに千春の呟き通り、そんな気がした。とはいえ、エクセルの文字を眺めると、のどかな雰囲気は消えていく。この中には事故に見せかけられ、殺された人物がいる可能性がある。画面上は文字の羅列に過ぎない。しかし、この中には血の臭いがあり、叫び声が埋まっているかもしれない。

日暮れまで時間を潰《つぶ》した。その間、フローラ社のメッセージを受けたと思われる若者の姿は見当たらなかった。

ここ数日の出来事をかき消すかのように、静かな時間が過ぎていた。

新橋は空《す》いていた。会社員の街だけあって、この時期は空気もきれいだ。西新宿と同じで、お盆と正月は気配がまるで違う。

駅から銀座方面に向かった。やがて新しくも古くもないビルが見えた。十二階建てのビルの五階と六階が目当ての場所だった。エレベーターで受付のある五階に向かう。音もなく上昇したが、止まる瞬間、少し揺れた。

モニター通信社。背後の壁に金属でそう記された広めの受付があった。

ひと気は感じられない。夏休みだからだろう。来客対応用のテーブルセットが四つ並んだエントランスを抜け、誰もいない受付に進む。内線表を見つつ、備え付けの電話で番号を押した。

すぐに塚原は姿を見せた。ポロシャツにジーンズ姿だった。これまで私はスーツ姿しか見たことがない。塚原は私と年齢はほとんど変わらないが、代表取締役だ。

私たちは受付前のテーブルセットに座った。

「こんな仕事もあるんですね」と千春が言った。

「皆さん、そうおっしゃいます。隙間産業ですよ」

笑うと、塚原はDVDとともに、新聞の切り抜きも机に置いた。

「映像の編集が思いのほか早く終わったので、新聞に取り掛かったんですよ。新聞もあっという間に終わっちゃって。SNSはそれほど紙面や放送で取り上げられているわけじゃないんですね。いい勉強になりました。フローラ社自体は、プロ野球とJリーグにチームを所有しているのでそれなりに取り上げられていますけどね。この結果を見る限り、広報戦略としては正しい方法なのかもしれません」

ＤＶＤには、のべ二十三番組が収録されていた。しかし、その収録時間は四十分にも満たない。特集は直近三か月に集中しており、最も新しいものは、私のインタビューが流れたニュースともワイドショーともつかない民放の番組だった。

「民放の情報番組はほとんどフローラ社がスポンサーですからね。ネガティブな意見が流れるとお金に響く可能性もあるので、特集しづらいのかもしれません」

「その割には多い気もしますね」

「彼らは毎日あっぷあっぷですから。どこかが特集すれば、同じことをやるんです。だから面白くもなんともない。どこかで見た内容ばかりが各局で放送される。てっとり早く、安く仕上がるランチ情報なんて、いつもどこかが特集しているでしょ。これ、彼ら自身の受け売りですけどね」

モニター通信社をあとにすると、線路沿いのチェーン店の居酒屋に入った。要望通り、個室に通され、まずビールで喉《のど》と体を潤した。

そして、ノートパソコンでＤＶＤを再生した。フローラ社のＪリーグクラブの買収ニュースは飛ばし、ＳＮＳの話題に絞った。

インタビューは、おおむねＳＮＳに好意的なものだったが、十人に一人程度、私のようにＳＮＳは特に必要ないという者もおり、その中には若者もいた。

私が狙われた原因がインタビュー映像だと仮定する。ならば、私と同意見、すなわち批判的あるいは消極的な発言をした人間の中に被害者がいる可能性が高い。

エクセルを見直した。若者が混ざっている。年代の項目でソートをかけた。十代と二十代の男は五十四人、女は二十三人いた。DVDのパッケージとエクセルとで番組放送日と事故発生日を比較する。

眉間が痺《しび》れた。

この三か月の間に放送日後、わずかな日を置いて事故に遭った若者が十人もいる。いずれも二十代の男女で、そのうち五人は学生だ。

映像を見直すと、消極的な発言をしたうち、若者は七人いた。

若者は日本に溢《あふ》れるほどいる。もし事故死した若者と消極的な発言をした若者が一致すれば、偶然ではないはずだ。もちろん、放送日と事故発生日が近いことだけでは何の証明にもならない。とはいえ、まずは消極的な発言をした若者が、事故に遭った人物かを特定すべきだ。足がかりにはなる。そのためには顔を知る必要がある。

「千春、免許証の取得率はどれくらいだ」

「さあ、七割くらいじゃないかな」

千春がビールジョッキをテーブルに置いた。私の意図を察したのか、首を振った。

「だめ。わたしもデータに入れない。容疑者の写真を免許証から手配することもあるけど、面倒な手続きが必要で、ヒラの捜査員には手配できないから」

他にも一つ方法がある。言うべきか迷い、私は言わなかった。

気を紛らわせるため、エクセルで三鷹駅の人身死亡事故を探した。一か月前に一件だけあった。六十代の女性だった。中年の男ではない。私はハチミツの顔を思い出した。電話が震えた。宮沢からだった。千春に聞かれたくない。宮沢のためにも、警官という立場のある千春のためにも。

私は店の外に出て、ひと気のない街角に立った。湿り気がまとわりついてくる。油断は出来ないが、近くに線路があり、ひっきりなしに電車が通っている。その走行音で会話を聞き取られることはないだろう。私は切れた電話にかけ直した。

手強《てごわ》いな。宮沢は挨拶《あいさつ》も抜きにそう切り出してきた。

「一日、二日で何とかなるかと思ったが、厳しい。トラップが至る所に仕掛けてある。地雷を踏めば、こっちのデータをそっくり抜き取られる寸法だよ。このプログラムを作った奴はかなり警戒しているぞ」

「情報セキュリティはIT企業にとって死活問題だから、だろうな」

「いや、違うな。試しに他のIT企業にも入ってみた。世界的なIT企業の日本法人だ。参考になることがあるかもしれないと思ってな。模擬試験みたいなもんだ。こっちは三時間で機密情報に自由にアクセスできるようになった」

「優秀だな」

「皮肉か」

「本心だよ」

「まあいい。甘く見ていたのは認める。とにかく、この警戒ぶりは異常だ」

「専門家の目から見て、その理由は何だと思う」

「守りたい、あるいは隠したいものがあることは間違いない」

フローラポイント、ご神託、その被害者……。いくつかの単語が脳裏を巡った。確証はないが、疑念だけが深まっていく。

「電話を貰って、ちょうど良かった。苦戦中に悪いが、追加の頼みがあるんだ」

「どうせ非合法の話だろ。極悪人扱いしやがって」

「その黒幕が俺だよ」

乾いた笑いが電話の向こう側で上がった。

メールでエクセルを送るので、そこに記載された人間の免許証写真を入手してほしい、と私は告げた。死んだ人間でも、まだデータが残っているかもしれない。

「そっちは簡単そうだ」

「それともう一つ。ある少年に届いた、この一か月分のご神託も調べてほしい」

「やけに具体的だな。まあ、特定の標的がある方がやりがいは増すけどよ」

ハチミツはこの一か月、ご神託通りに行動したと話していた。間に合わなかった場合、次のご神託に従ったと言っていたが、元の目的地で事故が発生していた可能性もある。その日付がテレビ放送と近いのなら、フローラ社と事故の繋がりが見えてくる。そもそもハチミツが残していたはずのご神託が消えているのも気になる。私はその住所と名前をエクセルに書き加えておく、と言った。

「了解。しかし、こうしていると、やっぱり生きていると実感するよ。実はあれからずっと仕事場でな」

宮沢の声は跳ねていた。

「それだけ没頭できるから、仕事もうまくいって大金を稼げたんだろうな」

「違うよ。うまくやっただけだ。知っているか？　大金を持つと、人も群がってくる。あれは本当だ。知り合いと親戚が急に増える。どっから聞きつけてくるんだろうな。関わりたくないなら、名前を変えるしかないと本気で思ったくらいさ」

「名前を変えても中身は変わらないだろ」

「だろうな」

さて、と宮沢が声を落とした。

「そろそろ仕事に戻るよ。今度は俺が格好つける番だからな。友人のピンチを颯爽《さっそう》と助ける機会なんて、なかなかあるもんじゃない。しかも、憧《あこが》れの男を救うんだ」

「憧れ？」

「ああ。今光は俺にとって、憧れの男なのさ。美術教師のこと、覚えているか」

覚えている。女子生徒に股間を押しつけていた男だ。気弱な生徒ばかりが狙われていた。別に正義感があったわけじゃない。止めて下さい。ある女子生徒が、か細い声で言ったのに美術教師が半笑いで止めなかったからだ。翌週、私は校則で禁止されていた携帯電話を学校に持ち込んだ。志木統の、当時出始めのカメラ付き携帯だった。それで証拠写真を撮影し、学校側に提出した。

「あの後、中学の頃も似たようなことがあったと、今光と同じ中学の奴から聞いたよ。弱虫が憧れるには十分な理由だよ」

「俺は宮沢が弱虫だと思ったことはないぞ」

「それは本人の意識の問題さ。ま、とにかく任せておけ。恩返しの意味もあるんだ。命をかけても負けるわけにはいかない」

妙な間があいた。

「なんか、我ながら遺言みたいだな」

冗談めかし、宮沢は電話を切った。風が吹きつけてきた。生ぬるく、足元からまとわりついてくる風だった。

個室に戻ると千春は頬杖《ほおづえ》をついていた。

「思ったんだけど、その人がテレビのインタビューを受けたかどうか、家族や友達なら知っているかもしれない。だからといって、フローラ社に仕組まれた事故とは言い切れないけど、あたってみる価値はあるんじゃないかな」

私はエクセルを見直した。この三か月で死んだ若者のうち、その半数が学生だ。そのうち一人は住所が寮となっている。まだ午後九時だ。彼らの世代にとって、夜はまだこれからだ。口実を考えた。それを千春に言った。

千春は肩を上下させた。

「この際、小さな嘘には目を瞑《つむ》ることにする」

水道橋《すいどうばし》と飯田橋《いいだばし》のちょうど中間あたりだった。学生街であり、オフィス街であり、住宅街でもある。そんな一画だった。私たちは路地を何本か抜けた。

そこは黒ずんだ白い壁の箱のような寮だった。ドアは開け放たれている。スノコが敷かれ、左右に下駄箱がある。右側の下駄箱脇に小窓があり、その向こうに初老の女がいた。こちらに背中を向けている。私が軽くノックすると、女が顔を向けてきた。

小窓が開いた。

「間もなく門限ですが」

「時間はとりません。西片健吾《にしかたけんご》さん、いらっしゃいますか」

女の顔が曇った。

「どういったご用でしょうか」

「以前に取材させて頂いたのですが、別件で取材したいと思いまして」

「記者さん？」

私は曖昧《あいまい》に頷《うなず》いた。千春は隣で黙っている。

女が溜《た》め息をついた。

「亡くなりました。ひと月前に事故でね。親御さんが部屋の片付けにいらしたけど、見ていられませんでしたよ」

わかっていても両肩に新たな重みが加わった。ここからが本題だ。鞄《かばん》からパソコンを出し、DVDを起動させ、その画面を女に向けた。

「この中から西片さんの分を編集して親御さんに送りますよ。念のため、顔を確認してもらえますか」

「もう一度取材したいのに、覚えていないのかい」

「すいません。毎日、何人も会っているので」

女は何も言わず、画面に視線を落とした。私は早送りしていく。女が体を乗り出した。

「あ、今のが西片君」

私は巻き戻し、画面を止めた。メガネをかけた青年だった。

「本当に真面目ないい青年でしたよ。DVDはここに送って下さい。私からご両親に送ります」

私たちはお悔やみと確認の礼を述べ、寮を後にした。しばらく歩き、ガードレールに腰掛け、DVDを再生した。

SNS？　あってもなくてもいいです、別に僕はなくていいですね。

批判ではないが、肯定的とは言えない発言だった。これが殺される理由になるとは思えないが、現実として西片は死んでいる。それも放送の三日後だ。

西片が死んだ場所で、フローラ会がご神託通りの行動をしていれば、さらに可能性は高まる。そのご神託だけでも手に入れたいが、今は宮沢に期待するしかない。

「灰色が黒に近づいたね」

千春が言った。

8

このまま夏休みが終わりそうだ。午前七時の陽射しを浴び、私はそう思った。蟬は昨日と同じ様に鳴き、湿った重い風が相変わらず吹いている。

昨晩はあれからもう一ヶ所回ったが、単身用マンションで、友人や家族がそこに住んでいるとは思えず、そこで打ち切りになった。

昨日、フローラ会と思われる集団は私の前に現れていない。身の危険を感じることもなかった。それが嫌な種類の静けさではないことを祈るしかない。

生温《なまぬる》い水で顔を洗った。この水も気づけば、いつの間にか冷たくなっているだろう。時間は流れる。しかし、このまま時間をやり過ごしても、これまでの日常に戻るとは思えない。やりきるのだ。私は鏡の自分に語りかけた。

テレビをつけた。ＮＨＫのニュース。しばらくすると、新宿駅での群衆雪崩事故の続報が流れた。

予見可能性を判断するため、警察がＪＲ関係者を聴取した。そんな内容だった。現場の映像は流れず、記者会見のものだけだった。ニュースからは血の臭いがそぎ落とされ、町田京子という死者の苦痛も消えている。

終わりかけているニュース。あるいは記者の間では、もう終わった事故なのかもしれない。そして何らかの動きがある次の節目まで、人々の記憶から消えるのだろう。私にとっての、その他のニュースと同じだ。人は社会の出来事全てを背負って生きていけるわけではない。だからこそ、身の回り、せめて目の届く範囲では出来るだけ全てを気にしていたい。改めてそう思った。

身支度し、部屋を出た。今日も強い陽射しだった。

異変もなく電車を乗り継ぎ、JRの高円寺《こうえんじ》駅前で千春と合流した。

「今日も無事に生きているみたいね。今日の安否確認は終了と」

「そんなに心配なら、一緒に夜を過ごしてくれてもいい」

「悪くないかもね。でも、自信あるわけ」

軽口をかわす時間はすぐに消えた。

昨晩に続き、警察の資料を基に死者の住居に向かった。

映像ではSNSに消極的な若い女が三人いた。そのうち一人は明らかに学生だった。

彼女はにこやかに語っていた。

海外留学中の友達とコミュニケーションをとるには便利だけど、友達が何を食べて何をしたかなんて興味ないですね。いちおう登録しているけど、ほとんど活用していません。会って話す方が楽しいですし。

エクセルデータに一人だけ該当しそうな名前があった。マンションではなく、戸建と思われる住所だ。そのため、昨晩は訪問を控えた。それは二ヶ月前の事故だった。

アーケードの商店街を抜け、路地に入ると、急に住宅街になった。頭上を遮るものがなくなり、まともに強い陽射しが降り注いでくる。午前十時にしては強烈だ。

「暑いね」

「夏だからな。寒い夏は嫌だろ」

「さすが、お坊さんの息子。達観してるね」

「この暑さも誰かの役に立っている。そう思えば腹立たしさも少しは薄まる。身近なところで考えれば、暑いから風鈴の音は涼しく聞こえ、スイカもうまい」

「昔、志木統住職から同じ様なことを聞いた気がするな」

「一乗相即。善悪は一つ、苦楽も一つ、全ての物事は表裏一体っていう教えだよ。だから暑くても、それがもたらす効用は必ずあると考えるわけだ」

「犯罪も表裏一体なのかな」

千春はそれきり口を閉じた。私たちは無言のまま、住宅街を歩き続けた。

こぢんまりした家だった。典型的な建売住宅だ。この区画一帯が同時に開発されたのだろう。隣の家と入れ替えても、誰も区別がつかない類《たぐい》の戸建が並んでいる。それでも目的の家はすぐにわかった。

景色に沈んでいたからだ。道と隔てるブロック塀もくすんで見える中、庭の木々の濃い緑だけは生き生きとして、浮き上がっている。

私はインターホンを押した。

はい。くぐもった女の声が漏れてきた。……また傷を抉《えぐ》ることになる。私は詰まりそうになる喉《のど》を押し広げた。

「今光と申します。この一年間の交通事故を調べている者です。突然の訪問、失礼いたします。実は田中陽菜《たなかはるな》さんの事故の件でご協力頂けないかと思い、参った次第です」

「何もお話しすることはありません」

小さな声だが、きっぱりした口調だった。まだ傷は癒《い》えていない。対応が明らかにそう物語っている。

「では、せめて線香だけでもあげさせて頂けませんか」

「うちはカトリックですし、見ず知らずの方に娘の死は関係ないことですので」

はっきりした拒絶だった。

私は背筋を正し、町田京子の遺影、三枝理央の顔を思い返した。……ここで退いてはならない。踏み込まねばならない。

「私は新宿駅の事故に巻き込まれる寸前でした。交通事故に限らず、哀しい出来事は誰が何をしようと世の中から消えないでしょう。しかし、減らすことは出来るかもしれません。できれば、その力になりたいと考えております。微力であってもです」

沈黙が落ちてきた。待った。セミがどこかで鳴いている。その沈黙から凍りついた気配が消えていく気がした。

「お待ち下さい」

インターホンが切れた。

ドアが開いた。五十代くらいの女が出てきた。体つきはふくよかだが、頬だけがこけている。娘の死の痛みによるものだと、容易に想像できた。

どうぞ、と女が静かな声で言った。

居間に通された。簡素な台に遺影が掲げられている。寄り添うようにマリア像が置かれていた。よく風の通る部屋だった。

私は遺影を強く瞼《まぶた》に焼きつけた。田中陽菜はDVDの映像で見た顔だった。報道連絡で照らし合わせた事故発生日を思い返す。それはテレビ放送の五日後だった。

私はもう一度、自己紹介し、千春も続いた。そして、女が言った。

「田中陽菜の母でございます」

その目には強い芯《しん》があった。

「突然、押しかける形になり、申し訳ありません」

「事故を調べているとのことですが、どのようなことを調べていらっしゃるのですか」

「事故が本当に事故だったのかどうか、ということです」

田中陽菜の母親の顔がかすかに歪《ゆが》む。

「どういう意味ですか」

「先ほども申しあげた通り、私は先日の新宿駅での事故に巻き込まれる寸前でした。あれは人為的に起こされた事故ではないかと疑っております。その過程で、他にも同じ様な事例があるのではないかと思い、今は交通事故を調べている次第です」

「なぜ単なる事故だと思えないのですか」

「ここでは控えさせて下さい。まだ確定しているわけではないもので」

「しかし、どうして調査を？　記者の方ですか」

「いえ、一般企業の社員です。普段は玩具《がんぐ》の開発業務に携わっています」

「このような言い方は余り良くないかもしれませんが、お仕事としてやられる方に任せてはいかがですか。警察や新聞社など、調査が本職の方は大勢いらっしゃいます」

「もちろんです。しかし私なりの理由もあります。危険に巻き込まれたのは私です。他人に全てを委《ゆだ》ねようとは思えないんです。自分の身に降りかからなければ、決して調べようとは思わなかったでしょうが」

本心だった。田中陽菜の母親の視線が私から千春に移った。

「お嬢さんは今光さんの奥様？　それとも恋人ですか」

「中学時代からの友人です」

硬い声だった。次の瞬間、意を決したように千春は胸を張った。

「実は私、警官なんです」

田中陽菜の母親が目を丸くした。千春が続ける。

「警官だからこそ、警察という組織で出来ることと出来ないことが身に染みています。頼りなく聞こえるかもしれませんが」

「もし事故ではないとわかれば、警察にいづらくなるんじゃないですか」

「仕方ありません。私が選んだ行動です」

「警察にこだわりがないみたいね」

「ええ。警官であることにこだわりはありません」

「じゃあ、どうして警察に？」

すっ、と千春が息を吸う音が部屋に響いた。

「いま、私の隣にいる人間に助けられたからです。私も誰かを助ける人になりたかった。それが理由です」

初耳だった。思わず千春を見た。田中陽菜の母親を見る目は真っ直ぐだった。

不意に田中陽菜の母親が窓を向いた。私もその視線を追った。レースカーテンの裾《すそ》が風でゆらりと揺れている。

ほどなく静かな声が漏れてきた。

「娘は暑がりだったんです。だからこの部屋にいてもらっています」

衣擦《きぬず》れの音がした。その視線が戻ってきていた。

「娘も事故死ではない。そう思われているのですね」

「先ほども申し上げた通り、まだわかりません。しかし、何か手がかりがあるかもしれません。ここでそれを摑《つか》めればと思っています」

ちょっと待ってて、と田中陽菜の母親が席を外した。

私たちは黙ったまま風を浴び、待った。しばらくして、田中陽菜の母親はアイスコーヒーを盆に載せて戻ってきた。

「二人とも喉が渇いたでしょ？」

幾分、砕けた口調になっていた。好意を頂戴《ちょうだい》し、私はさっそく口をつけた。

このコーヒー、おいしいですね、と千春が声をあげた。

「豆にはこだわっているから。これはグアテマラ産。陽菜も好きだった味なの」

田中陽菜の母親は寂しそうに笑った。

早くも水滴が浮き出ているグラスを私はテーブルに戻した。

「陽菜さんがテレビの取材を受けたことはご存知ですか」

「よく知っているわね。ええ。私も見た。あのコ、嬉《うれ》しそうだったな。事故はその直後だったし、最後にいい思い出が出来たのかもしれない」

それが原因かもしれない。喉元まで出かけたが、吞《の》み込んだ。まだ真相が見えていない段階だ。いたずらに言うべきことではない。

私は資料で仕入れた田中陽菜の事故概要を口にした。発生時刻は午後十一時十分ごろで、現場は深夜でも交通量の多い環状八号線の横断歩道。車道の信号は青。そこに田中陽菜が急に飛び出してきた、そう運転手は証言している。目撃者はいない。少なくとも名乗り出ていない。

耳にするのも痛みを伴うはずだが、田中陽菜の母親は毅然《きぜん》と聞いてくれた。

「その通りです。警察からもそう聞いております」

「当日は外出先からの帰りですか」

「ええ。彼氏とのデートの帰りでした」

「事故発生日の数日前から、陽菜さんの周りで何か日常とは違う出来事はありませんでしたか。特にテレビ放送の後です」

「ストーカーとか、そういう意味ですか」

「それも含んでです。些細《ささい》なことでも構いません。思いつく限り、教えて下さい」

田中陽菜の母親は唇を結び、視線を落とした。思い出してくれているのだろう。だが、思い出そうとする以上、明らかな兆候はなかったということだ。

その肩が小さく上下した。

「私が知る限りは、ありません。怖い目にあったとか、そういう話も聞いた覚えはありません」

「テレビの映像を見ると、陽菜さんはＳＮＳを利用されていたそうですが、そのサービス会社はわかりますか」

「それが何か事故と関係あるの？」

「関係あるかもしれません」

「私にはちょっと」会話が浮きかけた。「そうだ、浩司《こうじ》君なら知っているかもしれない。陽菜の彼氏。ちょっと待って」

田中陽菜の母親は席を立ち、携帯を手に戻ってきた。居住まいを正して座ると、その電話を耳にあてた。浩司君？　久しぶりね、田中です。元気？

私も千春も黙って聞いていた。陽菜の話を聞きたい人がいるの、浩司君を紹介してもいい？　ああ、そう良かった。

携帯が差し出されてきた。私はそれを受け取った。ぎこちない挨拶《あいさつ》を交わし、用件を切り出した。

構いません。強い返事があった。

午後に会うことになり、私は携帯を返した。

田中陽菜の母親は口元を緩めた。

「いい青年よ。でも、もう会うこともないのね。浩司君だけじゃなくて、これから陽菜の彼氏になるはずだった男の人とも」

私は黙した。

急に強い風が吹いた。風鈴が鳴った。カーテンの裾が遺影にかかり、カタリと音がした。

ごめんね。

田中陽菜がそう言った気がした。

私たちは田中邸を後にした。さらに強くなった陽射しを浴びながら、路地を歩いた。

「知らなかったな。俺が千春を警官にしたなんて」

「そりゃそうよ。誰にも話してないもん。だから、凛に会おうと思った面もある」

「どういう意味だ」

「新宿駅の刑事が言ったこと覚えている？　謹慎みたいな休みだからさ。原点を振り返りたかったんだ。この前、ハチミツにも話したカンニングの時、わたしは初めて正義っていうものを考えたから。本当は一生、誰にも明かすつもりなかったんだけどね」

「じゃあ、どうして話したんだ」

「そんなの簡単。凛が正面からぶつかっていたから、わたしも正面からぶつかっただけ。今日も昨日みたいに取材を装うのかと思っていたのに違ったから、びっくりしたよ」

「遺族には嘘をつきたくなかった。問題解決のためには嘘も必要だとは思うけど、何だかな。昨日も居心地が悪かったから」

「そういうの、凛らしいと思う」

路地を抜け、駅に戻った。若者が多いが、新宿や大塚で見たような量ではない。

「最近、フローラ会の姿を見ないな、連中も夏休みなんだろうな」

「何か許せないね。悪人のくせに夏休みなんて」

「ポイントを集めようとしている連中に悪意はないんだろう」

「そこが許せないの。自分はお金のために動いて、知らないうちに他人を傷つけるなんて最低だと思う。せめて自分も傷つくべきだよ」

立川駅《たちかわ》は賑《にぎ》やかだった。驚くほど人で溢《あふ》れている。人の話し声、車の走行音、呼び込み。その賑わいは池袋と同等だ。身構え、歩みを進めた。駅前の立体交差を歩き、指定されたカフェに入った。

見回すと奥のテーブル席に一人、若い男がいた。髪は短く、色は黒い。目は細いが、口は大きい。何より体格がいい。それは、田中陽菜の母親から聞いた容貌《ようぼう》だった。

目が合うと、男が軽く頭を下げてきた。私たちはその席に向かった。

杉原《すぎはら》浩司と二度目の挨拶を交わし、私は午前中と同じ説明を繰り返した。

「傷口を抉《えぐ》るようで申し訳ないね」

「大丈夫ですよ。陽菜はまだ俺の中で生きていますから。きっとこれからどんな女の子と付き合っても、頭の片隅にあると思います。忘れてもいけないと思っています」

哀しいほど引き締まった顔だった。

私は青年に刻まれた傷の深さを思った。傷は塞《ふさ》がれても、その跡は残るだろう。時が傷跡を癒《いや》すことを祈るしかない。それくらいしか、私にはできない。みぞおちの辺りが熱かった。

「それで、何を話せばいいですか」

強い視線だった。まだ田中陽菜の死を消化できていない。そう物語っている。その生々しい記憶に何か残っているかもしれない。その傷を挟る躊躇《ためら》いを殺し、私は田中陽菜の母親にしたように事故の数日前から、いつもと違った点がなかったのか尋ねた。

「特には何も」

「テレビ放映の直後は？」

「そんなことも調べているんですか」杉原は目を丸くした。「でも、特にないですね。テレビと何か関係あるんですか」

「まだ因果関係は、はっきりしていないんだ。一つの目安にはなると考えているけどね。些細なことでも構わないので何かないかな」

「そう言われても。あ、出来事ではないんですが、あの頃によくした会話なら覚えていますよ」

何かな、と私は水を向けた。

「駅のホームに人が多くなった気がするって。ライブ後の駅とか、ご存知ですか？　武道館を出た辺りとか、東京ドームの周りとか」

「確かに身動きとれない時があるね」

「時間に関係なく、時々、あんな感じになることもあったくらいです」

「それまではなかったのかな」

「中央線は人身事故が多いので、朝の通勤ラッシュの時とかはあります。でも、俺たちが行動していた昼間とか、通勤時間を過ぎた午前中とかはありませんでした。だから、不思議だなって話していたんです」

　私は瞬間的に背筋が伸びた。

「それは高円寺駅での話？」

「ええ。他にも立川駅もそうですし、大学のある四ッ谷《よつや》駅もそうです」

「その増えた人の内訳は覚えているかな。多かったのは杉原さんのような若者なのか、俺くらいの年代なのか。あるいは中年が多かったのか」

「さあ、余り気にしたことがないので。ただ、俺と同世代が多かった気はします。ちゃんと見たわけではないので、確信はないですけど」

　あ、と呟《つぶや》くと杉原は弾《はじ》かれたように続けてきた。

「やっぱり、ほとんどが俺と同年代です。みんな携帯を見ていましたから。失礼な言い方かもしれませんが、今光さんの年代より俺の年代の方が携帯を使っていますから。画面があちこちで光っていたの、覚えています。ほら俺、背が大きいじゃないですか。だから駅が黒い髪で埋まる中、液晶が光っていたのが妙に印象に残っているんです」

　私は千春と目を合わせた。ほぼ間違いないだろう。杉原に向き直った。

「駅のホームで危険を感じたことは？　あるいは事故までに陽菜さんがホームから落ちそうになったとか」

「実際に危険な目に遭ったことはないですけど、危ないと思ったのは事実です。考えてみれば、新宿駅の雪崩事故がいつ起きてもおかしくなかったと思います」

ふっ、と杉原の顔が翳《かげ》った。

「結局、陽菜は事故で亡くなりましたが」

重い声だった。私は彼にコーヒーを勧め、少し間を開けた。周囲の話し声が私たちの席にも広がっていく。私は質問を再開した。

「話は変わるけど、陽菜さんはSNSを利用していたよね」

「ええ、でも一応ですよ。みんなもやっているので、登録していただけです」

「どの会社を利用していたのか知っているかな」

「もちろんです。付き合いたての頃、一緒に登録しましたから。フローラ社です。アメリカのものも流行《はや》っていますけど、同じようなサービスなら、日本のSNSの方がいいじゃないですか。なんか世界に対抗して開発したって気概も感じられますし。陽菜もそんなことを言っていました。スマホでも見られますしね。とはいえ、俺はほとんど利用してないですけど」

フローラ社……。

「フローラポイントを利用したことは？」

「いや、俺はないです。陽菜もないと思いますよ」

周囲ではどうかな、と千春が入ってきた。

「多いですね。ゲーム感覚もありますから。指令をクリアしたら、ポイントがもらえるなんて、完全にゲームじゃないですか。別に金に困っていなくても、ご神託が届いたらとりあえずクリアを目指すやつもいますよ。大学生なんて暇ですし。逆に完全に依存して、ポイントだけで生活費を稼ぐようなやつもいます」

私は視線を止めていた。フローラ社と田中陽菜は明確に結ばれた。しかし、積極派でないからと命を奪うのなら、中年の大半を殺さねばならない。

また、企業である以上、商品やサービスに批判を受けることは日常だ。玩具《おもちゃ》業界でも、一日に数百件の意見が寄せられることもある。

それからいくつか質問を投げた。収穫と思えるものはなかった。杉原にご神託は届いていなかった。杉原の友人たちから収集したい思いもあったが、危険が及ぶ可能性もあり、私は口に出せなかった。

陽菜の件、よろしくお願いします。深々と頭を下げ、アルバイトに向かった杉原を見送り、私たちはカフェに残った。

アイスコーヒーの氷がすっかり溶けていた。それを一口飲み、私は言った。

「千春、警察の力を使って、放送日に近い日の事故被害者にかかわらず、事故被害者でフローラ社のSNSを利用していた人を調べられないか」

私や田中陽菜、西片健吾の身に起きたことが無関係だとは思えない。

「ちょっと無理かな。現状では聞いて回るしかないだろうね。田中陽菜さん一人でもフローラ社が起こした事件の被害者だと明確になれば、家宅捜索という形でフローラ社に入れるかもしれないけど」

霞《かすみ》を相手にしている気分だった。実体が見えない。だが、霞が全身を包み込み、体温を下げていく感触だけはある。

「凜、なんとかしてご神託の実態を調べたいね」

「一応の手は打ってある」

「あれ？　フローラ社に知り合い、いないんじゃなかったっけ」

「フローラ社の人間じゃない。でも、頼りになる男だ。時間はかかるそうだが」

ふうん、と千春は何かを察したのか、それだけ言った。

それから私たちはDVDを見直し、他にもSNSに批判的な発言をした人間を確認した。何人かいるが、事故リストと照らし合わせても、誰が誰なのか特定は出来ない。宮沢の調査も時間はかかるだろう。

……ならば、いま出来ることは一つしかない。

「西片健吾、田中陽菜。その人数が増えるほど、普通は共通点が減る。それでフローラ社が浮き上がるなら決まりだ。放送日に近い事故被害者を一軒ずつ訪ねてみるか」

「そうね。地道に進むのが捜査の基本だから」

「全てが終わった頃には、立派な警官になっている気がするよ」

「凜ならいい警官になれると思う。いいお坊さんには、なれないかもしれないけど」

立川駅に戻った。ポケットで携帯が震えた。宮沢かもしれない。改札脇によけて液晶を見た。メールが届いていた。

ご当選　おめでとうございます！
本日八月十五日開催、フローラサンダース主催のプロ野球公式戦　サンダース対東京ファイアーズ　無料観戦に当選しました！　この画面を球場のチケット売り場で見せて頂くだけで、三名様まで無料で観戦できます！
　　　　　　　　　　　　　　いつもあなたのそばに　フローラ社より

つうっ、と背筋が冷えた。喧騒《けんそう》も遠ざかっていく。

なぜ、私のメールアドレスが知られているのだ……。フローラ社の検索エンジンすら、私は使用したことがない。

いつもあなたのそばに。その一言が全身に圧《の》しかかってきた。

9

どうしたの、と千春が顔を覗《のぞ》きこんできた。

届いたメールを見せた。千春の顔が曇る。私はフローラ社とこれまでに関わっていないことを告げた。

「携帯メールを何かに登録したことある？　本屋さんでもバーでも、会社でも何でもいいんだけど」

束の間考えた。ゆっくり首を振る。知っているのは、ごく限られた友人だけだ。会社の同僚にも教えていない。千春に教えたのが数年ぶりだったのだ。電話番号さえわかれば、SMSでの送受信はできるが、これはそうではない。私のメールアドレスにメッセージが届いているのだ。

私は目を閉じた。血の臭い、叫び声、押し潰《つぶ》されて捻《ね》じ曲がった腕。生々しく新宿駅の記憶が蘇《よみがえ》ってきた。目を開けた。

「行ってくるよ。千春は無理しなくていい」

「今度は凜が巻き込まれるかもしれない。いや、相手は巻き込もうとしている」

「そうだな」

「そうだなって」

「人気球団同士の試合じゃないが、球場にはそれなりに人は入るだろう。新宿駅のホームより、その数は多いはずだ。事故を起こしやすい状況とも言える。試合が終われば、出口に観客が殺到するからな」

「だったら何で？　凜が行かなければ、事故は起きない可能性だってある。それに行けば危険じゃない」

「確かに行かなければ、事故が起きない可能性はある。その代わり、どこかで別の事故が起きる可能性もある。だったら、わかっている範囲内で防ぐべきだ。一人でも事故が起こる可能性を知る人間がいれば、それを防げるかもしれない」

　千春は唇を嚙《か》み締めていた。

　私は腕時計を確認した。午後二時過ぎだ。開場は午後四時、試合開始は五時半。球場は幕張《まくはり》だ。今から向かえば、試合開始前には到着できる。

「どうやって防ぐつもり？」

「わからない。今は声をかけるくらいしか思いつかない」

　千春の目に光が宿った。

「わかった。わたしもいく」

　中央線も京葉《けいよう》線も空《す》いていた。どうやって事故を防ぐか。私たちは移動中、その方法を話し合った。約二時間の移動だったが、結論は出なかった。


　海浜幕張には野球場が隣り合っている。一つはフローラ社がプロ野球参入にあたり、建設したものだ。今日は幸い、もう一方の球場では試合は行われない。それでも、かなりの人出だった。

　球場へ向かう人だけではない。すぐ近くのアウトレットモールへの人波もあり、家族連れ、カップル、老人が入り混じっている。だが、フローラポイント獲得を狙っている素振りは誰からも窺《うかが》えない。

　私たちは一時間ほど駅前で様子を見守った。何事も起きなかった。そして、人出のピークを見計らい、球場への流れに交ざった。

球場へ続く道のあちこちに警備員が誘導看板を持って立ち、ゆっくりお進み下さいと声をかけ続けている。

歩道橋を渡り、海辺の球場に向かう。ふんわりした風が吹いた。焼けた砂、そして潮の匂いがする。夏の匂いだ。懐かしいな、と私は思った。

「懐かしいね」と千春が深い声で言った。「あの時も暑かったよね」

千春がいつのことを話しているのか、すぐにわかった。

野崎が引っ越す前日だ。三人で自転車を飛ばし、海浜幕張の海に来た。フローラ社の球場はなかった頃だ。

あの時、目の前には黒い海が広がっていた。私と野崎で千春を挟み、砂浜に腰を下ろした。陽が沈んで何時間も経っているのに昼間の熱気は冷めず、靴底や尻《しり》から砂浜に染みた熱を感じ、潮騒《しおさい》だけが周囲にある夜だった。

「夜見ると、海って怖いよね」

千春が言うと、野崎が軽く笑った。

「昼間は水着の姉ちゃんと戯れているのにね」

「物事には両面あるってことさ」

「でた、凜のわかったような顔」

千春が指をさして笑ってきた。野崎が肩を上下させる。

「海って大変だよね」

どういう意味だ、と私は尋ねた。

ほんとどういう意味なの。千春も顔を向けている。

「ゴミを飲み込み、希釈している。化学物質まみれの排水なんて、世界中で一日にどれだけ飲まされているのかわからないじゃないか。そうかと思えば、波を立てて遊ばせてやることもある。おまけに旨《うま》い魚まで供給している」

「その分、荒れることもある」私は言った。「一念三千さ。海にも色々な顔がある」

そうだね、と野崎が頷《うなず》く気配があった。

「ちょっと、難しい話はやめてくれる？　海を見たらとりあえず、わたしたちは今日のことを思い出す。それで十分」

千春がまとめると、野崎が笑った。

「青春マンガみたいだね」

「やめて、わたしを奪い合って喧嘩《けんか》しないで」

ほんと、懐かしいね。

千春が改めて呟《つぶや》いていた。

あの日の千春の思い出はここまでだろう。私には続きがある。それも忘れられない続きだ。

野崎を家まで送ろうとしたが、辛《つら》くなるからとやんわり断られた。そこでまず千春を送り、私と野崎も寺の前で別れた。だが、私は野崎を追いかけた。二人でよく聞いたCDを渡すという口実をつけ、自転車を飛ばした。

野崎は線路を見下ろす道路にいた。欄干に肘《ひじ》をついた横顔は、今まで見たことがないほど冷たかった。野崎、と私は声をかけた。こちらを向いた顔に表情はなかった。数秒後、野崎はぎこちない笑みを浮かべてきた。

「どうしたんだい。別れの儀式は済んだはずだ」

「これを渡そうと思ってな」

私が差し出したCDを野崎が受け取った。

「オアシスか。ありがとう」

「深刻そうだったけど、何を考えていたんだ」

野崎はゆっくりと道路の欄干に手をつき直した。私も野崎と並んで同じ格好をし、足元の架線や線路を眺めた。

「自殺した柴崎のことを考えていたんだ。彼女についての報道は覚えているかい」

ああ、と私は頷いた。

学校はいじめだと認識していなかった。生徒間での遊びだと思っていた。市教委はそう発表した。一方、評論家やニュースキャスターは声高に反論していた。SOSのシグナルはあったはずだ、見逃した学校側の怠慢だ、と。

「凜、あれはね、お決まりの流れさ。決まり事なんだ。そういう風に報じるべきことだから、その流れに沿ったに過ぎない。これまでもこれからも変わらない種類の報道さ。結局、ニュースは三日で消えた。人の命の価値なんて、つまりそんなものさ。それにね、ニュースでは重要な部分に踏み込んでいない。なぜ、発生したのかという根本だよ。クサコ。柴崎のあだ名は知っているだろ。その由来は知っているかい」

いや、と私は答えた。

私たちの中学は近隣の二つの小学校の生徒が合流した。私と野崎は別の小学校で、柴崎は野崎と同じ小学校だった。顔立ちのいい女子だった。劣等生でも優等生でもなく、良くも悪くも目立つ存在ではなかった。私はいじめられた理由を不思議に思っていたが、何となく誰にも聞けずにいた。野崎にも聞けなかった。

「小学校五年の時だ。僕と柴崎は同じクラスだった。夏場、担任が柴崎に言ったんだ。くさいな、風呂《ふろ》入れよ。この一言で柴崎はクサコと呼ばれるようになったんだよ」

私は胃がねじれるようだった。

柴崎はさ、と野崎が続ける。

「父親がいなくてね。だから僕とはよく話していた。ウチより貧しかったんだ。彼女は夏場でも風呂は二日に一度と決められていた。ねえ、不思議だと思わないか」

「何がだ」

「昨日までは誰も柴崎を何とも思っていなかった。それなのに一日で、たった一言で豹《ひょう》変《へん》したんだ。憎しみ、敵意、蔑《さげす》みをむき出しにしてね。その波は僕のクラスだけでなく、あっという間に学年に広がり、学校中に広がった。低学年ですら、柴崎に罵《のの》りの言葉を投げていた。彼らは目を輝かせ、嬉々《きき》としていた。異様な熱が覆っていたんだ。そうだな、台風が近づくとそわそわするだろ。あれに拍車がかかった感じだよ」

「千春の時みたいにか」

あんなもんじゃないよ、と野崎は大きく肩を上下させた。

「梅雨の時、太腿《ふともも》に湿ったズボンが張りついて不快だよね。いつも教室の空気はあんな肌触りだった。いつの間にか彼女と話すのは僕だけになった。危うく僕もいじめの対象になりかけた。僕は運動神経も良く、勉強もできたから運よく免れただけだ。つまり、誰だって柴崎になりえるんだよ」

背後で荒々しくクラクションが鳴った。夜を切り裂き、体の一部をもぎ取っていくような暴力的な音だった。その余韻が消えると、世界が一瞬、止まったようにも思えた。

凜、と滑り出すように野崎が言った。

「僕はね、あの時に狂気を見た気がする。この国にいつの時代も蠢《うごめ》く狂気さ。近い時代で譬《たと》えるならバブルかな。もう一つ前なら学生運動だよ。信念に基づいて関わった人はいい。儲《もう》かりそうだから投資した、暴れられそうだから学生運動に加わった。信念がなくても、まだこういう人には救いがある。でもね、周りが参加しているから、とりあえず流れに乗った、どちらの場合もそんな人間が多いはずさ。時代のせいにしてね」

「バブルも学生運動もよく知らないけど、全員がそういう人間じゃないだろ」

「そりゃあね。僕が話しているのは一つの型についてさ。それも典型的な型だ」

「型が悪いとは思わないな。剣道でも少林寺でも型はある」

「僕も型やマニュアルが悪いとは思わない。むしろ好ましいと思っている。様式美であり、ある種の到達点だからね。でも、そう理解する人間が多いとは思えない」

「何が言いたいんだ」

「型通りにやればいい、この流れに沿って動けばいい。そんな連中が発する空気と、僕が教室で体感した空気は同じだと思うということさ」

　私たちは押し黙った。湿気や熱気とともに、別の粘り気のある何かが体にまとわりついてくる感覚があった。

　野崎が細く長い息を吐いた。

「実は昨晩、僕はその空気を浴びた。高校生に集団で襲われ、裸にされた挙句、海に放り込まれたんだ。連中は金が目当てだった。僕から金を奪うと高笑いしていた。雑誌に掲載されたスニーカーを買うためだそうだ。流行《はや》りのために僕は襲われたんだよ。それも面白半分にね。だけど、それは必然なのかもしれない」

　私は野崎を見られなかった。野崎は呟くように続けた。

「いつの間にか柴崎は僕を遠ざけるようになったんだ。気を遣ったんだろう。恥ずかしいことに、僕はほっとしたことを覚えている。僕は卑怯者《ひきょうもの》だよ。いじめに加わることはなかった。でも、助けもしなかった。柴崎は僕を助けたのにね」

野崎、と私は呟いていた。その呟きは夜に消えていった。

そういえばさ、と野崎が言う。

「まだ話していた頃、彼女はよく言っていたんだ。人生なんて早く終わってしまえばいい。そうすれば苦しみから解放されるって。凛も知っての通り、彼女に対する仕打ちは中学になってからも続いた。発端を知らない凛の小学校の連中まで加わっていた」

轟音《ごうおん》が近づいてきた。私たちは自然と口を閉じた。足元を電車が荒々しく走り抜けていく。揺れた。随分と長い間、揺れていた気がした。

揺れが収まり、轟音が遠ざかっていくと、再び野崎が口を開いた。

「刃物で人を刺し殺せば、罪になる。でも言葉や態度で自殺に追い込んでも罪には問われない。死という結果は同じなんだ。手段が違うだけに過ぎない。でもね、法律でそう決まっている。法律って誰のためにあるんだろうか」

「人のためだろ」

「いや、社会のためだよ。じゃあ、社会の正体は何だろうか」

野崎はひと呼吸あり、続けた。

「自分に、世界に絶望しました。柴崎の遺書に書いてあったそうだ。彼女の母親から聞いたんだ。泣きじゃくっていたよ。僕は笑いそうになった。アンタに泣く資格はないって」

私は思わず野崎を覗《のぞ》き込んだ。野崎は青みがかった陰影を帯びていた。真っ直ぐ前を見たままでも、その目は濡《ぬ》れたような光を溜《た》めているのがわかった。

「僕は柴崎と深く話したことがある。驚くほど同じような経験をしていたんだ。幼い頃にしつけと称して包丁を突き付けられたこと、泣いているとバットで殴られたこと、何かを始めようとするとアンタなんかには出来ないと否定されること、アンタがいなければ私は自由だったと言い聞かされること。そんな母親に悲しむ資格があるのかい」

「だからこそ後悔したんじゃないのか」

「後悔するくらいなら、最初からやらなければいい。後悔するなら、もっと早い段階で手を差し伸べていれば良かったじゃないか」

余りにも正論だった。私に返す言葉はなかった。

「凜にもわからないだろう。死を求めた人間の気持ちを。いかに追いつめられ、絶望に呑《の》み込まれ、傷ついているかを」

私は欄干を摑《つか》む手に力を込めた。

「でもさ、死んだら焼き魚の匂いは嗅《か》げない。いい匂いだろ。俺は焼き魚の匂いが漂っている世界が好きだ」

「焼き魚か」

野崎は束の間あけ、続けた。

「目の前に高い壁がある。どこにも入り口はない。それでも向こう側に行きたい場合、凜ならどうする？」

「なんだ、突然？　でも、登るかな。登れる手段を考えると思う」

「凜らしいね。でも、それが出来るのは少数だよ。多くの人間は引き返すか、見上げるだけだ。そのくせ、壁の向こうをあれこれ想像する」

「野崎ならどうするんだ」

「もう一つの解決方法がある。それをする」

「どうせまた難しいことなんだろうな」

簡単なことだよ、と野崎は微笑んだ。その時、私は急に野崎の転居を実感した。野崎は遠くに行ってしまうんだな、と。もう会うこともないのかもしれない。

私は長い瞬《まばた》きをした。

「あ、やっぱ変える。どうせなら、焼き魚じゃなくて焼肉の匂いがいいや。焼肉の匂いが漂う世界。魅力的だろ」

私たちは声をあげて笑いあった。私は胃の底にある重さを笑い飛ばしてしまいたかった。

笑い声が引くと、野崎が目の縁を拭った。

「凜は強いな。ぶれない芯《しん》がある。僕は勝つよ。この借りは必ず返すからね」

私たちは何となく足元の線路を見つめていた。あと数か月もすれば、私も千春も三中からいなくなる。それでも、私は三人揃っての何かを残したかった。

先ほどとは逆方向の列車がきて、過ぎていった。私は欄干についた傷を指でなぞっていた。

「なあ、明日《あした》も朝なら時間あるだろ。いいことを思いついた」

翌朝、千春を伴って私たちは音楽準備室の小窓から夏休みの校舎に忍び込んだ。


不意にシャツの裾《すそ》を引っ張られ、記憶から戻された。千春は険しい顔つきだった。

「何だか思い出まで汚されているみたい」

「いや。壊されているみたいだよ」

家族連れやユニホームを着た両チームの応援団に交ざり、私たちは何事もなく球場に到着した。球場前は広めのスペースがとってあり、客で賑《にぎ》わっている。私はメッセージ通りに、球場のチケット売り場で届いたメールを見せた。

受付の若い女が満面の笑みを浮かべた。

「このたびはおめでとうございます。二名様でよろしいのですか。もう一名様までご入場いただけますよ」

二名で大丈夫です。私は応じた。もったいないですよ、女は弾む声で言う。予定が合わなくてね。そうですよね、このサービスは当日ですから、お客様のような例も多いんですよ。そんな短い会話をやり取りした。

楽しんで下さいね、と女は一枚の紙を出してきた。チケット、ビール無料券、ポップコーン半額券。それが一枚になったものだった。切り取り線があり、簡単に切り離せる仕組みになっている。

「この時間は入場客が一番多いんですか」

「そうですね」女は笑顔で言う。「でも、大丈夫ですよ。売店は多いですし、球場内にも売り子がいますから。簡単にビールもポップコーンも引き換えられます」

私の質問を、引き換え時に混雑に巻き込まれるかの確認だと受け取ったようだ。

「このサービスは誰が当選するんですか。突然、メールがきて驚いたんですが」

「無作為に選んでいます。フローラサンダースが誕生してすぐに生まれたサービスなんですよ。野球は生で見れば印象が違ってきますから。野球好きを増やす一環なんです。観戦したことがないのに、プロ野球を敬遠する人が最近は多いので」

「無作為に選ぶのは、フローラ会の中から？」

「いえ。そうとは限りません。何らかのフローラ社のサービスを利用して頂き、携帯メールを登録して頂いた方が対象になります。多いのはネットショッピングとか、不動産の仲介とか。だから皆さん、驚かれますよ。半信半疑で球場までいらっしゃる方も多いんです」

思い返してみるが、やはり私はフローラ社のサービスを活用したことはない。

私たちは入り口に向かった。警備員が十メートルごとに配置されている。彼らは拡声器を使わず、ほどよい声量でゆっくり進むよう促している。客はその指示に従い、歩みを進めている。一種の事故防止策だろう。走り出そうとする者がいると、警備員が止めに入っていた。立て看板が目に入った。

お客様各位　新宿駅での群衆雪崩事故を受け、入退場時の警備を強化しております。警備員やスタッフの指示に従ってください。ご理解とご協力のほど、よろしくお願いします。

フローラサンダース　フローラ警備

看板はあちこちにあった。客は警備員の誘導に従い、秩序を保って進んでいる。私たちは列に並んでゆっくり進み、何の混乱もなく球場に入った。

席はバックネット裏のやや高めから見下ろす席だった。かなりの特等席だ。野球を楽しむにはちょうど良いが、楽しめるとは思えない。楽しむ気もない。

ビールサーバーを担いだ若い女が近寄ってきた。私たちを見ているが、とてもビールを飲む気にはなれない。彼女は笑顔の余韻を残し、通りすぎていった。監視役。ちらりと脳裏をよぎったが、それにしては、あからさま過ぎる。

まだ開始まで三十分近くあるが、内外野に若干の空席があるだけで、球場は八割方埋まっていた。人気球団とは呼べないチーム同士の対決としては、十分な集客だろう。ほどなく先発オーダーが発表され、球場がざわめきで埋まった。球場に満ちる高揚感を肌に感じるが、私の体内が波立つことはなかった。

予定時間ちょうどに試合が始まった。

試合は目に入ってこなかった。応援団の鳴り物、バットからの快音、投球がミットに収まる低い音。球場独特の雰囲気の中、私は周囲に視線を配っていた。事故を仕掛けてくるような姿はない。携帯を見ている客もいない。観客は当然ながら、試合に見入っている。

三回表の時だった。ビールの売り子が近寄ってきた。お客様、と声をかけられて顔を向けると、笑顔があった。

「ビールではなく、烏龍茶《ウーロンちゃ》にも引き換えられますので」

私は発言の意味を考えた。

「この席はいつも当選者が座っているんですか」

「はい、当選者様の席です」

彼女がこちらを見ていた意味がわかった。紙コップの有無を確かめていたのだ。じわり、と手に汗が滲《にじ》んだ。

「ありがとう、烏龍茶と引き換えるよ」

その時、歓声があがった。サンダースが得点していた。

「監視するにはもってこいの場所ね」

千春が硬い声で言った。

私は見回した。相変わらず、誰もが試合を見ている。目が合う人間はいない。それどころか、球場に足を踏み入れて以降、それらしき視線も感じない。ボタンを掛け違えたような違和感があった。

私たちは席を立つことなく、試合を眺めた。私には選手の姿も、そのプレーも目に入ってこなかった。歓声が遠くから聞こえ、応援が壁一枚隔てた世界で鳴っていた。意識を集中させ、周囲に目を配り続ける。七回表、観客数が発表された。

四万三千二百五人。

肌が粟立《あわだ》った。蒸し暑い中、私は戦慄《せんりつ》にも似た寒気を味わった。……これだけの人数だ。一度に駅に向かえば、途中の道路もホーム上も人で溢《あふ》れる。

アウトのコール、ファインプレーへの拍手。次々にやり過ごしていく。

と、大きなため息が球場を包んだ。いつの間にか、試合は終わっていた。フローラサンダースの逆転負けだった。

ほどなく、アナウンスが流れた。

試合は終了いたしましたが、しばらくそのままお席でお待ちください。新宿駅の群衆雪崩事故にともない、区画ごとに順次、ご退場の案内をいたします。お急ぎのところ、大変恐縮でございますが、ご協力のほどよろしくお願いします。

たちまち大量の警備員が球場の動線に現れた。ちらほら席を立つ姿もあるが、球場全体は驚くほどアナウンスに従っている。

そして、ヒーローインタビューが終わると、まずはライトスタンドの客がアナウンスで退場を促された。十分後、レフトスタンドの客が案内された。そうやって順々に客が球場から出て行った。その間、グラウンド整備が進み、スタンドのゴミ収集も始まった。球場の外からも混乱の声は聞こえてこない。

バックネット裏は最後だった。アナウンスの後、私たちは立ち上がり、前に続いてゆっくり階段を上がった。

球場を出た。

人波は溢れるほどではなかった。肩と肩がぶつからない程度の隙間はある。試合開始前と同様、等間隔に警備員が立ち、誘導している。張り上げるわけでもなく、力ずくで従わせる圧力もない、ほどよい声量だ。この状況で事故は起きそうにない。誰かが走り出しても、警備員が制止するだろう。それに駆け出す気配もない。

だが、駅のホームはわからない。JRも本数を増やしてはいるだろうが、四万人を運ぶのは容易ではない。ホームから溢れ出る可能性もある。

ポケットで携帯が震えた。取り出すには狭い上、どこかに監視役がいれば、会話を聞き取られてしまうかもしれず、そのままにした。震えはしばらくして止まった。

歩き続けた。誰もが粛々と歩いていた。

駅も人で溢れるほどではなかった。それでも駅員が大量に配備され、彼らは厳しい視線を張り巡らせている。

私たちはベンチに座り、何本か上下線を見送った。この時間の降車客は少なく、ホームから人が吸い込まれていくだけだった。電車が走り去る都度、体の芯《しん》から緊張が抜けていった。

やがて、ホームに人影がなくなった。事故が起きないに越したことはない。その分、強い疑念が体にまとわりついていた。なぜ球場に誘《おび》き出されたのか……。

「凜、険しい顔ね」

私は抱いた疑問をそのまま口にした。そうなんだよね、と千春も言った。

私はフローラ社と関係ない。サービスを受ける立場ではない。球場に呼び出されたと考えるしかないのだ。だが、まるで事故の気配はなかった。

不意に思考が弾《はじ》けた。

「そうか。そもそも奇妙だということに気づいていなかった」

「どういう意味？」

「フローラ社はＳＮＳに消極的な人間を殺している。それが動機になるかは置いておいて、外見上からもそう考えてきた。それ以外に考えられないからだ」

それで、と千春が先を促してきた。

「理由をつけるとすれば、自社の利益を守るためだ。ＳＮＳが広がることで知名度や信用度をあげ、有料サービスに取り込んでいく。私企業である以上、そうやって利益を追い求めることは当然だからな。その意向に反する意見が邪魔なことは理解できる」

「それはわかる。でも凜の言いたい意味はわからない」

「フローラ社は自社の看板の一つとして、プロ野球球団を抱えた。Jリーグのチームも抱えることになった。二つとも社の広告塔だ。その看板を自ら汚すわけがない。球場で事故が起きれば、責任は免れえない。確実に企業イメージも落ちる。特に新宿駅で事故が起きた直後だ。何も対策をとらなかったと批判されるのは、目に見えている。やっているこことがちぐはぐになってしまう。つまり、誘い出してきたのは事故に巻き込むためじゃない。何か別の目的があったことになる」

「何か、ね」

東京方面の電車がやってきた。私たちは電車に乗り込んだ。

午後十時過ぎ、東京駅に着いた。多くの人々が行き交っている。それでも、事故が起きるほどではない。いつの間にかそういう基準で人波を見る自分に私は気づいた。

情報を整理するため、私たちは丸の内のバーに入った。ほどよく混んでいる。私はパソコンを起動させ、ワードを開き、仕入れた話を書き出していった。

田中陽菜とフローラ社の繋《つな》がり。

そして、プロ野球観戦の謎。

今さら私の顔を確認したとは思えない。千春の顔もとっくに割れているだろう。目的は何か。考えるほど深みに嵌《は》まっていく気がした。

椅子の背もたれに寄りかかり、周囲に視線を振る。隣の席ではカップルがお互い自分の携帯電話をいじっていた。

すっかり忘れていた。私は携帯を取り出した。留守番電話が入っている。海浜幕張を歩いていた頃にかかってきていたものだ。再生した。

「蟻の巣に集合だ。俺もクールダウンしてから向かう」

弾んだ宮沢の声だった。

すぐにかけ直した。おかけになった電話番号は電源が……。無機質な女の声が流れてきた。何度かかけた。結果は同じことだった。

蟻の巣の番号は知らない。開いたままのパソコンでインターネットに繋げて確認したが、情報はなかった。

「彼女？」

「悪いが千春は遠慮してくれ。気の小さい男なんだ」

10

ドアを開けた。今日もアート・ブレイキーが流れている。宮沢の姿はない。私はスツールに腰掛けた。

「サンジェルマンでのライブ盤ですね」

「ええ。ブレイキーのドラム、リー・モーガンのトランペットはいつもながら素晴らしい。しかし、この夜はピアノです。ボビー・ティモンズですよ。神がかっています。その場にいたかったと心の底から思いますよ。宮沢さん愛聴のアナログ盤なんです」

「宮沢はアナログ愛好者ですからね」

マスターが微笑んだ。

「その時代の音楽はその時代の形式で聞くのが一番いいに決まっている。宮沢さんは、よくそう仰《おつしや》っています」

「宮沢はもう帰りましたか」

「いえ、今日はお見えになっていません」

腕時計を見る。宮沢の電話があってから、かなりの時間が過ぎているが、そのうち姿を見せるだろう。待ち合わせ時間を決めたわけでもない。宮沢の家がどこにあるかは知らないが、電話してきた以上はくるはずだ。

私はウイスキーのロックを頼んだ。

ボビー・ティモンズのピアノに耳を傾け、グラスに口をつけた。

十分前後の曲が一曲、また一曲と終わっていく。名演奏で時間を感じさせないが、確実に時間は流れていった。二杯目を頼んだ。舐《な》めるように飲み、演奏を聴き続けた。時計を確認すると、すでに午前零時に近かった。

「閉店は何時でしたか」

「お客様がいる間は開けています。宮沢さんはたいてい、朝方までいらっしゃいます」

「いつもバカが迷惑をかけてすいません」

「いえいえ。ここは繁盛する店じゃないですからね。常連さんは有り難い限りです。宮沢さんでもっている店ですから」

「いつも何時くらいに姿を見せますか」

「早い日は六時ごろから。遅い時では十一時くらいでしょうか」

今日はかなり遅い部類に入るようだ。私は二杯目を飲み干し、三杯目を頼んだ。アート・ブレイキーのリズムに体を任す。

電話が震えた。ポケットから取り出すと、見慣れない番号からだった。末尾が一一〇で終わっている。警察？

私は店から出ると、耳にあてた。

「富坂《とみさか》警察署です」抑揚のない男の声だった。「失礼ですが、今光さんですか」

「ええ」

「宮沢浩一郎《こういちろう》さんを、ご存知ですか」

ええ。私は答えながら、体が固まっていくのを感じた。

「実は宮沢さんが携帯電話から最後にかけたのが、この番号でして。そのため、こんな時間ですが確認のために電話した次第です」

「最後？　宮沢に何があったのですか」

自分の声が遠くから聞こえた。

「失礼ですが、今光さんと宮沢さんとのご関係は」

携帯は壊れずに現場に落ちていたんですが」

「宮沢さんだと思われる男性が亡くなられました。交通事故です。幸いなことに、携帯は壊れずに現場に落ちていたんですが」

身を硬くした。体の中を冷えた風が吹きぬけ、頭の中が白濁していく。支えを求め、私は壁に体を預けた。

「宮沢さんのご家族の連絡先はご存知ありませんか。携帯に登録がないもので」

知りません。私は応じていた。あいつは結婚していません。両親も亡くなっています。親戚《しんせき》はいるでしょうが、兄弟もいなかったはずです。上滑りにそう応じていた。

「そうですか。ところで今光さん、今どちらにいらっしゃいますか」

「池袋に」

「大変申し訳ありません。亡くなられた男性が本当に宮沢さんかどうか、署にお越し頂き、ご確認願えませんか」

断る理由はなかった。断れるはずもなかった。

蟻の巣に戻り、料金を払った。

「宮沢さん、今日はお越しにならないみたいですね」

マスターが言った。

言葉に窮した。口に出せば、宮沢が本当に死んでしまう気がしたからだ。ハチミツがいつか呟《つぶや》いた言霊の存在を私は思い出した。宮沢と決まったわけではない。自分に言い聞かせた。

曖昧《あいまい》にマスターに頷《うなず》きかけ、店を出た。

歩いている感覚がなかった。足の裏が滑っていく。体が浮つき、重心が定まらない。何人かと肩がぶつかった。舌打ちや罵声《ばせい》を背中に浴びた。振り返らず、私は大通りに向かって歩き続けた。タクシーを拾い、行き先を告げる。急に寒気がした。

交通事故。

警官の一言が頭の中で響いている。悪い冗談だ。冗談であってほしい。そう願った。

道路は空《す》いていた。春日《かすが》通りを進み、三十分もかからなかった。

富坂署は蒸し暑かった。エアコンは切れ、受付にいる中年の警官二人は、団扇《うちわ》で暇そうに扇《あお》いでいた。彼らは当直と記された腕章を巻いている。その片方に声をかけた。そこにお掛け下さい。そう言って中年は受話器をとった。

私はエントランスのソファーに座った。硬い座り心地だ。事故発生を告げる無線が受付の向こうで唸《うな》っている。しばらくすると、奥の階段から四十代前半くらいの男が下りてきた。やはり腕には当直の腕章を巻いている。

男は名刺を出してきた。警視庁富坂警察署交通課　警部補　池尻大和《いけじりやまと》。そう書かれていた。

「先ほどは電話で失礼しました。ご案内します」

階段を上るのではなく、下った。急に周囲の温度が下がった気がした。薄暗い階段に足音が反響する。突き当たりの部屋だった。

安置室。そうプレートが掲げられている。池尻がステンレスのドアを開けた。線香のにおいが充満していた。その中に血の臭いが混ざっている。池尻は部屋に入ると、一歩横にずれた。私も安置室に足を踏み入れる。

正面にステンレスのベッドがあり、白い布が被《かぶ》せられた人間が横たわっている。その盛り上がり具合が妙だった。右足と右手の部分がへこんでいる。

交通事故。私はその意味を嚙《か》み締めた。

池尻が白い塊に近づく。ドアの前から私は動けなかった。お願いします。池尻の平坦《へいたん》な声が部屋をうつ。……覚悟を決めた。自分の足音が無機質に響く。

ベッドの前に立った。息を止めた。頷きかけると、シーツがゆっくり捲《めく》られた。目が強張《こわば》った。喉《のど》が急激に渇いていく。

宮沢だった。

間違いありません、と私は言った。自分の声には聞こえなかった。宮沢の額と頰には生前にはなかった縫い跡があった。

耳が痛いほどの静寂だった。

突然、ご苦労様でした、と池尻のやや強い調子の声が背後でした。いつの間にか宮沢の顔にはシーツがかけられ、そのまま立ち竦《すく》んでいたことに気づいた。

「今光さん、いきましょう」

振り返ると、すでに池尻はドアの前にいた。

追い立てられた気分で安置室を出ると、私は尋ねた。

「額と頬の傷は事故によるものですか」

「ええ。応急処置で修復はしましたが、あれ以上は厳しい状況でした」

「右腕と右足に膨らみがありませんでしたが」

「ダンプに轢《ひ》かれたので。引き千切れてしまったんです。修復は困難な状況でした」

池尻は淡々とした口調だった。

「どのような状況で宮沢は轢かれたのですか」

「ダンプの運転手は、ひと気のない赤信号の横断歩道から突然人影が飛び出したと供述しています。ただし、目撃者がいないので、事実確認できたわけではありません」

胃の底が冷えた。状況は田中陽菜と同じだ。

「誰かに突き飛ばされた可能性はありませんか」

「事件だとおっしゃりたいのですか」

「可能性の話です」

「聞き込みでは現場から逃げた人物は浮かんでいませんし、これは事故ですよ」

池尻は確信めいた口調だった。処理は終わった。そう言外に臭わせている。

「宮沢は酔っていたのですか」

「いえ、アルコールは検出されていません」

「事故現場はどこですか？　明日、花を供えたいのですが」

「では、マスコミ向けの報道連絡文をお渡ししましょう。そこに事故の概要が記されています。春日通りですよ。ちょうど播磨坂《はりまざか》の辺りです」

池尻が廊下を歩き出した。続くしかなかった。交通課の傍らに設けられた応接室に通された。応接室とは名ばかりで、ドラマや映画で見る取調室を彷彿《ほうふつ》させた。スチール製の机にパイプ椅子。窓もなく、コンクリートに囲まれている。全てが無機質だった。池尻は私の前に座った。その隣にもう一人、若い男が座ってきた。一緒に話を聞かせてもらう交通課の者です。池尻が言い、私は頷いた。若い男は無表情のまま、手元の紙に充血した目を落としている。

池尻が口を開いた。

「高校時代の友人とのことですが、今でも親しいご関係ですか」

「ええ、たびたび会っているので親しいほうだと思います」

結構です、と池尻が頷いた。宮沢さんが最近、思い悩んでいたことがあったのかご存知ですか。宮沢さんは思い悩むと視野が狭まる性格でしたか。宮沢さんは自殺を仄《ほの》めかしたことはありますか。質問が矢継ぎ早に飛んできた。

「ちょっと待ってください。宮沢が自殺したと決まっているように聞こえますが」

池尻がわずかに口元を歪《ゆが》めた。

「運転手の供述をすべて信用しているわけではありません。ですが、状況が状況です。運転手はすぐ通報も入れてきましたし、混乱もしていません。長年、無事故無違反の信頼できる人間だと言えます。その人間が飛び込んできたと言う以上、第一優先で考えるべき状況は説明しなくてもわかると思いますが」

　素人は口を出すな。そう言いたげだった。

「友人の方にこんなことを言うのは何ですが、宮沢さんは無職みたいですからね。金に困っての自殺、あるいは仕事が見つからず、絶望した。そんなところだと思いますよ」

「あいつは、ここにいる三人の生涯年収を合計しても届かない金額を稼いでいます。調べればすぐわかることです」

「これも経験則ですが、大金を手に入れたら入れたで、思い悩む人も多いみたいです」

「私の知る限り、宮沢が死ぬ理由はありません」

「まさかあの人が。これも自殺の定番です」

　どうしても宮沢を自殺にしたいようだった。池尻は手を組み、両肘《りょうひじ》をスチールデスクに置いた。欠伸《あくび》を嚙み殺している様子だった。その目は明らかに眠気を帯びている。これは形式的な聴取なのだと私は悟った。

「遺書のようなものは見つかっているのですか」

「今のところは何も。鞄《かばん》からも財布以外は何も見つかっていません。まあ、突発的な自殺も多いですから、不自然なことではありません」

ドアがノックされた。若い女性警官が一枚の紙を持ってきた。ご苦労さん。池尻は受け取ると、一瞥《いちべつ》して机の上に置いてきた。

「マスコミ各社に流す報道連絡文です。どうぞ」

私は紙を引き寄せた。交通死亡事故の発生　富坂署。Ａ４用紙の冒頭にそう記されている。

文字を目で追った。発生時刻は午後十時半ごろ、場所は文京区小石川《こいしかわ》の国道、目撃者なし。ダンプを運転していたのは埼玉県の運送業の男。

被害者の項目が目に食い込んできた。


文京区小石川の無職宮沢浩一郎（三〇）、病院に運ばれたが間もなく死亡

簡単な一文だった。宮沢の人生の終わりがあっさり記されていた。三十年の人生がその一文で閉ざされている。

私は不必要なほど、強く摑《つか》んでいた。力を抜くことが出来なかった。

この場でここ数日の出来事を説明した場合のことを考えた。無駄だ。証拠がない。事件の可能性を指摘しても、退けられるだろう。その上、宮沢の素性や所業を明かすことにもなる。それは死者を鞭打《むちう》つことになる。

唇をきつく嚙み締めた。……違う。そんなことは、警察に告げないもっともらしい言

い訳だ。本当の理由は自分でもわかっている。

無機質な一文を繰り返し読んだ。視線を引き剝がすことができなかった。現実は目の前にある。警察に話すべきだろう。それが単なる可能性であってもだ。言い分が無視されるとしても、それがあるべき姿だ。……理屈ではわかっている。だが、譲れなかった。警察にこの荷物を預けるわけにはいかない。渡すわけにはいかない。

殺したのは私だ。宮沢を巻き込んだのは私だ。私が巻き込んだ結果だ。

強く目を瞑《つむ》り、開いた。

「宮沢の部屋は調べましたか」

「いいえ、身元が特定されていませんでしたからね。明日にも遺書などを探します。しかし、何も家の近くで飛び込まなくてもねえ。運転手も可哀想ですよ。自殺なら他の方法もあるでしょうに」

池尻から宮沢の詳細な住所を聞いた。確かに現場から近い場所だった。

富坂署を出ると、もう午前三時前だった。街灯の下、報道連絡文を眺める。ここから住所は遠くない。現場を目に焼きつけようと思った。

春日通りを歩いた。大通りだが、車も人もない。それでも私は視線を飛ばした。街灯の陰、横へ延びる路地、マンションのエントランス。私を突き飛ばそうとする人影を探した。池袋駅で接触した男を考えれば、実行犯となるフローラ会は、ご神託の裏にある狙いを知らないはずだ。彼らは単に道具であり、事故に見せかける手足に過ぎない。それでも見つけ次第、胸倉をつかみ、怒鳴りつけるつもりだった。おまえらは殺す相手を間違っている、と。

播磨坂とぶつかる三叉路《さんさろ》に出た。坂側の横断歩道だった。その脇にチョークで人型が記されている。周囲には細かな金属片も散らばり、血痕《けっこん》もある。

しかし、事故の面影はそれだけだった。すでにダンプカーの姿も警察の姿もない。

手を合わせた。目は瞑らなかった。目の前の光景を瞼《まぶた》に刻み込んだ。

安置室で宮沢の遺体を見た時より、私は宮沢の死を実感した。

この時間、車は一台もなく、歩行者もいない。時折、時間を間違えて鳴く蟬だけが、生き物の気配を感じさせる。

私は宮沢のマンションを探すため、播磨坂を下った。

道幅は広く、歩道と桜並木が続く中央分離帯を挟み、両側に二車線ある。坂の両側には立派なマンションが建ち並んでいた。新しくはないが、壁やベランダの大きさと質感で、それぞれが高級マンションだとわかる。

坂の中腹だった。私は桜並木越しに眺めた。

築年数こそ古そうだが、白壁が夜に映えるマンションだった。ワンフロアに三部屋から五部屋が並び、最上階だけは一部屋しかない。各戸ベランダは広く、夜でも、そこに咲くゼラニウムの赤やピンクが鮮やかに浮き上がっている。その中、最上階のベランダだけが寂しい光景だった。花はおろか、何もない。

そこが宮沢の部屋だった。

私はタクシーを拾った。顔色悪いですよ。大塚の自宅に着くまでに、三回にわたり運転手から言われた。

自宅に戻ると、この数日で癖になったドアチェーンをかけた。蒸し暑かった。しかし窓を開けることもエアコンをつけることもせず、洗面所に向かった。蛇口を思い切り捻《ひね》り、強い流水を頭から浴びた。しばらく浴び続けた。

考えるべき時期だ。このままでは千春も巻き込む可能性がある。もうこれ以上、犠牲者を増やしたくない。

水を止め、力任せにタオルで髪を拭《ふ》いた。エアコンをつけ、壁に寄りかかった。

偶然とは思えない。ハッキングをフローラ社側に勘づかれた可能性が高い。その瞬間から、標的の最優先が宮沢になったのだろう。調べている事柄を考えれば、何を探っているのかわかるはずだ。

奥歯を噛み締めた。周囲を巻き込むことに、どれだけの意味があったのだろう。私の命に、周囲に犠牲を強いる価値があるとは思えない。

……一人で向き合うべきだ。

私は携帯を手にとった。千春の番号を表示する。しかし、千春は千春の理由で動いている。どう切り出せばいいのか、わからない。携帯を床に放り出した。

そのまま横になり、目を閉じた。神経が昂《たかぶ》っていた。瞼の裏に先ほど見た事故現場が浮かぶ中、意識的に深い呼吸をくり返し、宮沢との会話を思い返した。

断続的な眠りが続いた。その何度目かの裂け目だった。私は弾《はじ》かれたように体を起こし、富坂署に電話を入れた。

何でしょう、と池尻は眠たそうだった。遺書が見つかった際は連絡がほしい、と頼んだ。構いませんよ、池尻は面倒そうに言った。続けて、私はパソコンの中身まで確かめるのかを尋ねた。

「どうですかね。事件性がないですから。遺書がなくても自殺処理はできますし」

連絡をくれるように念を押し、通話を終えた。

夏なのに体が冷え切っていた。エアコンのせいではない。熱いシャワーを浴びた。その熱は冷えまで届くことはなかった。

午前八時。真新しい陽射しが降り注いでいた。蟬が忙しく鳴いている。間もなく、夏が終わる。そんな鳴き方にも聞こえた。確かに夏休みも、もうすぐ終わる。

午前九時、午前十時。時間だけが過ぎていった。その間、私は何度か池尻に電話を入れたが、不在だった。

午前十一時。池尻から電話が入った。

「遺書は見つかりませんでした」

では、何のために池尻は連絡してきたのか。私は自分の予想が当たるのを感じた。

「パソコンはありましたか」

「いや。パソコンというよりも、ベッドとオーディオしかありませんでね。ところで、宮沢さんが本当にあそこに住んでいたのかどうか、知りませんか」

「いいえ。免許証の住所ですよね」

「ええ。住民票もね」

予想通りだった。礼を言い、電話を切った。

なぜ宮沢はあの場所にいたのか。

ひと仕事終えた後に浴びる大音量がたまらないんだ。普段使っている部屋は夜中でもうるさくてな。宮沢は以前、そう言っていた。それが、あの坂に面したマンションだとは思えない。閑静な住宅街だった。つまり、あの部屋は音楽を聴くための部屋だと考えられる。それに宮沢が何の収穫もなく、呼び出してくるとは思えない。

……何かを突き止めたのだ。蟻の巣に向かう前に立ち寄ったのかもしれない。クールダウンしてから向かう。そう言っていた。そのデータの入ったパソコンや資料が、どこかにあるのではないだろうか。

池尻の口調からは、宮沢が仕事場を持っていることを警察が想定していないと読み取れる。関係者がいない以上、身辺を探れないのも無理はない。その上、宮沢は鍵《かぎ》やその類《たぐい》を身につけていなかったのだ。身につけていれば、池尻の質問はない。事故現場から盗まれたとも考えにくい。ダンプの運転手はすぐに通報しているとの話だった。鍵を盗み、誰かに渡した。あるいは予め待機していた人物が鍵を盗んだ可能性もあるが、非現実的だ。運転手がフローラ会とは思えない。ポイントを獲得する程度のことで犯罪者にはならないだろう。それも人殺しだ。

資料は全て宮沢の頭の中にあったとは思えない。何かに残しているはずだ。だが、事故現場には何もなかった。少なくとも、警察が到着した時にはなかった。

どうやって仕事場を探せばいいのか。熱の籠《こも》った蝉の声が私を急《せ》き立ててくるようだった。そもそも問題があることにも気づいた。部屋を割り出せても、鍵がない。

それでも念のため、ノートパソコンを開き、メールを確認する。ジャンクメールばかりで、宮沢からのものはなかった。ここが個人の限界なのだろうか。しかし、ここで止まるわけにはいかない。

電話が鳴った。千春からだった。出るかどうか迷った。結局、手を伸ばした。避けていても仕方がない。

「ちゃんと生きているね」

「ああ」

「声が暗いけど、何かあったの」

さすが警官だ。私は素直に感心した。ありのままを話した。向こう側で空気が冷えるのが伝わってきた。

「詳しく話を聞いたほうが良さそうね。集合場所はどこにしようか」

私は腹を固めた。

「すまない」

「何を謝っているの」

「巻き込んだことだ。千春にも危険が及ぶかもしれない」

無言が横たわってきた。私は待った。そのまま切ることもできたが、待った。蝉の声や子供のはしゃぎ声が虚《むな》しく響いている。

「謝られる筋合いはないけど」

「こっちには謝る理由がある。千春には千春なりの動く事情もある。手を引いてくれと言っても、引き下がらないだろう。それに引き下がったとしても、関わった以上、監視役に姿を見られているはずだ。いずれ狙われることになる可能性は高い。何にせよ、千春を動かすきっかけを与えたのは他の誰でもない」

「これ以上、誰も巻き込みたくないのね」

「ああ。できれば一人で切り抜けたいと思っている。最初から一人で何とかすれば良かったとも思っている」

「これで、おあいこじゃない。わたしは凜に助けられたことがある。だから今度はわたしが助ける番。一乗相即だっけ、あれと同じよ。さあ観念して、会って説明しなさい」

千春が大塚まで出てきてくれた。私たちは全国チェーンの喫茶店に入った。危険が及ぶ恐れが少ない場所だと思ったからだ。

　私は宮沢の素性や頼んだこと、そして一連の経緯を話した。

「どうやら、球場に招待された理由みたいね」

　頷《うなず》いた。私たちを監視しておく手段だったのだ。調べている事柄やそのタイミングから、相手は宮沢をこちらの仲間だと結論づけた。そして、私たちを手助けできない状況に置き、宮沢に手を下したのだろう。試合中に実行したかったのかもしれないが、かかってきた電話の時間を考えれば、その時、宮沢は仕事場に籠っていたと考えられる。無理に押し入れば、事故を装うことは難しい。

「宮沢の仕事場を知りたいんだ。捜査手法で使えそうなものはないか」

「昨日、宮沢さんは携帯電話で連絡してきたのね」

「ああ。番号表示は宮沢の携帯だった」

「通信会社の協力があれば、GPSのない携帯でも電源の入っている限り、持ち主の居場所をある程度特定できる。けど、そこから範囲は絞る作業が難しいんだけどね」

「民間人が問い合わせても、教えてくれないんじゃないのか」

「まあね。色々と手続きが面倒だから、今のわたしにもちょっと申請できないし、でも、所轄を動かせば、いけるかも」

　私は昨晩の名刺を取り出した。

「やる気のない警官だった」

「じゃあ、ちょっと無理か。事件だと証明できるものは何もないし」

「よく映画で見る追跡装置でも宮沢についていれば、その履歴が辿《たど》れたかもな」

「あれ、簡易的なものは秋葉原《あきはばら》で簡単に買えるの。履歴は辿れないけど」

「嫌な世の中だな」

「盗聴器も売っている時代だからね。携帯も暗号化されているといっても、絶対に安全ってわけじゃないから」

　宮沢が仕事場から電話してきた前提で調べ、仮にその場所を特定できたとしても、部屋の鍵という難関は待ち構えたままだ。他に方法はないだろうか。私は携帯電話からの特定を頭から追い払おうとした。

　その時、脳裏に光が走った。私は携帯電話をテーブルに置いた。それを見つめ、思いつきを反芻《はんすう》してみる。

　……十分にありうる話だ。千春に向き直った。

「こいつが監視役の正体じゃないか。携帯だよ」

「でも、フローラ社は携帯電話業界に参入してないよ」

「見ればいいだけだ」

「見る？　どういう意味」

「宮沢の素性はさっきも話した通りだ。かなりの腕だ。その宮沢が苦戦していた。フローラ社にとって携帯会社の情報を盗むくらい、簡単なことじゃないのか」

　千春の顔が曇る。

「でも、現段階では確かめようがない。問い合わせても、携帯会社の方が寝耳に水だろうし、調べるには時間もかかるだろうから。それにそんな腕があるなら、痕跡《こんせき》を残す真似もしないはず。そもそも凜の携帯はGPS付きなの」

「いや」

「じゃあ、携帯でピンポイントに場所を特定できるわけでもない」

「ピンポイントでの特定は別に方法があるのかもしれない。だけど、監視役かどうかは簡単に確かめられる」

私は携帯電話の電源を切った。椅子の背もたれに体を預け、喫茶店の窓から通りを眺める。都内に人が戻り始めていた。Uターンラッシュが始まる。今朝のニュースでそう言っていた。

「なあ、宮沢の件だが、携帯電話会社にあたってみてくれないか。警察という肩書きが効力を発揮するかもしれない。駄目で元々だ。少し別行動をとろう」

「厄介払いする気?」

「他に頼める人がいないだけさ」

喫茶店を出ると、二人で茗荷谷《みょうがだに》へ向かった。駅に近い花屋でヒマワリを多くした花束を買った。アート・ブレイキーのドラムが、私にヒマワリを連想させたからだ。

播磨坂では、小さな子供が桜並木の下を駆け回り、私と年齢の変わらない女性が日傘を差し、その様子を眺めていた。

私は花束を捧《ささ》げた。

肩で息を吐いた。一歩下がり、私は背後の人波に体を入れた。

千春と別れてから、私は夕方まで池袋駅や新宿駅のホームの端に立ち、三十分ほど前から人通りも交通量も多い車道に面した歩道際にも立ってみた。その結果、身の危険はおろか、フローラ会と思われる若者の姿を見かけることもなかった。つまり……。瞬《まばた》きを止めた。

携帯電話が監視役。この予想はおそらく当たっている。

急に体が軽くなった気がした。

午後七時過ぎ、池袋に足を向けた。若者の笑い声や呼び込みの喧騒《けんそう》で溢《あふ》れた通りから、路地に入る。まだ明るいが、酔っ払った若者もいた。

蟻の巣が見えた。体が重くなった。私は唇を噛《か》み締め、足を送り出した。伝えなければならない。細い階段をあがり、ドアを開けた。

「いらっしゃいませ。宮沢さんなら、今日もまだですよ」

マスターが顔を向けてきた。私は頷き、カウンターの奥に座った。一杯目からウイスキーを頼んだ。

飲もうとした時、グラスを口に運ぶ手が止まった。BGMがビル・エバンスだ。美しいピアノが狭い店内に響いている。

「今日はアート・ブレイキーじゃないですね」

「ええ。宮沢さんから郵便でこのＬＰが届いたもので。お客様もまだいなかったので、気分を変える意味でかけていたんです。すぐに替えますよ」

「いえ、このままで」

では、とマスターはワルツ・フォー・デビイのＬＰをカウンターに置いた。私はそのジャケットを見ながら、再び違和感を覚えた。

蟻の巣への贈り物だとしても、ふさわしい一枚ではない。結局はアナログな方法が一番確実なんだよ。宮沢の声が耳元で蘇《よみがえ》った。宮沢はその例に郵便をあげていた。

「宮沢はよくＬＰを送ってくるのですか」

「初めてですね。たまに持ち込まれることはありますが、その場合も、アート・ブレイキーが参加したＬＰばかりです。ハンク・モブレーのリーダーアルバムあたりです」

にわかに神経が尖《とが》るのを感じた。私はグラスを置いた。

「郵送はＬＰだけですか」

「いえ」

マスターが言い淀む気配があった。一秒、二秒と経ち、閉じかけた唇が開く。

「封筒が入っていました。今光さん宛のものです。なぜかわかりませんが、宮沢さんが来られないとわかった時に、渡してほしいというメッセージがありました」

胸が詰まった。私はゆっくり顎《あご》を引いた。

「宮沢は二度とこの店には来られません」

マスターの顔が表情を止めた。私はその顔から目を逸《そ》らさず、続けた。

「昨晩、宮沢は事故で亡くなりました。私が身元確認で警察に行きました」

マスターは天井を仰ぎ、少しあってから視線を戻してきた。絹の肌触りを思わせるビル・エバンスの繊細なタッチが、一瞬で凍った店の空気を埋めていく。

カウンターの下にマスターが力なく屈みこんだ。衣擦《きぬず》れの音が響く。グラスの氷が崩れ、カタリと鳴った。

マスターが封筒を私の前に置いた。

B4判の封筒だった。消印は小石川だった。私は封を切り、中の書類を出した。かなり厚い束の右端がダブルクリップで留められている。それを捲《めく》ってみる。

フローラ社からのご神託が時系列の表にまとめられていた。

鞄《かばん》からノートパソコンを出し、田中陽菜、西片健吾が死んだ場所や時間と照合してみると、にわかに体温が上がった。

その時間、その場所でフローラ社からご神託は出ていた。

田中陽菜の場合、事故発生時刻に現場付近で、目を瞑《つむ》って何があっても振り返らずに全力で走れという指示だった。フローラポイントは五十。つまり、一人当たり五千円のために田中陽菜は死んだ可能性がある。

目を瞑っている以上、会員同士、頻繁に接触したはずだ。田中陽菜に接触した人間も他の接触に紛れ、そうと気づかなかった可能性が高い。ならば、目撃情報がないことも頷《うなず》けないことはない。ずるをした人間もいるだろうが、今まで目撃者として情報を提供していない以上、もう名乗り出るのは期待できない。

また、時系列を見る限り、フローラ社は同時に複数に網を張ることはなく、決めた標的一人の行動を丹念に追っている、そんな印象だった。例えば午前九時に標的だと思われる一人が新宿駅にいる間、そのホーム上を端から端まで歩ききれ、というご神託が出されているが、その間に他の人物に関するものは出されていない。

しかし、これがフローラ社の犯罪性を示しているわけではない。

私は宮沢のレポートをざっくりと読み進めた。メッセージの作成者も、プログラムした社員もわからないとの結論だった。

ハッキングをかけたが、ブロックされ、侵入する隙がなかった。その上、プログラム上で社員にならないかと誘われたという。それは前日まで存在しないプログラムだったらしい。構築した人間は相当な知識があり、自由に意見を言える立場にある社員であることは間違いない。宮沢はそう私見を述べていた。

封筒にはさらに小封筒が入っていた。カウンターに置くと、金属の音がした。私は急いで開けた。鍵《かぎ》と手紙が入っていた。私は無造作に折り畳まれた便箋《びんせん》を手に取った。

直筆の手紙だった。高校時代と変わらない右上がりの筆跡だ。

拝啓。いや、堅苦しい挨拶《あいさつ》語は抜きにしよう。

これを今光が読んでいるということは、俺はフローラ社に負けたのだろう。予想が正しいなら、この負けの意味は重いものだろう。

だが、一方的に負ける気はない。俺にもプライドがある。

それがこの手紙と仕事場の鍵だ。デジタルがいくら進もうと、アナログが確実な場合もある。郵便もその一つだ。単純な方法が最も成功の可能性が高いんだ。

追加で依頼のあった深谷という小僧の件も、どうにか抜き出せた。どうだ、憧れの男、俺も凄いだろ？　調べた全てのデータを入れたノートパソコンは仕事場の机上にある。パスワードは『キングブレイキー』だ。

データの使い方は任せる。証拠能力はないかもしれないが、理解ある警官もいるかもしれない。そんな警官を探すのも、キングの駄作を探すことに比べれば簡単なはずだ。

時々でいい、蟻の巣でキングに耳を傾けてほしい。いい店だ。潰《つぶ》したくない。

追伸　この悪党の親玉め、きついことさせやがって。ま、楽しかったからいい。免許証写真まで手は回らなかったが、少しは恩を返せたか？　それにしても、その場に自分がいないことへの手立てを考えるのは、なんか妙だよ。

文章の最後に住所が記してあった。それは六本木《ろっぽんぎ》だった。

瞼の裏が熱かった。私は何度も文面を読み返した。体内の喚《わめ》き声を奥歯で噛み潰し、ボビー・ティモンズとビル・エバンスについて話した高校時代を思い出した。

手紙をカウンターに置いた。

ビル・エバンスのピアノとスコット・ラファロのベースが耳に滑り込んでくる。ラファロはこの録音後、間もなく交通事故で死んでいる。ジャズを齧《かじ》った人間なら、誰もが知る逸話だ。宮沢が知らないはずがない。

事故死。……宮沢は背景を見抜き、覚悟していたのだ。事務的な文章でも端々にそれが滲《にじ》み出ている。

じん、と眉間《みけん》の奥が痛んだ。

グラスを眺め続けた。飲めなかった。とても喉《のど》を通りそうにない。ワルツ・フォー・デビイのアルバムが繰り返し、流れた。

また来ます。マスターに告げ、店を出た。

まだ午後十時過ぎだった。暑さも湿度も足元に沈殿していた。一歩踏み出すごとに舞い上がり、体中に絡みついてくる。

遠くから呼び込みや若者が騒ぐ声が聞こえてきた。虚《むな》しい響きだった。私は駅ではなく、春日通りに向かった。歩いていきたかった。

そして、ポケットに入れていた報道連絡文を眺めた。

11

二駅分を歩いた。午後十一時の坂は静かだった。午前三時に訪れた時と、静寂度合いは変わらない。通行人も車もない。風に揺れる桜並木の葉が擦《こす》れる音がするだけだ。宮沢の冥福《めいふく》を再び祈るために来たわけではない。私はガードレールに腰掛けた。コンビニで買ったタバコを咥《くわ》える。何年ぶりに吸うのか覚えてもいない。

煙は肺を締めつけることも、頭を曇らせることもなかった。立て続けに三本吸った。タバコの煙を絶やすことなく、私は中央分離帯のベンチに移った。タバコは蚊取り線香代わりだ。そのままベンチに座り続けた。

大型車も時折通るが、頻繁ではない。宮沢はよほど運が悪かったのか。あるいは、もう一つの可能性がある。それを確かめたかった。私はタバコを足元に捨てた。

人影に囲まれていた。金髪の若者が三人いる。

こいつじゃねえか。その中の一人が尖った声で言った。私は誰ということもなく、語りかけてみた。

「金ならないぞ」

「オッサン」真ん中が低い声を発した。「ちょっと付き合ってくれ」

「ちょうどいい。俺も話がある」

私が立ち上がると、左が腕を摑《つか》んできた。振り払おうとした。大人しくしろや。怒声とともに拳がくる。首をそらし、かわした。その反動を利用し、腹に拳を刺した。男の呻《うめ》き声があがる。鼻っ面に掌《てのひら》を叩《たた》き込んだ。男の手が私の腕から離れる。てめえッ。中央にいた男が殴りかかってきた。私は体を半身にして、拳を避けた。そのまま肘《ひじ》を突き出すと、顎《あご》に入った。男の体が揺れ、膝《ひざ》から崩れ落ちる。その鼻をさらに踵《かかと》で蹴《け》りこんだ。二人目が路上に転がった。

残り一人は動かなかった。私は足元の二人を一瞥《いちべつ》してから、踏み出した。この三人は、これまでのフローラ会とは毛色が違う。

すぅっと頭から首にかけてが冷めたくなり、体の奥で荒ぶる何かがとぐろを巻いた。足元に転がる左側に踵を落とした。あばらの折れる音がした。その呻き声が耳障りだった。

「これもご神託なのか」

弾《はじ》かれたように蟬が数匹、鳴きだした。その中に残りの男の細い声が混ざった。

「何言ってんだ？」

私は男の胸倉を摑んだ。

「お前らが絡んできただけなのか」

「いや。夜中、ここに一人でいる男がいたら、身柄を押さえろと言われたんだ」

偶然とは思えない。

「どこで、誰に言われた？」

「通りすがりの人だ。ひとり十万ずつ握らされたんだ。六本木を歩いていたら、路地に連れ込まれたんだよ」

六本木。その地名が私を切りつけてきた。かすり傷のような余韻を残し、同時に蝉が苦しそうに鳴き終えた。

「詳しい場所は」

「芋洗坂《いもあらいざか》の裏。ハードロックカフェとかあるだろ」

手紙に書かれていた宮沢の仕事場から近い。

「どんな連中だったんだ」

「一人は外国人だ。アメリカのプロレス団体にいそうな大男だ。とんでもなく太い腕だったし、頬にも傷があったし。何より目がヤバかった」

「そいつが脅してきたんだな」

「いや、そいつは何も話さなかった。もう一人いた。こっちは明らかにヤクザだった。そのヤクザが話を持ちかけてきたんだ。逆らえるわけねえよ」

「その男の顔の特徴を教えてくれ」

男が黙った。私は待った。男は首を振った。

「金のネックレスに真っ白なスーツ、真っ赤なシャツ。それくらいしか思い出せない」

嘘の臭いはしなかった。どこにでもいる顔つきということだ。しかし、もう一方の大男はすぐに見つかる可能性がある。

「その二人が俺を襲えと言った理由は何だ」

「聞けるわけないだろ」

「やばい話だと思わなかったのか」

「そりゃ思ったさ。だけど、十万も握らされたのに何もしないでいたら、こっちが何されるかわからねえ。相手はこっちの名前を知っていたんだぞ」

「昨日、ここで一人死んだ。殺したのはオマエらだな」

「違うッ。そんな度胸ねえよ」

確かにそんな度胸はなさそうだった。私は男を放した。途端に男が尻《しり》をついた。

「連絡はどうするんだ？　おまえらから連絡しない限り、向こうは指示に従ったのか把握できないだろ」

「定期的に連絡を入れるといわれた。向こうはこっちの携帯番号まで知っていたから」

携帯番号も……。私は束の間、考えた。

「お前ら、フローラ社のSNSを利用しているんじゃないか」

「あ？　ああ。でも、それが何だよ」

私は顎《あご》を振った。

「書き込め。男を確保しようとしたら、逆にやられたと。今すぐだ。携帯でもできるだろ？　言われた通りにやれば解放する。打ち終えたら見せろ」

男の顔に影が走った。突っ張っている連中だ。恥を晒《さら》すことになる。

「フローラ社となんか関係あんのか？」

「さあな」

躊躇《ためら》いがちに男が携帯を出し、打ち込み始めた。しばらく待った。男が携帯の画面を見せてきた。言った通りに書き込んでいる。

「なあ、俺たちはどうなるんだよ」

「知るか。自分で考えろ」

私は周囲を見回した。他にそれらしき姿はない。

大男とヤクザがフローラ社と関係するのは確実だ。この連中の素性を把握しているのが、何よりの証拠だろう。ここに人を配置したのは、宮沢の死を探る人間を探しているからと考えられる。それが私だとわかっているはずだ。

そして、私を力で確保しようとしている。事故を装って殺すことから、連中の目的が変わったとみるべきだろう。いずれにせよ、先ほどの書き込みをフローラ社が見るはずだ。見れば、次の手を打ってくる。確実に仕留める気なら、どこかで大男らが登場するかもしれない。

しかし、なぜ私の家の前で襲ってこないのか。少なくとも昼間、若者の姿は見かけなかった。そもそも私を確保しようとする目的は何か。わからない。……だが、わかることもある。

やはり宮沢は自殺でも、単なる事故死でもない。町田京子や田中陽菜と同じ様に事故に偽装されたとみるべきだ。しかし、運転手はひと気がなかったと供述している。津田沼駅や池袋駅で私が切り抜けた状況とは違う。

私は三人組を残し、坂を後にした。これからあんな連中が押し寄せてくるかもしれない。私の居場所がわからないから、張り付かせる人数が少なかったのかもしれない。春日通りを後楽園《こうらくえん》方面に歩いた。途中で立ち止まり、ガードレールに腰掛けた。タバコを取り出し、ゆっくり吸った。その間に考えをまとめた。

タクシーを拾った。六本木まで。そう伝えると、運転手の顔が弾むのがルームミラーで窺《うかが》えた。窓に映る自分の顔を見る。疲れはまだ滲《にじ》んでいない。

普通に考えれば、深夜に一人で向かうことは馬鹿げている。油をかぶって火に飛び込むようなものだ。それでも立ち止まっている気分にはなれなかった。部屋に戻り、エアコンをつけて寝る。そんなことは出来ない。

千春には連絡すべきかもしれない。しかし、携帯の電源を入れるわけにはいかない。それに連絡すれば、千春も来るだろう。危険に巻き込みたくない。

車は進んでいく。

連中の網は、あの坂だけではないだろう。宮沢にゆかりのある場所には、それなりの人手を割いているはずだ。その手先はあの若者のような連中だろうが、そこから大男やもう一人の男に近づくのは難しい。大男側は手足の連絡先を知っていても、手足は大男の連絡先を知らされていないと思われるからだ。

蟻の巣。その店内が思い浮かんだ。フローラ社は完全には宮沢の行動範囲を洗い出していない。昨日、私が襲われなかったのが証拠だ。宮沢の行動を調べていれば、蟻の巣を監視から外すわけがない。ということは、確かに大男が三人組に絡んだ場所と宮沢の部屋が近いとはいえ、六本木のマンションはまだ洗い出されていないかもしれない。もちろん、相手がどこまで私や私の周囲を調べているのかはわからない。現にフローラ社からはメールが届いている。

タクシーは池袋から首都高に乗った。夜中でも多くの車が走っている。六本木に近づくにつれ、鼓動が速くなっていた。見つけた後、どうするべきだろうか。相手の正体はもちろん、何人いるのかもわからない。

何も思いつかないうちに、六本木の交差点に到着した。

まもなく日付が変わる。それでも街は賑《にぎ》わっていた。私は身構えるように、その喧騒《けんそう》に身を浸した。

まずコンビニに入った。目当てのものはレジの奥に置かれていた。身分証明書をご提示下さい。そう言われ、免許証を見せた。無事にプリペイド携帯は買えた。

そのままビニール袋を提げ、路地に入る。この時間でも通行人は多い。ここで襲われても、大方は見て見ぬふりだろうが、中には通報するお節介もいるかもしれない。そう思うだけで、幾分、気が楽になった。

マンションが見えた。低層マンションだ。一部屋ごとのベランダが広く、そこから部屋の広さが推し量れる。新しくはないが、ある種の格式が感じられる建物だ。窓から灯《あか》りが漏れる部屋もあれば、真っ暗なままの部屋もある。

私は周囲に視線を飛ばした。

先ほど絡んできた類《たぐい》の若者も大男の姿もないが、油断はできない。背筋を伸ばし、エントランスに向かった。

床にも壁にも大理石がふんだんに使われたエントランスだった。ガラス製のオートロックドアの前に、共同インターホンが設置されている。郵便受けを一瞥《いちべつ》した。

三〇三。宮沢の郵便受けには何も差さっていなかった。共同玄関に向き合った。鍵穴《かぎあな》に、ポケットに入れていた鍵を差す。はまった。

足早にガラスドアを抜ける。エレベーターは一階に止まっていた。乗り込むと、すぐに三階に到着した。

廊下は静かだった。空気が落ち着いている。足音を殺して歩いた。宮沢の部屋は突き当たりだった。ドアを開けた途端、熱気が漏れ出してきた。

……その空気が尖《とが》っている気がした。耳を澄ませ、目を凝らす。物音はない。が、目が慣れていないので、闇に蠢《うごめ》く影まではわからない。

玄関脇のスイッチを手で探り、電気を点《つ》けた。

短い廊下の先に広い空間がある。フローリングが照明の光を溜《た》め、黒光りしていた。

その先の薄闇に人影は見えない。今のところ、気配も感じられない。だが、宮沢の香水の匂いに別のニオイが混ざっている。

後ろ手にドアを閉め、ビニール袋を足元に置くと、その音が大きく響いた。玄関にはスニーカーが三足あり、どれも見覚えがある宮沢のものだった。

靴のまま誰かが上がった跡はない。一瞬の逡巡《しゅんじゅん》の末、靴を脱いだ。拳《こぶし》を握り、壁に背を預けながら進んだ。肩が突起にあたった。電気のスイッチだ。

右手のキッチンが照らされた。綺麗《きれい》なステンレスキッチンで、見る限りは使われた様子はない。さらに広いスペースが左手に広がっている。三十畳近くある。キッチンからの照明が、広い部屋にぽつんと置かれたソファーや机に陰影をもたらしている。

やはり人の気配は感じられない。それでも油断せずに進んだ。ひと気はなくても、空気が小波《さざなみ》を起こしている。私はリビングの照明をつけた。

デスクの上。

しばらく視線をその場に留めていた。

深呼吸し、部屋を見回した。窓に歩み寄り、カーテンの隙間から覗《のぞ》く。広いベランダに人影はない。鍵を開け、大きな掃き出し窓を開けた。空気が足元から舞い上がる。カーテンを閉める。それでも籠《こも》った熱気が動き続ける気配があった。

続いて風呂《ふろ》場やトイレを確認したが、誰もいなかった。私は玄関からビニール袋をとり、リビングに戻ってきた。箱をあけ、コンセントにつないで充電する。

あらためてデスクを見た。引き出しのないシンプルな机だ。その上にはプリンターと、万年筆に便箋《びんせん》が置かれている。宮沢は私への手紙をここで書いたのだろう。

デスクの空白が目立っていた。

肝心のパソコンがない。置かれるべき場所はここしかない。宮沢の手紙には、机上にあると記述されていたのだ。その上、この部屋の空気感もある。

誰かが侵入し、持ち出したと考えられないだろうか。

確かに鍵はかかっていた。こじ開けたような跡もなかった。それでも、パソコンがないことが如実に物語っている。

私は床に置いた鞄《かばん》を見た。あの中には宮沢が送ってくれた書類が入っている。アナログが確実な場合もある。確かにそうかもしれない。

冷蔵庫を開けた。五百ミリリットルの水が二本。それだけしかなかった。その一本を手にし、蓋を開けた。

開けた窓から生温《なまぬる》い風が吹き込んでくる。外のざわめきも一緒に入ってくる。笑い声、クラクション、得体の知れぬ音の塊。確かに夜中でもうるさい。

ペットボトルを握る手に力が入った。

大男と印象の薄いヤクザ。この二人が、ここにきて初めて、おぼろげながらも輪郭が見えた相手になる。……どうするか。

手っ取り早い方法はすぐに思いついた。

かなり危険は伴う。しかし、それが何だ。今、ここに誰かが侵入してきてもおかしくない。危険ならすでに十分に冒している。

坂の男たちの発言を反芻《はんすう》した。問題は印象の薄いヤクザが、あの若い連中に出した指示の内容だ。注意深く思い返した。私の特徴を示す指示はない。つまり、相手は私の顔を知っているわけではなさそうだ。

するとと前提が覆る。テレビ放送が私と田中陽菜や西片健吾との共通点だった。その共通点に基づいた犯行ならば、私の顔を知らないことはおかしい。

……いや。知らないわけではなく、証拠や証言を残さないため、あえて言わなかっただけかもしれない。そうだとすれば厄介だ。用心深い連中だということを意味する。

千春の携帯番号を思い出そうとした。しかし、いくら考えても頭の中で乾いた音が鳴るだけだった。その冒頭すら、〇九〇か〇八〇かもわからない。携帯電話を使う前、電話番号はかなりの数を覚えていた。その多くは今でも諳《そら》んじられる。だが携帯を手にしてから、番号を覚えた記憶はない。

覚えていて良かった。そう思える番号があった。

私は充電中のプリペイド携帯を手に取り、時間を確認した。問題ない。充電器に繋《つな》いだまま番号を押した。呼び出し音と六本木の喧騒を交互に聞き、呼び出し音が途切れると、用件を言った。電話、替わりますね。受話器が置かれる気配があった。保留音は流れない。そんな機能がついていないからだ。向こう側で流れているのはマイルスだ。ミルト・ジャクソンが参加したバグス・グルーヴ。そう思った。

「もしもし、凜坊から電話なんて明日は雪ね」

店長がからかってきた。

「真夏に雪か。子供は喜ぶでしょうね。大人は天変地異だと騒ぐかもしれませんけど」

「世界が滅びるって叫びだす馬鹿も出るかもね」

私たちは電話越しに笑いあった。カーテンの裾《すそ》が風で揺れている。

「これからダニーに行くので、店を開けていて下さい」

「あら、残念。もうすぐ閉店だけど」

店長が向こう側で笑みを浮かべる気配が伝わってきた。

「だから電話したんですよ。無性にビル・エバンスが聴きたいんです。まだ六本木なので時間はかかると思いますが」

「六本木にもジャズバーはあるでしょ」

「探せばあるでしょうね。でも携帯が圏外になるジャズバーはないと思います。携帯が通じない場所を探す方が難しい時代ですから」

「お褒めの言葉だと考えておくから。それがダニーの良い所でもあるからね。ジャズを聴いたり、食事をしたり、友人や恋人と話したりするのに、携帯電話は不要よ」

「同感です。やっぱりダニーが一番、俺の性に合っています」

「お世辞は結構。現実的に考えましょう。世の中は厳しいからね。凜坊は今日もカレーの仕込みをする。その代わり、店を開けておく。これでどうかしら」

弾むような声だった。苦笑した。よほど私のカレーが気に入っているらしい。

「わかりました。腕によりをかけて作ります」

電話を切ると水を飲み干し、ペットボトルを握り潰《つぶ》した。

広い部屋を見回す。何もない分、余計に広さが際立っている。賃貸なのか、分譲なのか。そんなどうでもいいことが気になった。宮沢には両親も家族もない。主のない部屋はどうなるのだろう。私が知らないことは世の中にかなりある。ＩＴ関連はその最たるものだ。私は首を軽く振り、腰をあげた。

シンクにペットボトルを置いた。傷一つない綺麗なシンクだった。私は宮沢の遺体を思い返した。傷だらけの体。修復できない体。胸が重かった。

リビングに戻って携帯の充電状況を確認すると、まだ二十％だった。鞄から宮沢が残した資料を取り出した。まだ簡単に目を通しただけで、読み込んでいない。

ハチミツ、深谷良太《りょうた》のレポートもあった。ハチミツの携帯から消えたご神託もある。消却データを何とか復活させた。宮沢はそう書き残していた。

私はその消えていたご神託を読み返した。この通りに動くと至る所に顔を出すことになる。新宿駅の山手線外回りホームに行けというご神託もあった。群衆雪崩。あの時、ハチミツは私の近くにいたのだ。私は呼吸を詰めた。ハチミツはハチミツなりの理由で行動していた。あれが嘘だとは思えない。

しばらく読み進め、携帯の充電を再び確認した。八十%まで完了していた。書類を鞄にしまい、私はプリペイド携帯をポケットに入れた。

戸締りし、玄関だけの明かりで部屋を見返した。

いってくるよ。そう呟《つぶや》いていた。

エレベーターでエントランスに下り、監視カメラを探した。あるが、管理人室の小窓はブラインドが下ろされている。常駐ではないようだ。

マンションを出ると、首筋に視線を感じた。咄嗟に振り返った。

人影が路地の向こうに曲がり、消えていく。どこかシルエットに見覚えがあった。弾かれたように私は曲がり角に駆け込んだ。

人影は消えていた。記憶の中で人影に合致する人間を探す。が、記憶の袋小路《ふくろこうじ》に迷い込んだだけだった。

不快な感覚を振り切り、歩き出した。

大男とヤクザ。その取り合わせがいないか、視線を散らした。大柄な男もヤクザもあちこちにいたが、一人ずつ確かめる気にはならなかった。向こうもひと目につく場所で襲ってくることはないだろう。私は来た時と同じ交差点でタクシーを拾った。吉祥寺まで。ありがとうございます。運転手の声が弾《はじ》けた。

ドアが閉まり、窓の外に目をやった。交差点から見える路地に人の塊がある。誰かを取り囲んでいるようだ。揉《も》みあいだろう。その時、見覚えのある足が見えた。

学生服……。

瞬間、脳が沸騰した。

「一旦《いったん》、降ろして。ここで待っていて下さい」

返事を待たずにドアを自分で開け、私は動きかけたタクシーから飛び出した。

先ほど見えた人の塊に向かった。狭い路地に争う影がある。近づくにつれ、薄闇にその輪郭が浮かび上がってきた。

三人の男が取り囲む中心に、見覚えのある学生服の足だけが見えた。足の回転が速まる。荒い息、乱れ散る足音に迫っていく。三人は中心にいる影を小突き回している。

あと五メートル、三メートル。走りながら間合いを測った。一人が振り返ってきた瞬間、踏み込んだ。手を引き、私の背後に庇《かば》う格好で立ち塞《ふさ》がった。

私は顎を引いた。三人の男は街で出会えば、なるべく避けたい種類の連中だった。長い金髪を後ろで束ね、目つきは鋭い。学生のにおいはしない。カタギでもない。ヤクザとも思えない。その合間を漂う人種。

私は背後に向け、言った。

「ハチミツ、大丈夫か」

「ああ」

重く、か細い声だった。

「このまま振り返って大通りに走れ。タクシーが停まっている。乗り込め。あとから俺も行く。今すぐ走れ」

束の間あいた。ためらいがちな足音が続く。男の一人が追いかける素振りを見せたので、すかさず私は身構えた。男の動きが止まる。

「邪魔すんな。あの小僧に聞かなきゃいけねえんだよ」と右が言った。

「聞く？　話を聞く雰囲気じゃなかったな」

「ま、それはなりゆきだ。アンタが戻るまでタクシーは発車しないんだろ。ちょっと連れてきてくれよ。少し話をしたいだけだ。そうだ、タダとは言わねえ。三万で手を打ってくれよ」

「三万？」

「じゃあ、五万、いや、十万でどうだ。俺もハッピー、アンタもハッピー」

それだけの見返りがあるということだ。私は話を進めることにした。

「太っ腹だな」

「そりゃ、俺たちは特別だからな。ビッグチャンスなんだよ。俺たちの邪魔をすると、アンタも大変なことになるだけだ」

「残念だが、もう大変なことに巻き込まれているよ」

「もっと大変なことだ」

真ん中がニッと笑い、黄ばんだ歯を見せた。

ハチミツがなぜここにいるのかを考えた。夏休み中とはいえ、この時間に中学生が来る場所ではない。……思い当たることがあった。この男たちへの見返りにも合致する。

「ご神託があったのか」

強い風が吹いた。香辛料のきいたニオイがした。六本木の夜の香り。三人を見据えながら、そんなことを思った。真ん中が口を開いた。

「まあな。でも言ったろ、俺たちは特別なんだ。なあ、わかるだろ」

「いや。何が特別なんだ？　教えてくれ。そうすれば考えてやってもいい」

右側が舌打ちした。仕方ねえな。真ん中が低い声で言った。

「ついさっき、フローラ様から、直接ご神託が届いたんだよ」

「それが？」

「そりゃ、滅多にないビッグチャンスだろうが」

「それ以上はやべえ」

左側が慌てた様子で遮った。沈黙が落ちる。私は質問を続けた。

「何でお前らに直接連絡が来たんだ」

「さあな」と真ん中が言う。

「直接ってことは、こっちからも連絡を入れられるのか」

真ん中が面倒くさそうに肩を丸める。

「そんな単純じゃねえ。向こうからは連絡がくる。だが、こっちからは出来ない」

「一方通行か。ＳＮＳなのにお粗末な仕組みだな」

「アンタ、本当に直接ご神託のことを知らないのか」

「ああ」

「じゃあ、教えてやるよ。これ以上、俺たちの邪魔をすんな。ただじゃすまねえぞ。成功すればとんでもない報酬があるが、失敗すれば、大男が口封じにくる。それが直接ご神託の掟《おきて》なんだ。口に出した場合や、直接ご神託の実行者を邪魔した者も大男が口封じにくる。これも直接ご神託の掟さ」

呆《あき》れた。私には馬鹿げた噂にしか思えなかった。

「その掟が破られたことを、連中はどうやって知るんだ？」

「さあね」

「ゲームの世界にいるわけじゃないんだ。警察に言えばいい。もしその掟が真実なら、とっくに警察も動いている」

「警察？　役に立つかよ。ストーカー一人、逮捕できねえじゃねえか」

「掟を信じているのか」

「消された連中の噂を聞くからな。それに信じようが信じまいが、死にたくない。だったら、直接ご神託を遂行すればいいだけだ。ちょろい話だしよ」

結局、この連中は自分で考えることを放棄しているに等しい。考えず、楽な方向に流れているだけだ。いずれにせよ、ひとつ気になることがあった。……大男。

「大男ってのは何者だ？　どこにいるんだ？」

知るかよ、と真ん中が吐き捨てた。

どこからか爆発的な笑い声が聞こえた。甲高い女の声だった。

とにかくよ、と真ん中が口元を緩めた。

「ここでアンタが何も聞かなかったことにして、あの小僧から俺たちが話を聞ければ、すんなり丸く収まるんだよ。それにアンタは十万が手に入る。な、いい話だろ」

私は話に乗ったふりをすることにした。

「お前らは何を聞きたいんだ。言えば、話をつけてやってもいい。だが、お前らがご神託内容を言わない限り、俺はタクシーに乗って消える」

右側が唾《つば》を飲み込み、口を開けた。

「ここにガキがくるって話だった。話して父親の名前を聞き出せってよ」

「確かに簡単そうだ。じゃあ、なんでお前らは取り囲んでいたんだ」

「かなり金を持っているって話だったし、あのガキも言わねえからよ、軽く脅してオマケを貰《もら》おうと思っただけだよ」

フローラ社がそう仕向けたと言えそうだった。こういう連中にある程度の情報を与えれば、どういう結果を生むかは考えるまでもない。うまく操っている。また、そういう人選なのかもしれない。

「そのメッセージを見せてくれないか」

「消した。フローラ様から直接届いたメッセージはすぐに消す決まりだからな」

これだけ話す連中だ。そんなはずはない。

「他の人間に自慢するため、残しているんじゃないか」

カマをかけると、真ん中の男の目に動揺が走った。

くそ、面倒だ、やっちまおうぜ。右側がナイフを抜いた。

睨《にら》み合った。そのまま数秒が過ぎた。

甲高い笛が鳴った。やべえ。振り返った左側が言った。三人の背後からだった。まだその顔が識別できる距離ではないが、その制服は本物に見える。路地の陰に、こちらを指さす若い女の集団がいた。

くそ。三人が私の脇を抜けていく。

私も駆け出した。疚《やま》しいことはない。だが、時間を失いたくはなかった。逃げ切れば、よくある喧嘩《けんか》の一つとして忘れられるだけだろう。止まりなさい。止まれッ。警官の声が路地に響く。三人が路地から大通りに抜けていった。その姿が雑踏に紛れていく。断続的な甲高い笛が近づいてきた。あの三人組は手がかりだとも言える。しかし、途中で警察に追いつかれれば、無駄な時間がかかってしまう。

追跡を断念し、タクシーに駆け寄った。ドアが開く。滑り込むように乗り込んだ。

「お客さん、厄介事は勘弁だぜ」

「ここで止まったままじゃ、もっと厄介になりますよ。それに吉祥寺までの長距離客を失うことにもなる。そのほうが厄介じゃないですか」

「違いねえ」

タクシーが動き出した。私はルームミラーを確認した。警官の姿はない。シートに頭を預けた。

12

井《い》の頭《がしら》通りでタクシーを放し、吉祥寺の商店街に入った。すでにひと気はない。シャッターが下り、湿気と熱が溶けた空気があるだけだ。私は横を一瞥《いちべつ》した。ハチミツは黙ってついてきている。車内で会話を交わすことはなかったが、その顔色は良くなっている。明らかに三人組に絡まれていた時とは違う。

ダニーには店長だけがいた。

「あら、この時間に可愛いお客さんね」

「落とし物です。コーラ、自分で勝手に取りますね」

「コーラ？　珍しい。でもまあ、セルフサービスは楽ね」

私は冷蔵庫から二本のコーラの瓶を出し、奥のテーブル席に座った。ハチミツは向かいの席に腰を下ろし、私は一本を彼に差し出した。

「今日も一人だったのか」

「ああ」

相変わらず愛想がない。私はコーラをグラスに注ぎ、一気に飲み干した。BGMがオスカー・ピーターソンからビル・エバンスに変わった。

「凜坊、ワルツ・フォー・デビイでいいでしょ」

店長に頷《うなず》き返し、二杯目を注いだ。携帯の電源を入れ、千春の番号を呼び出す。それをプリペイド携帯に入力する。

「あんた、何してんだ」

「人間は陳腐への階段を下りている。そう実感しているだけだ」

他に入力すべき番号はないか。私は乏《とぼ》しいメモリーを次々に呼び出していった。特に必要に迫られるものはない。

「あんた、友達少ないんだね」

「悪かったな」私はハチミツの抱える大きな鞄《かばん》に目をやった。「家出でもする気か」

「家出なら毎日しているよ。精神的な家出さ。誰もいない家から、肉体的な家出の必要なんかないだろ」

生意気な、と私は軽く笑うと二杯目を飲み干した。三杯目を注ぐ。瓶は早くも空になった。三杯目を喉《のど》に投げ込んでも、渇きが癒《い》える気配はない。私は席を立ち、二本のコーラを運んできた。それを注ぎながら、尋ねた。

「引き下がるつもりはなさそうだな」

「引き下がる理由なんかないだろ。人が死んでいるんだ。それも、一人は同級生だったんだ」

ハチミツが携帯電話の画面を見せてきた。


がんばれ、目指せ巨匠！　わたしは深谷の絵、好きだよ　町田

素朴な文章だ。その分、少女の性根が透けている。

「SNS上で町田は俺を励ましてくれた。もう声は聞けないけど、あいつがくれた文章は読める。いい奴だったんだ」

「好きだったのか。町田さんのこと」

空白が横たわった。ハチミツはうつむいた。唇を固く結び、頬が震えている。歯を食い縛っているのだろう。手を引かせるなら今が絶好機だ。頭ではわかっていた。それなのに私はテーブルに体を乗り出していた。そして、口が勝手に動いた。

「泣くのはまだ早い。仇《かたき》をとってからにしろ」

ピアノの音だけがした。

ハチミツが顔を上げた。ゆっくり瞬《まばた》きした目は強い光を帯びていた。

「なあ、アンタ、中学時代に心を許せる友達っていたか」

「二人いた。一人はハチミツもこの前あった千春だ。もう一人は引っ越した。それっきり連絡を取り合ってない」

「野崎さん、だっけか。その人のフルネームは？」

「よく覚えているな。しかし、なんでだ？」

「いいから」

私は野崎の名を言った。ハチミツが携帯をいじっている。ほどなく、ハチミツの顔色が変わった。どうした？　私が尋ねると、ハチミツは申し訳なさそうに顔を上げ、携帯の画面を見せてきた。

誰かのブログだった。私はそれを読み進めた。途端、息が止まった。

追悼文だった。ページそのものは、その年月日を見る限り、十年ほど前に作成されたもののようだ。

野崎が亡くなった、ブログの主はそう書いている。私が大学時代の頃だった。交通事故死。そう書かれている。同姓同名の可能性もある。が、血の気が引いていた。

右太腿《ふともも》の内側にあった傷痕のことが記されていた。中学時代、野崎を疎んじた上級生が部活中にスパイクで思い切り蹴りつけた痕。本人がそう言っていたことも書かれている。

……野崎が死んでいる。私は音のない息を吐いた。

「なんかご免。どうせアンタみたいな人は検索したことないだろうから、代わりにしようと思ったんだ。ネット上で昔の友人と再会する人も多いから」

「いいさ」

「ショックじゃないのか」

　ショックではある。だが、もう三十歳だ。死んでいる同級生がいても不思議ではない。それが野崎であっても不思議ではない。もっとも、実感がないのも事実だ。誰かのホームページに野崎の死が書かれ、それが検索で表示されているのに、現実感が湧いてこない自分がいる。

　束の間目を閉じ、開けた。

「人の死に近い環境で生まれ育ったんだ。生き返ったら、驚くけどな」

　冗談めかし、私は言い足した。

「でもなんで、調べてくれる気になったんだ」

「そんなこと、言わせんなよ」

　ハチミツは口を尖《とが》らせた。礼のつもりだったんだろう。いつもの調子に戻ってきているようだ。

「でも、野崎さんって、いい人だったんだろうな。友達がこんな追悼文をホームページに書いているなんて、見たことないよ」

　確かに、いい奴だった。思い、私は野崎の死に蓋《ふた》をした。……今は他に考えるべきことがある。話を進めてもいい頃合いだろう。

「ハチミツ、なんで六本木にいたんだ」

「ご神託が入ったからさ」

「そのご神託は、今まで通りの手順や方式で送られてきたのか」

「ああ、今まで通りだ。それが何だよ」

「直接ご神託は来たことあるか」

「ない。でも、噂では聞いたことがある」

「誰に送られてくるんだ」

「それは向こうが勝手に決める話だよ。もちろん、どんな内容かもね。前から噂だけはあるけど、誰も目にしたことがない。都市伝説みたいなもんだよ」

「ネット上に書き込みもないのか」

「ああ。俺も探したことはあるけど、見つからなかった」

「ハチミツは噂自体をどこから聞いたんだ」

かすかに首を傾け、ハチミツは口を開いた。

「ポイント集めの時、集まった会員の誰かが言っていた気がする。いや、違うかな。やっぱネット上で見たのかな。でも探した時には、検索に引っ掛からなかったし」

「失敗した場合に出てくる大男の噂は聞いたことあるか」

「ああ。あのバカげた噂だろ。でも、ここまで表に出ないと信憑性《しんぴょうせい》が出てくるよな。信じている奴も多いと思う。ほら、ネットの検索結果にしたって、そこに書かれたことを丸ごと信じる奴って一杯いるだろ？　それに嘘だとわかっていても、やっぱ怖いし」

私は話を変えることにした。

「ハチミツにはどんなご神託が入ったんだ」

「六本木に三十歳の男がくるから、話しかけて資料を受け取れって。最近、アンタが何度も危険な目に遭っているから、この男もアンタだと見当をつけたんだ。場所は詳しく書いてあった。アンタが俺を見つけてくれた場所だよ。そしたら絡まれた」

二方面に指示が出ていたことになる。宮沢の調査では、フローラ社から一度に二つの事案に指示が出た事実はなかった。今回は特例なのだろうか。もちろん、宮沢がそういう結果だけに行き当たった可能性もある。

「ハチミツ以外に、フローラポイントを求めるような奴はいたのか。見る限り、そんな影はなかった気がするが」

「そうなんだ。俺も妙だと思ったんだ。ひと気が全然なかった」

「ご神託が届いたのは何時くらいだ」

ハチミツが携帯をいじり、確認した。

「午後十時くらい。でも絡まれたのは、アンタが助けてくれる直前だよ。それまでは静かだったんだ」

ハチミツに指示が届いたのは、私がまだ蟻の巣にいる頃だ。まだ六本木に行くことも決めていない時間だ。しかし。

あの三人組はハチミツの素性こそ知らないものの、金を持っていると話していた。指示を出した人間が、ハチミツの素性や情報を利用したと考えていい。そもそもハチミツがフローラ社のSNSに参加している以上、仕方ない面もある。向こうは登録データから色々と探ることができる。問題はそこではない。

問題は、フローラ社が素性を利用した意味だ。あの場所にいるのはハチミツでなければならなかったはずなのだ。私は奥歯をきつく噛《か》んだ。

一つ考えられることがある。宮沢が抜き出した個人情報はハチミツだけだ。当然、その意味を探るため、フローラ社もハチミツの動向を振り返ったはずだ。私の周りにちらつくこともわかっているだろう。

つまり、ハチミツは私の仲間だと判断された可能性もある。

だが、私とハチミツの接点はない。どう探そうとない。宮沢とは違い、そもそも接点がないからだ。

宮沢のマンションを出た時に感じた視線を思い出した。

首の裏が張りつめた。

……あれから私は見られていたのだ。

私がハチミツを助けるかどうかで、本当に仲間なのかを確認したのではないだろうか。可能性が高くても、私が六本木に出向く確証はない。だから、連中は宮沢のマンションを張っていた。そして、私が宮沢の部屋を出る頃合いを計り、三人という少数でハチミツに絡ませた。宮沢のマンションを出てタクシーを拾うなら、あの交差点に出るのが定石だ。だとすると、私は再び大きな失敗を犯したことになる。

ハチミツは誘《おび》き出された。それを私は助けてしまった。

行確。千春から聞いた警察用語が不意に浮かんだ。

「ハチミツは携帯の電源を入れているよな」

「当たり前だろ。電源切った携帯なんて意味ないじゃんか」

「いま緊急の連絡を待つ事情はあるか」

「ないよ。ご神託を確認するくらいさ」

「そうか。それなら電源を切った方がいい。それでハチミツの居場所は相手に筒抜けになっている。この店は電波が届かないから、心配しなくてもいいけどな」

「切ったら、ご神託が確認できないだろ」

「狙われるのはハチミツだ。また襲われたければ、別に構わない」

向き合う顔から表情が消えた。

「何で俺が狙われるんだよ」

私は推測を話した。ハチミツの顔が固まった。

「だからあんたは携帯を二台持っているのか。あんた、これからどうするんだよ」

「それを今、考えている」

嘘だった。本当は決めている。

「家まで送ろう」

「俺は狙われているんだろ。一人でいろっていうのかよ」

「あれだけの邸宅だ。警備システムがあるだろ」

「通報が入ってから、何分後に連中が来ると思っているんだよ」

「だったら、しばらく身を隠す場所はないのか。それだけ金があるなら、別荘の一つや二つはあるだろ？　携帯を切っておけば、連中に手繰り寄せる糸はない」

「国内にはない」

敵意のある口調だった。私に対するものではなく、自分の境遇への敵意。私は思わず笑っていた。

「嫌みなガキだな。海外にあれば十分だよ」

放っておくわけにもいかない。私はハチミツを匿《かくま》える場所を考えた。

一ヶ所だけあった。もう午前一時半を過ぎているが、関係ない。二十四時間、開け放たれた場所だ。

私はダニーの電話に歩み寄った。千春は三コールもしないうちに出た。

「この時間でもすぐに出るんだな」

「緊急呼び出しもある仕事だからね」

私は千春と別行動をとってからの出来事と、これからしようとすることを告げた。野崎のことは告げなかった。顔を見て伝えるべきだろう。

「わたしも行く。携帯会社には正規ルートの依頼じゃないからと断られたから、別行動する意味もないし。だいたい凜は携帯の電源切っているから、連絡もつかないし」

「やめてくれ。全滅は避けたい。万が一には備えておこう」

「じゃあ、何で電話してきたの」

「声が聞きたくなったから、なんてな。新しい番号を教えるよ」

電話を切ると、席に戻り、私は飲み残したコーラを口にした。

「これからハチミツを匿ってくれる場所に連れて行く。トイレは済ませておけ」

「いつでも行ける。ところでここには何しに来たんだ」

「安心して電源を入れるためだ。それにこの店のコーラは最高だと思わないか」

「確かに味が違う気がする」

「アナログにはアナログの良さがある。古い店には古い店の味があるのと同じことだ」

「何だかよくわかんねえな」

「今わかる必要はない。時代遅れにも居場所が必要だということさ」

私たちが立ち上がると、店長が歩み寄ってきた。

「カレーはまた今度みたいね」

「またゆっくり作りに来ます」

「じゃあ、期待しないで待っているから」

店長が歌うように言った。

ダニーを出ると、ひと気のない街を進み、バス通りから一本奥の路地に入った。

吉祥寺に来たのは、もう一つ理由があった。二十四時間営業のレンタカー店があることだ。電車での行動は周囲を巻き添えにする可能性が高まる。学生時代、この時間に何度か車を借りたことがある。

八つ墓村じいさん。仲間内では従業員のじいさんをそう呼んでいた。いつも『八つ墓村』の文庫本を読んでいたからだ。もうあのじいさんも、いないだろうが。

そこは私の学生時代と変わらず、煌々《こうこう》と灯《あか》りが点《つ》いていた。

掘建て小屋のような事務所は健在だった。BGMもあの頃と同じビートルズ。壁にも変わらない『ローマの休日』のポスターと、ラファエロの受胎告知の模写が飾られている。薄汚れた内壁もまるで変わっていない。

そして、八つ墓村じいさんもいた。相変わらず、『八つ墓村』を読んでいた。その顔の皺《しわ》は増えているが、雰囲気もまるで変わっていない。白い眉毛《まゆげ》、薄い髪をなでつけた髪型はそのままだ。私は免許証を出し、日産のマーチを選択した。八つ墓村じいさんはメガネのブリッジを軽く上げ、微笑みかけてきた。

「今日はガムを嚙《か》んどらんな。あのニオイの強いガムだ」

「覚えているんですか」

「ああ。いつも嚙んでいたからな。で、息子か」

八つ墓村じいさんが免許証を返してきた。私は受け取り、財布にしまう。

「落とし物です」

「そうか。目が似ていると思ったんだがな。まあ、確かに勘定が合わんな。お前さんがこの店に来ていたのは最近の話だ」

「最近？　最後に来たのも、もう七年も前ですよ」

「老人の七年は若者の一週間みたいなもんさ。さて、車をとってこよう」

八つ墓村じいさんは事務所を出て行った。ハチミツの視線を感じた。

「意外だな。アンタ、融通の利かないカタブツだと思っていた。ガムってあれだろ。ニオイ消しっていうかさ」

「生まれてからずっと、隅から隅まで品行方正な人間なんていないんじゃないか？　いるかもしれないが、俺はまだお目にかかったことがない」

「なんかさっきの店といい、アンタの青春の残骸《ざんがい》を辿《たど》っている気がするよ」

エンジン音がした。事務所のドアが叩《たた》かれた。振り返ると、八つ墓村じいさんの顔がガラス越しにあり、その背後に真っ赤なマーチが停まっている。

事務所から出た。

「返却方法は変わっとらん。燃料は満タンにして返してくれ」

もう一つ変わらないものについて尋ねることにした。

「これまでに何回、『八つ墓村』を読んだんですか」

「さあ、数えたことないな。二千回くらいじゃないか」

「他の本を読もうとは思わないのですか」

「もう若くないからな。面白い本だけを読みたいんだ。それに他にやることもある。この歳になると、時間の無駄遣いは出来ないんだよ」

「ビートルズも同じ理由で？」

「ああ。時代遅れと言われようが、聴き続けるよ。良し悪しは自分で決めるものだからな。いい曲なのかもしれないが、最近の曲は耳に合わないんだ。流行《はや》っているから、それが自分にとって良いわけじゃない。良いものは流行ることがあるだけだ。皆が聴いているからその音楽を聴く、皆が着ているから、着る。そんな風に頭を他人に預けちまう連中が増えているけどな」

不意に八つ墓村じいさんの目がハチミツに向けられた。

「少年よ。繰り返し読みたいと思える本や作家を探し続けなさい。繰り返し聴きたいと思う曲やミュージシャンを見つけなさい。繰り返し観たいと思える映画を見つけなさい。繰り返し眺めたいと思える絵画を見つけなさい。君の時間はそのためにある。人生なんてそんなもんさ。そこに辿《たど》り着く判断材料として流行や情報を使いなさい」

八つ墓村じいさんは咳払《せきばら》いした。

「ちと、説教臭かったな」

「いいえ、なんだか励ましてもらった気がします。俺、絵を描いているんです。絵描きになりたいと思っています。本当になれるのか。なれても、生き残れるのか。生き残れても生活できるのか。そんな不安で押し潰《つぶ》されそうですけど、とにかく目指そうと思っています」

「そりゃ頼もしい。人生、金じゃないぞ。そりゃあ、あった方がいい。だけど、金は単なる道具だ。振り回されちゃいかん。それに不安なのは当たり前さ。好きなことを仕事にしたのに、才能がない現実を突きつけられるかもしれないんだ。だけどね、進まないとその不安や恐怖すら味わえない。誰だって恐い。怯《おび》えたっていい。後はやるかやらないかさ。やれば、好きなことで生き残れる可能性が生まれるんだから」

八つ墓村じいさんがハチミツにゆっくり頷きかける。

「金を稼ぐことは、さほど難しいことじゃない。愛《いと》おしい、極めたい。心からそう思え、人生を懸けられる仕事で稼ぐことが難しいんだ。仕事でなくてもいい。これしかないと思えることを見つけることが、人生で最大の難問なんだ。君は見つけられただけ幸運なんだろう」

八つ墓村じいさんは私を一瞥《いちべつ》した。

「おまえさんも見つけつつあるようだな」

「やろうと思っていることはあります」

八つ墓村じいさんは、私とハチミツに微笑みかけてきた。

「生きることはメシを食い、呼吸し、寝ることじゃない。何のために食い、呼吸し、寝るのかなんだ。何歳になろうともね」

「何歳でも？　じゃあ、今も何かに？」とハチミツが尋ねた。

「英語を始めた。街でばったりポールとリンゴに会ったら話してみたいだろ？」

八つ墓村じいさんは少年のように笑った。

私は事務所に飾られたプレートを見つめた。名前が書かれている。……学生時代は気づかなかった。あの頃、知りもしなかった名前だ。

「毛利《もうり》晴三郎《せいざぶろう》さん、ですか」と私は尋ねた。「あの？」

「ああ。たぶん、おまえさんが想像するあの毛利だよ」

事務所を出ると、私たちはマーチに乗り込んだ。シートベルトを締め、ハンドブレーキを下ろした時だった。

「ウチに寄ってくれないか。持っていきたいものがあるんだ」

ハチミツは真っ直ぐな目だった。私は頷き、発車した。ほどなくルームミラーから八つ墓村じいさんが消えた。

「なあ、あのじいさん、有名なのか。アンタ、心当たりがあるみたいだけど」

「サニー自動車って知っているだろ」

「それくらい誰だって知っているさ。日本を代表する企業じゃんか」

後発の自動車メーカーだが、東南アジアや南米でのシェアはナンバーワンだ。ハチミツが知っているのも当然だった。

「今のサニー自動車の地位を築いたのが、二代目の毛利晴三郎だ。さっきのじいさんだよ。十年前に突然、身を引いて隠遁《いんとん》したんだ。俺も学生時代は気づかなかった」

社会人となり、日本の歴代企業人を特集した経済誌でその顔を何度も拝んだ。だが、その格好は過去のスーツ姿であり、あの事務所にいる姿とはまるで違う。これまでまったく気づかなかった。

「へえ。あの八つ墓村がね。なんか希望が出てきたな。あんなしょぼくれたじいさんでも凄《すご》いことが出来るなら、俺にも出来るかもしれない。いいことも聞いたしな」

幹線道路を過ぎ、細い道に入ると交通量は少なくなった。対向車もほとんどなく、たまにタクシーとすれ違うだけだった。

「この前話してくれた三鷹駅の事故、亡くなったのは女性だったよ」

運転の合間に言うと、ハチミツはシートに頭を預けていた。

うろ覚えの道に入ると、ハチミツが指示を出してきた。私はその通りに運転した。ほどなく見覚えのある大きな門扉前に出た。私が車を停めるとハチミツが降り、カードキーを入れた。

門扉が自動でゆっくり開いていく。私は邸宅の中に車を進めた。

邸宅は今日も闇に沈み、夜の底にいる気分だった。先にドアの前にいったハチミツの動きが止まった。私も車を降り、玄関に向かうとハチミツが振り返ってきた。

「何か変だ」

「警報は作動している気配はないぞ。鍵《かぎ》はかかっているんだろ」

「ああ。でも、何かが違う」

私は貼られた警備会社のステッカーに目を奪われた。

フローラ警備……。千春とフローラ社の基本情報を調べた際、系列会社にあった名前だ。球場の警備も請け負っていた。私は気を引き締めた。

ハチミツがゆっくりドアを開けた。

確かに違和感がある。静まっているのに、空気がざわついている。宮沢の部屋で味わった感覚と同じだ。ひと気はない。耳を澄ます。物音はない。電気をつけろ。私は小声でハチミツに言った。

玄関の明かりがついた。立派な上がり框《がまち》が出迎えてくれた。光沢のある木目が光を浴びて輝いている。靴はハチミツのものと思われるスニーカー以外、置かれていない。土足で誰かがあがった気配もない。

涼しかった。低いエアコンの唸《うな》り声が聞こえている。

「エアコンは切っていないのか」

バカらしいとは思うが、侵入者が暑さに耐えかね、エアコンをつけた可能性もある。

「ウチは二十四時間、自動で温度も湿度も調整するシステムだから」

私は肩で息をつき、尋ねた。

「出た時と違う点はないか」

「玄関を見る限りは特に」

私たちは靴を脱ぎ、廊下を進んだ。薄闇が溜《た》まる広い空間に出た。目を凝らす。薄闇より濃い影は見当たらない。物音もない。つけろ。私は背後のハチミツに言った。電気がつく。

リビングだった。窓際に大型テレビがあり、ひと目で高級とわかるソファーセットが置かれている。壁際のガラス戸付きの棚には、ウイスキーなどの酒瓶が並んでいる。荒らされた様子はない。脇にハチミツが並んできた。

「出た時と同じだ」

それでも私は何かを感じていた。ハチミツも同じようだった。

私たちは次々に部屋を確認した。最後は二階のハチミツの部屋だった。

整然としていた。机の上は片付き、棚には美術画集が並んでいる。それでも、私はこの部屋が最も空気が波打っているように感じた。

ハチミツは踏み出すと、そのまま棚に向かい、一番下の段から一冊のスケッチブックを引き出した。A3サイズはありそうだ。ハチミツが捲《めく》る。

私も歩み寄り、背後からそれを覗《のぞ》き込んだ。

鉛筆画だ。町田京子の笑顔だった。滑らかな陰影が生み出した穏やかな少女の笑み。今にもその笑い声が聞こえてきそうだった。濃《こま》やかな鉛筆の線が、ハチミツがどれだけ手をかけて描いたのかを物語っている。

ハチミツはページを捲った。再び町田京子の鉛筆画だった。今度は全身が描かれている。制服を着て跳ねている様子だ。髪が弾み、スカートの裾《すそ》が揺れている。その顔には、やはり笑みが浮かんでいる。細い線、太い線、濃い影、薄い影。幾重にも重なり、少女の一瞬を鮮やかに切り取っている。

その分、ハチミツは動かなかった。時計の秒針が進む音が、やけに大きく響いた。やがて私はハチミツの背中に宿る哀しみが、私には際立って見えた。

肩に手を置いた。それくらいしか出来ることが思いつかなかった。

ハチミツの肩がかすかに震えた。

「町田は俺を応援してくれた。絵描きにもなれるかもしれないと言ってくれた」

ハチミツはページを捲った。未完成の水彩画だった。少女が真っ赤な傘を差し、商店街を歩く姿だ。モデルは考えるまでもない。

「わたしを描いてって言われたんだ」

「そうか」

「この絵をプレゼントしようと思っていたんだ」

「すればいい」

ハチミツが勢いよく振り返ってきた。

「もう町田は死んだんだぞ」

「そうだな。でも死んでいないとも言える」

「ふざけてんのか」

「完成させたら、町田さんの仏壇に捧《ささ》げろ。町田さんはその絵を見られない。でも親御さんは見られる。自分の娘を好きだった少年がいた。それを知るだけでも、ご両親は喜ぶと思わないか。ご両親が喜べば、町田さんも喜ぶとは思えないのか」

ハチミツは黙った。

「絵の具も鉛筆も必要な道具は全部持っていけ。場所ならある。未完成なんだろ」

ややあった。

「町田が死んでから絵が描けないんだ。手が震えるんだ」

「甘ったれるな。プロになるつもりなんだろ。俺は絵のことは知らない。だけど、想いを込める絵すら完成できない甘ったれが、本物の絵描きになれるとは思えない。何しにここに戻ってきたんだよ」

ハチミツの顔色が変わった。

その目が鋭くなり、吹っ切ったようにその手を動かし始めた。絵の具、三つに仕切られた黄色いバケツ、筆箱を次々に大きな鞄《かばん》に詰め込んでいる。この鞄は元々、そのために買っていたのだろう。私はその様子を眺め、この家に入った時に感じた空気の尖《とが》りの原因を考えた。ハチミツも同じ感想を抱いている。二人揃って神経過敏になっているのか。いや、やはり素直に腑《ふ》に落ちない。六本木の件もある。

ハチミツが小さな折りたたみ式のナイフを鞄に入れていた。目が合った。

「鉛筆を削るのは、手でやった方がいいんだ。微妙な感覚が調整できるから」

「なるほど。機械に絵は描けないもんな。ところで、本当に変わった点はないのか」

ハチミツは表情を止めた。

「このスケッチブックだけ、位置がずれていた気がする。だからすぐに確認したんだ」

確かにハチミツは真っ先にスケッチブックに手を伸ばしていた。

「ページが無くなっていたり、描いていない絵があったりはないか」

「いや、特にない。あればすぐに気づくよ」

「他に盗まれたものは」

「ない。金もそのままだし」

ハチミツが机に目をやった。机上には一万円札の束が無造作に置かれている。

ハチミツの感覚を信じると、誰かがこの部屋でスケッチブックを見たことになる。なぜだ……。私は詰まりそうになる思考を押し進めた。

侵入者には目的があったはずだ。その姿が見当たらない以上、目的を達成したとみるべきだろう。宮沢のマンションの場合はパソコンだった。宮沢が調べたデータを入手するためだったと考えられる。今回の場合、絵を見るためだとは考えにくい。

……待て。

「ハチミツが家を出たのは何時頃だ」

「ご神託が入ってすぐだから、十時過ぎだと思う」

時間は十分過ぎるほどある。宮沢のマンションに侵入した人間なら、この家にも簡単に入れるだろう。警報装置が作動した気配がないのも、何らかの手を打ったからと考えられる。系列会社だ。それくらい簡単にできるはずだ。

「ハチミツは町田さんの写真を持っているのか。この部屋にあるのか」

「いや。新宿駅の事故以来、お守り代わりに持ち歩いているから。集合写真だけど」

侵入者は町田京子とハチミツが同級生だと調べはつけているはずだ。だからこそ、より深い関係を探っていた可能性がある。ハチミツの動機を解明するためだ。

まず写真を探し、次に絵を見た。あの絵を見れば、ハチミツの感情に思い至ることは簡単だ。好きだった同級生の死。その原因に疑問を抱くなら、どこで知り合ったのかはわからないにせよ、私に手を貸す動機にはなる。そして本当にそうなのか、私の仲間なのかを確かめるため、六本木の出来事に繋《つな》がったのではないだろうか。

筋は通る気がする。

改めて実感した。私はハチミツまで巻き込んでしまった。宮沢の二の舞だけは絶対に避けなければならない。ハチミツに降りかかる火の粉を払わなければならない。

「おい、準備は終わったぞ」

邸宅を後にした。車に乗り込む前、ハチミツが振り返った。

「こんな家なんかいらないから、もう一度……」

強い風が吹き、ハチミツの語尾をかき消した。木々の葉が揺れる中、私には途切れた言葉の断片が聞こえてきた気がした。

しばらく下道を走り、首都高に乗った。東に車を走らせる。首都高は空《す》いていた。それでも私はルームミラーやサイドミラーに視線を定期的に飛ばした。トラックやバイクに次々と追い越されていく。

「寝てていいぞ」

「大丈夫だよ。いつもこの時間は起きているから」

「こんな時間に中学生が何しているんだ」

「絵だよ。不思議だけど、早朝と夜中は筆が進む。変な話だけど、昼間だとうまく描けないんだ。周りの気配で意識が乱される気がするんだ。うまく言えないけどさ」

「ふうん」

「気持ち悪がらないのか。変なことを言っていると思わないのか」

「ハチミツが感じていることだろ？　なんで俺がそれを否定しなきゃいけないんだ」

一拍の間があいた。

「アンタが二人目だ。俺を気持ち悪がらなかったのは」

「一人目は町田さんか」

「そうだよ」

しっかりした声だった。

私は一瞥《いちべつ》した。唇をきつく嚙《か》み締め、フロントガラスを睨《にら》みつける顔があった。

そのまま首都高から京葉道に入った。首都高よりも車の量は減った。走り続けると、自分たち以外の車が見えなくなった。しばらく走った。久しぶりに自分たち以外の車が見えた。トラックが電光掲示板の下をゆっくり走っている。

　この先事故多発地域　注意しろ

明滅する電光掲示板を通り過ぎた。トラックも追い越し、カーブに差し掛かった時だった。

ルームミラーに強い光が反射した。私は目が眩《くら》みそうになり、咄嗟《とっさ》に視線を光の渦から外し、暗闇に向けた。

野太いエンジン音が迫ってきた。思うなり、背後から強い衝撃がきた。シートベルトが体に食い込み、首が前に突き飛ばされた。反射的に私はアクセルを強く踏み込んだ。マーチのエンジンが小さな叫び声をあげる。右後ろのタイヤ付近からガタガタと異音がした。

「何なんだ」

ハチミツが叫んだ。

私は答えを持たなかった。

分厚い光がルームミラーを照らし続けていた。後方からだ。どんな車かは見えない。ハンドルを握る手が汗ばみ、全身に力が入る。追い越し車線に視線を振る。他に車の姿はない。

ウインカーをつけずに車線変更した。濃い光の渦から外れ、すぐにルームミラーで確認する。

大型トラックだった。

大型トラックもウインカーなしに車線変更してきた。再び車内に分厚い光が投げ込まれてくる。私はルームミラーを上限まで撥《は》ね上げ、反射光を減らした。アクセルを踏み込む。車間距離が僅《わず》かに開くも、背中に緊張感が張りついてきた。

突然ライトを点《つ》けてきたのは、目を眩ませ、ハンドル操作を誤らせる狙いがあったに違いない。もう一度、まともに追突されれば、この車体は潰《つぶ》れる可能性もある。

こちらの勝ち目を考えた。

「シートベルトを締めているな」

ああ。ハチミツの声はしっかりしていた。その手がドア上の取っ手を握るのが、視界の端に見えた。私はジーンズで手の汗を拭《ぬぐ》った。ハンドルを握り直す。

アクセルをさらに踏み込んだ。一気に車体が軽くなり、背もたれに背中が押しつけられた。速度計は百三十キロを示している。軽い衝撃で車体が吹っ飛んでいきそうだ。車体後部からの異音も激しさを増している。

トラックのエンジンも低い咆哮《ほうこう》をあげていた。馬力と車体重量を合わせて考えれば、加速度は同程度だ。上り坂になればこちらが有利に、下り坂になれば不利になる。

「ハチミツ、後ろを見ておけ。近寄ってきたら教えろ」

わかった、と硬い声が返ってきた。

私は前を見据えた。幸い前方を走る車両はない。速度違反は仕方ない。監視システムにも写るだろうが、まずは切り抜けることが第一優先だ。

しばらく走った。速度計は百五十キロを示している。車間距離は変わらない。ハンドルを押さえ込む姿勢が続いた。やがて緩い下り坂になった。

「近寄ってきたぞッ」

ハチミツが声を張り上げた。

暴力的なエンジン音が迫ってきていた。アクセルを底まで踏む。エンジンが悲鳴をあげ続けている。サイドミラーを確認した。走行車線に他の車の姿はない。ハンドルを軽く切る。背後から猛々《たけだけ》しいエンジン音と分厚いタイヤの軋《きし》みが続いてきた。私はもう一度、追い越し車線に戻った。やはりすぐに大型トラックもついてきた。

「まずいッ、もうすぐそこにいる」

「祈れ」

私は大声で返した。

追突を避けるため、さらに車線変更した。大型トラックは車線変更しなかった。運転席側の窓が黒壁に覆われた。

……隣に並ばれている。意識が尖《とが》った。瞬間、アクセルから足を離した。速度が緩む。

速度計を見る。みるみる百キロに迫っている。

「しがみつけ」

私は叫び、ブレーキを一気に踏み込んだ。

甲高い摩擦音が響いた。シートから体が投げ出され、前のめりに尻《しり》が浮いた。シートベルトが体に強く食い込み、息が詰まった。

途端、大型トラックの影が前に割り込み、横滑りしていった。

私は目を見開いていた。あの体当たりをまともに食らえば、防音壁とトラックに挟まれ潰されたに違いない。

恐怖を感じる暇はなかった。

すぐに私はシフトをバックにいれ、逆走した。岩のような影から遠ざかっていく。ある程度の距離を保ち、シフトを戻し、すぐに進める状態を整えた。

一秒、二秒。私は路肩に止まったままでいた。大型トラックのテールランプが、けばけばしいほど真っ赤に染まった。……くるのか。シフトを握る手に力が入る。

大型トラックは轟音《ごうおん》を撒《ま》き散らし、走り去った。

私にはそのナンバーを読み取る余裕はなかった。シートに体を預け、ルームミラーを元に戻した。ズボンに汗ばんだ手の平を押しつける。

「ハチミツ、怪我はないか」

ああ、とハチミツがひとつ胸を大きく膨らませた。

「なんで突然、湧き出てきたんだ」

「待ち伏せだろう」

「待ち伏せ？　なんで俺たちの行先がわかるんだよ」

「尾行されていたんだ。おそらくどこかの時点で追い越され、待ち伏せされていた」

「どうしてだよ、二人とも携帯の電源は切っているじゃないか。それに俺たちが乗っている所をたまたま見かけて尾行してきたなんて、偶然にもほどがある」

　私は千春との会話を思い返した。

「偶然じゃない。多分、車に発信機が付けられたんだ。簡単に手に入るらしい」

「でも、どこで付けられたんだよ。これ、レンタカーだろ」

「おそらくハチミツの家だ。あれだけ広い庭だ。隠れる場所もある。警報装置を作動させないで侵入できる連中だ。それくらい簡単なんだろう。こっちは家の中に神経を集中させてもいた。その間に細工したんだろう」

「狙ってきたんなら、なんで走り去ったんだよ」

「おそらく、これから車が増え始める。あのポイントは車も少ない上、事故多発地域でもあった。事故が起きても目立たず違和感がない、お誂《あつら》え向きの場所なんだ」

　監視カメラもある。目撃されるリスクもある。その分、できるだけ事故を装いつつも確実に仕留める、そんな相手の強い意思が感じられた。

　ライトをハイビームにする。大型トラックの影はもう見えない。私はアクセルを再び踏み、用心深く進んだ。予想通りに車が混み始め、次のインターチェンジで下りた。しばらく走り、コンビニの駐車場に入った。リアバンパーはへこみ、塗装は荒く剝《は》げ、地金がむき出しになっていた。右後部のタイヤにボディがあたっている。これが異音の正体だろう。

まず二人がかりで力任せにボディをタイヤから離した。

次にトランクにあったジャッキで車体を上げ、備え付けの懐中電灯を片手に潜り込んだ。車に詳しいわけではない。それでも、すぐにそれらしきものは見つかった。金属の箱が針金で留められていた。きつく締められ、外そうとすると指先に針金が食い込んできた。十分かけて何とか外した。三センチ四方の小さなものだった。

私はそれをゴミ箱に放り込んだ。

13

境内裏の駐車場に車を止めた。エンジンを切ると、真夜中の無音が迫ってきた。ライトを消す。さらに静寂が深まった。

「ここ、どこだよ」

「俺の実家」

「寺なのか」

「ああ」時計を確認すると、午前三時を過ぎていた。「あと一時間もすれば、坊さんが色々と動き始める。夜中はご覧の通り、静かだ。絵に集中できるだろ」

ハチミツから返答はなかった。私はシートベルトを外し、ドアを開けた。

蒸し暑いが、空気は澄んでいる。空に向けて大きく伸びをした。首を左右に振ると、森閑とした世界に大きな音が鳴った。

私は本堂に向け、歩き出した。砂利を踏み締める音が真夜中に響く。ハチミツの足音も背後から聞こえてきた。まだ古タイヤと廃材で作った打ち込み台があった。私にとっては中学、高校時代の相棒とも言える。軽く手で叩《たた》く。懐かしい感触だった。

畳敷きの本堂は静けさで埋まっていた。ひんやりとさえ感じる。靴を脱ぎ、あがった。正面に鎮座する薬師如来像の影が見える。私はそのまま寝転がった。背中に畳の感触が心地良く、疲れが体から滲《にじ》み出ていく気がする。

「なあ、いいのかよ。こんな所で寝て」

「仏様に見守られて寝るのもいいもんだぞ。寝苦しい夜は本堂で寝るに限る。子供のころ、よくこうしたんだ。妙に涼しいし、不思議と蚊も入ってこない」

隣にハチミツが寝転がってきた。

「へえ、寺の天井って、けっこう高いんだな」

「寺で寝るのは初めてか」

「普通は誰だってそうだろ」

「そりゃそうだな。まあいい。寝ておけ。色々とあったから、疲れただろ」

束の間あいた。

「助かった。ありがとう」

「普通に礼を言えるんだな」

「からかうなよ。人が感謝しているっていうのに」

「悪かったよ」

私は目を瞑《つむ》った。神経が昂《たかぶ》っている。体は疲れているはずなのに、眠気がない。それでも寝転がっていることに意味がある。自分にそう言い聞かせた。ほどなくハチミツの寝息が聞こえてきた。私は眠りに落ちることはなかった。

やがて小鳥のさえずりが聞こえ、つられるように蝉の鳴き声が続いた。うっすらと目を開ける。もう夜が解《ほど》け、白んでいた。今日も暑い一日になる予兆を感じる。私はゆっくり体を起こした。ハチミツは規則的な寝息をたてている。

開け放っていた扉から外を眺めた。太陽はまだ顔を見せていないが、空から次第に乳白色が抜けている。朝が近い。薬師如来像をぼんやり眺めた。腕時計を確認する。午前四時を少し回ったところだった。私は足音を殺し、本堂を出た。すでに寺務所の電気はついている。扉を開けると、コーヒーの香りが漂ってきた。

志木統が顔を向けてくる。

「おまえも飲むか」

「驚かないのか」

「別に。ここはおまえの実家だ。いつ帰ってこようと驚かないさ。夜中に車のエンジン音がしたから、おまえだろうと思ったしな。だいぶ、派手に擦《こす》っているじゃないか」

「色々あってね」

あの後、私たちをつけてくる車はなかった。

志木統がコーヒーメーカーからカップに注いでくれた。いい香りが舞い上がる。私はコーヒーを口にした。ミルクも砂糖も入れなかった。熱く、ほどよく苦い。その熱が、かえって体に籠《こも》った熱を逃がしていく気がした。

「連れてきたガキを助けてやってくれないか」

「おまえにも出来るだろ。ちいちゃんの話だと、色々とやっているんだろ？」

「他にやることがある」

ほう、と志木統はコーヒーを啜《すす》った。カップがゆっくりテーブルに置かれる。

「そのガキは救いを求めているのか」

「いや。自分で這《は》い上がらせてやりたい。這い上がる手段も持っている」

「じゃあ、手助けするまでもない。世の中の全員を仏の教えに導くことは不可能だ。もちろんそれが出来れば、越したことはない。しかし、ここに来る人間を手助けすることで精一杯だ。その必要がない人間まで手助けする余裕はない。おまえは違う考え方のようだけどな」

私は答えず、コーヒーを口にした。志木統が続けた。

「この寺に留《とど》まることなく、外に出て行く。そこで目についた者に手を伸ばすべき。おまえはそう考えているんだろ」

「志木統の言う通り、世の中の全員を救うなんて夢物語だ。そんなことは坊主の仕事じゃない。政治家の仕事だよ」

「笑わせるな。オマエは坊主でも政治家でもない」

「そうだな。でも、何者でもない俺にも出来ることはあるはずだ」

「例えば？」

「待つだけじゃ、何も変わらない。寺にいれば、出向いてくる人間はいる。でも助けを求めたくても、動けないヤツがいるかもしれない。駆け込み寺の存在を知らずに苦しみ続ける人間もいるだろう。だったら見かけた人間が手助けしてやればいい話だ。寺から出ていれば、おのずと目につく人間も増えるはずだ」

生意気な、と志木統は鼻で笑った。「まあ、やれるだけやってみたらいい」

「ああ。寺に生まれた以上、仕方ないことだ」

「運命ってやつか」

「運命なんてないさ。宿命はあるかもしれないけどな」

「ふうん。しかし話を戻すと、そのガキは手助けが必要ないようじゃないか」

「別に何かしてやる必要はないさ。手取り足取りしてやることだけが、手助けじゃない

からな。場所を与えてやりたいだけだ。考えるのは自分の頭でさせればいい。それにこ
こなら、万が一の場合でも大将がいる」
「話が急に物騒になったな」
志木統がかすかに笑った。
「で、おまえは何をするんだ。他にやることがあると言っていたが」
「物騒な話の原因を取り除こうと思っている」
「何をしようとしているのかは知らない。聞こうとも思わん。だがな、一人で全てをや
ろうとしないことだ。一人で出来ることは、たかが知れている」
「志木統にふさわしい含蓄ある言葉だよ」
「茶化すな」志木統は険しい声だった。「伝えたことはないが、志木統という名の意味
はもうわかっているんだろ」
「ああ。志木は儀式の式の当て字。統は文字通り、統べるという意味だろ。式を統べる
ということだ」
「そうだ」志木統が重く頷《うなず》いた。「いい機会だから話しておく。うちは陰陽道《おんみょうどう》と深い関
係がある。陰陽師《おんみょうじ》の目や手足になり、手助けしていた家系だ。陰陽師は人型の紙に命を
吹き込み、式神として橋の袂《たもと》や街中に放って情報を集めていたと語られることもある。
だが、そんなのは物語中の話だ。それは儀式に使われた折り紙に過ぎない」
志木統は瞬《まばた》きひとつせず、続けた。

「陰陽師は政治、疫病、天変地異などについて星の運行に基づいた占いを執り行った。だが、その占いをするまでもなく、収集した情報でカタがつく案件も多かった。じゃあ、その情報は誰が集めていたのか。当然ながら人間だ。それがわが祖先だ。自分たちを式と呼んだ。うちの一族は、その元締めだった」

志木統はコーヒーを一口飲み、見据えてきた。

「式は元々、歴史の表舞台に出る立場ではない。その上、その呼び名から折り紙の式神とも混同され、曖昧な存在だった。そして陰陽師が政治の舞台から消えると、式も消えた。志木統だったわが祖先だけが細々と名残を伝え、仏門に入ることになった」

「どうしてご先祖様は寺に入ったんだ？」

「僧も怪異を祓《はら》う仕事の一つだからだ。人について考え、導く仕事だからだよ。式が活躍したのは、疫病や天変地異も鬼の仕業だと考えられた時代だ。正体不明の怪異に立ち向かい、人々を安心に導いていたとも言える。あの時代、怪異の原因の多くは怨念《おんねん》や恨みとされた。欲、業、妬《ねた》み。その怨念や恨みの原因も分類すれば、出発点は人の心であり、結局、怪異は人間が生み出したものと考えられた。葬式も死者より、遺族のために催す意味もある。つまり、わが家系は平安時代の祖先と同じ、心を相手にしているということだな」

「志木統の式は大将であり、お富おばさんなんだろ」

二人とも、街中の情報を拾い集めている。

「そういうことだ。志木統は式と共存関係にある。大事な友人でもある」

「俺はそんな友人を失った。その仇《かたき》も討たなきゃならない」

「それは警察の仕事だ」

「警察が手の出せないこともある。得体の知れない相手だしな」

志木統は何も言わなかった。二人揃って、同時にコーヒーに手を伸ばした。ため息に似た深呼吸をし、志木統が口を開いた。

「どうせ止めてもきかないからな。やってみることだ。志木統の心構えとして伝わる教えがある。得体の知れぬ大きな怪異は、いつもその時を象徴する道具や思想に乗り移って出現する、とな。怪異とは理解できない現象やもの、相手のことだ。だからいつも境界で発生する。昼と夜の狭間に妖怪は現れ、この世とあの世が曖昧《あいまい》になる時期や場所で幽霊は出る」

志木統の視線が強くなった。

「従来と現在の境界である最先端は、その時代の人間の心を反映した大きな怪異を生みやすいことを言っているんだろう。戦争や争い、殺人を考えればわかる」

今の私には身に染みた。フローラ社は情報という現代の最先端にある社会基盤を扱っている。

「さて、そろそろ朝のお勤めだ」

志木統が腰をあげた。

一人残された寺務所は静かだった。次に何をすべきか考えた。相手に気づかれず、追い詰めるにはどうすればいいのか。妙案はまるで浮かんでこない。いたずらに歩き回るしかないのかもしれない。

……いや、一味をおびき出す方法を握っていることを忘れていた。

お富おばさんの一言を思い出した。

私はコーヒーを飲み干した。寺務所を出ると、境内で志木統が掃き掃除していた。規則的に箒《ほうき》の音がしている。

「朝っぱらからどこに行くんだ」

「一乗相即の仕掛けさ」

「そうか。ガキが起きたら飯でも食わしておくさ。まあ、中学生なら、簡単に起きないだろうな。いつまでも眠れる年頃だ。オマエもそうだった」

志木統はどこか楽しそうだった。

境内を出て、住宅街を歩いた。まだ街全体が寝息を立て、夜の空気が足元に溜《た》まっていた。一歩ごとに、自分の足から波紋が広がっていく気がする。

中学生か。私はひとりごちた。何を考えていただろうか。

ハチミツのように、将来の目標がなかったことは確かだ。絵。私には遠い世界の言葉だ。町田京子にも目標があったのだろう。その心根が優しかったことは、ハチミツの話でもわかる。きっと、それは前を見据えていたからだろう。

ハチミツは町田京子の分も成し遂げるかもしれない。しかし、その前に私は町田京子が死んだ理由を解き明かさねばならない。彼女が死ななければならなかった理由などないのだ。

朝の世界を十分ほど歩くと見えてきた。

鉄製の校門前に立った。手をかけただけで、鈍く軋《きし》んだ。埃《ほこり》と錆《さび》の感触がある。

飛び乗ると、門扉が揺れ、大きな悲鳴のような金属音も散った。飛び降り、手をはたきながら坂を上る。

左手には体育館、右手には校庭がある。白みがかった空の下、私はサッカーゴールに歩み寄った。傍らにぽつんとあるボールに軽く足を置く。ほどよい弾力だった。軽くゴールに蹴《け》り込んだ。ネットが力なく揺れる。

校舎に向かう。職員用の出入り口、生徒用の二ヶ所の出入り口、それぞれに鍵《かぎ》がかかっていた。見るからに真新しい南京錠がかかっている。ドアは揺れるだけで、開く気配はない。校舎裏に回った。

音楽準備室の小窓に向き合った。

指先に力をこめる。わずかに揺れ、十五年前と同じ感触で開いた。伝統は最後まで引き継がれていたようだ。サッシに手をかけて体をねじ込んだ。

埃臭さが出迎えてくれた。目が慣れるまで、その場に留《とど》まった。シンバル、ギター、ピアノ。そんな楽器の陰影が浮かんできた。取り壊し前に運び出されるのだろう。私は小窓を閉め、廊下へ続くドアに向かった。

音楽準備室を出ると、記憶を頼りに進んだ。すぐに階段にでた。真っ暗なので壁に手をつき、確かめるように足を出していく。音楽準備室がある校舎は第二校舎と呼ばれ、二階で校庭に面する第一校舎と繋《つな》がっている。

何度か躓《つまず》きながら進んだ。階段を上ると、渡り廊下があった。両側がガラス張りになっており、薄闇に染みた光を取り込んでいる。

第一校舎に入ると、二階の一番奥の教室に向かった。

そのドアは開け放たれていた。三年生の時に使っていた教室だ。

取り壊し寸前でも、まだ机も椅子も並んでいる。最後の卒業生によるものだろう。黒板には、寄せ書きが書かれたままだ。赤や黄色のチョークで華やかに書かれている。

私は窓際に向かい、その一番奥の席に座った。硬い感触が懐かしい。机にはシャープペンシルの先で彫られたアイドルの名前などがあった。掃き出し窓を開ける。甘ったるい臭いが急に舞い上がった。籠《こも》った空気が動き出したのだ。

しばらく風を浴びていると、教室に籠っていた臭いが消え、校庭を通り抜けてくる懐かしい風の匂いがした。

私は自分の携帯を取り出し、電源を入れた。画面が光る。電波の状態は問題ない。充電もまだもちそうだ。机の中に入れた。椅子に寄りかかる。

教室が狭く感じられた。体格はあの頃とさほど変わっていない。不思議だった。私は野崎や千春が座っていた席に目をやり、しばらくそのままでいた。

当時のことを五分、十分と思い出していると、急に外が暗くなり、強い雨が降り出した。土と緑の混ざった匂いが窓から入り込んでくる。丸みを帯び、鼻の中で膨らむ匂いだ。久しく嗅《か》いでいなかった気がする。

私は雨音を聞きつつ、アルミサッシを眺めた。不格好な文字がある。

サヨナラにはまだ早い　また会う日まで

野崎が転居する日の朝、千春と三人で一文字ずつシャープペンシルの先で彫った文字だった。

その上に、言葉を否定するように二本の線が引かれていた。まだ線の傷が新しい。周囲の文字や線に比べ、黒ずみ方が緩い。別に構わない。悪戯《いたずら》を受けてもこの文字を彫った過去に変わりはない。

仮にあの時代、今のように携帯電話やSNSがあれば、野崎と連絡を取り続け、死ぬ前に野崎と再会していただろうか。わからない。中学、高校時代の友人はおろか、大学時代の友人とも久しく連絡をとっていないのだ。

私は野崎や千春、その他の友人たちの顔を次々に思い浮かべた。

いま現在繋がっていることだけが、結びつきを表すのだろうか。記憶や思い出の中に共通の出来事や過ごした時間があれば、繋がっていると言えないのだろうか。

それを否定すると、死者とは永久に繋がることはなくなる。私と野崎。私と宮沢。野崎と千春。ハチミツと町田京子。その結びつきはなくなる。

もう一度、彫った文字を目で追った。

また会う日まで。

胸が熱くなった。

窓の外に目をやった。ぼんやり眺め続けた。雨が小降りになっていく。そして、雨がやむと小鳥が囀《さえず》り、黒い雲が流れていった。もう夜がすっかり明けている。鳴きだす蟬の声も増え始めていた。また夏の一日が始まる。

窓を閉め、私は席を立った。来た廊下や階段を戻り、音楽準備室の小窓から這《は》い出た。連中のために出入り口を開けておいてやる必要はない。校門を乗り越え、校舎を振り返った。巨大なゴキブリホイホイだな、と思った。

ここなら誰も巻き込まないですむ。仕掛けに引っ掛かったゴキブリをどう回収するべきか。私は思考を巡らせた。


寺に戻った。蟬の鳴き声が響き、その合間に読経《どきょう》が聞こえている。本堂の縁に腰掛け、ハチミツがスケッチブックに鉛筆を走らせているのが見えた。私は本堂に向かった。ハチミツは目を上げてきたが、すぐにスケッチブックに視線を戻していた。

「早いな。もう起きたのか」

私が声をかけると、ハチミツは手を止め、顔を上げた。

「坊さんがうるさいからな。なんて唱えているかわからないしよ。で、アンタはどこ行ってたんだ？」

「散歩」

私も本堂の縁に腰を下ろした。朝の清涼な風が吹いている。蟬。小鳥。風。葉のざわめき。そういった一日の始まりの音を聞いた。

ハチミツがすっと息を吸った。

「葉っぱが風でたてる音なんて、俺、忘れていた気がする。庭にも木があるのに全然聞こえていなかったんだ」

「思い出せて良かったな」私はスケッチブックに目をやった。「そっちは進んだのか」

ハチミツの顔がぱっと明るくなった。

「描けるんだ。手が震えなかった」

「絵を描け。誰かがハチミツにそう言っているんだよ」

「望むところだ」

ハチミツはスケッチブックに向き直っていた。

私は境内を眺め、ハチミツが鉛筆を走らせる音を聞いた。いつの間にか読経がやんでいる。影が落ちてきた。振り返ると、志木統がハチミツの絵を覗《のぞ》き込んでいる。

「ほう、ガキのくせにうまいじゃねえか」

ありがとよ、とハチミツはにっと笑った。

「お前はまだガキだ。お前の中身は真っ白だ。いい色に染めろよ」

志木統はそのまま本堂を出て行った。それから一時間ほど、私は本堂に寝転んで時間を潰《つぶ》した。朝の陽射しが強くなった頃、ハチミツと寺務所に向かった。志木統が朝食を用意してくれていた。味噌汁《みそしる》に無骨な握り飯。昔と変わらない。

午前七時半、お富おばさんが来た。

「あら凜。久しぶりに顔を見せたと思ったら、二週も続くなんて、明日《あした》は大雪ね。真夏の大雪。うん、なんかいいアイデアね」

店長も同じようなことを言っていたな、と思った。

お富おばさんはハチミツを軽く一瞥《いちべつ》した。「何？　隠し子？」

「なりゆきで、拾ってきたんです」

あら。お富おばさんはかすかに目を見開き、私の隣に腰を下ろしてきた。

「ねえねえ、そういえばほら、この前、野崎君の話をしたじゃない。でもさ、誰も今なにやっているのか全然知らないの」

胸が痛かった。ハチミツの窺《うかが》うような視線を感じる。お富おばさんは続けた。

「野崎君の転校先はわかったんだけどね」

「それは知っていますよ。麻布《あざぶ》の中学校ですよね」

「そうそう。東京タワーに近い中学で、高校は都内有数の進学校だったみたい」

納得できた。勉強しなくても成績は学年トップだった男だ。それも突出していた。五教科合計で四百九十六点以下をとった場面を見たことがない。

急にお富おばさんは顔をしかめた。

「野崎君のお母さんは事故で亡くなったそうよ。まだ詳しく調べてないけど」

野崎の事故とは違うだろう。あのブログにはそんなことは書かれていなかった。

おばさんは歩み去ると、志木統と世間話を始めた。

午前八時を過ぎていた。まだ罠《わな》の回収には早い。それにどう始末するか考えもまとまっていない。

ハチミツが立ちあがった。

「さっきの場所で絵の続きしてくる」

ああ、と私はスケッチブックを抱えたハチミツを見送った。志木統とお富おばさんの話を聞きながら、目を閉じた。やがて志木統がいなくなり、再び寺務所の扉が開いた。

「あれ、またいやがる」

大将の嗄《しわが》れた声だった。私は目を開け、軽く挨拶《あいさつ》した。私の隣に座ってきた。おい、お茶。お富おばさんに声をかけると、大将は声を潜めてきた。

「本堂にいたのは、おめえの隠し子か」

「みんな同じ発想ですね」

「人間の考えることなんて、古今東西、そう変わるもんじゃねえよ」

「面倒みてもらえませんか。あいつ、絡まれることが多いんです。ここには一時避難みたいなもんで」

大将がごま塩頭を掻《か》いた。「なんだかわからねえが、鍛えればいいのか？　まさか、寺まで押し込んできた罰当たりを退治しろってわけじゃないだろ」

「万一、その罰当たりがいた場合は宜《よろ》しくお願いします」

大将が推し量るような目をした。私は続けた。

「自分のことで手一杯になりそうなんです」

「何だか虫のいい話だな」

お富おばさんが私たちの前に冷たい麦茶を入れたコップを四つ置いた。

「あのコ、少し陰があるね」

何だよ陰って、と大将がぶっきらぼうに問い返した。

「陰は陰だよ。あんたみたいな体力馬鹿にはわからない話さ」

昔と変わらない掛け合いの二人を残し、私は二つのコップを手にして寺務所を出た。

ハチミツはスケッチブックに向かっていた。熱中症に気をつけろよ。そう声をかけた私が麦茶を置くと、ハチミツの手が止まった。真っ直ぐな目が向けられてくる。

なあ、とその口が躊躇《ためら》いがちに動いた。

「死んだら人はいなくなるよな。死ぬって、存在が消えてしまうってことだよな」

「肉体的にはな。だが、存在自体が消えるとは言えないだろうな」

私は野崎と宮沢のことを思った。

「なんでだよ？　体もなくなる。だから、声も影もなくなる。匂いもなくなる。その人間が抱えていた思いも夢も希望も全てなくなる」

私はハチミツの目を見据えた。かすかにその芯《しん》が揺れている。

「時は流れる。形あるものは全て崩れる。その人間に宿ったどんなに美しい精神も消えてなくなる。でもな、それは形を変えてどこかに生き残る」

「抽象的な話だな」

「じゃあ、言い換えよう。俺たちは飯を食い、水を飲む。それは体の一部になる。押し出された排泄物《はいせつぶつ》は再び土に返り、食物や水に戻る。結局、物質はある時には植物になり、人間になり、猫になる場合もある。脈々と形を変えて循環しているに過ぎない。だから誰かの一部も、今もどこかに姿を変えて存在している」

そこで区切り、私は付け加えた。

「もう一つ確かなことがある。死んでも、その人を知る人間が生きている限り、消えたとは言えないってことだ。知る人間の記憶に存在しているからな。知る人間が全て消えた時点で存在は消える。だけど痕跡《こんせき》は残り、どこかでその考えは引き継がれているはずだ。川の流れみたいなもんだ。いつも構成する水は違うのに、川は同じように流れているだろ」

　ハチミツの目の揺れが止まった。私は続けた。

「誰かとロープを投げ合い、こちらとむこうを結び付ける。そして、また誰かと同じことをする。この作業の積み重ねで出来る網を繋《つな》がりと呼ぶんじゃないかと俺は思う」

「ロープか。どっちからも簡単に切れそうだな。連絡先を変えちまえばいいんだ」

「連絡先を知っていることが繋がりの全てじゃない。それに、当然、切れるロープもあるさ。それは最初から縁がなかったんだ。縁のある相手なら、何十年使っていなくても朽ちずに繋がり続けているはずだ。連絡先を知らなくても、相手が死んだとしても」

「なんでだよ」

「忘れられないから」

「なんだか綺麗事《きれいごと》に聞こえるな」

「綺麗事をバカにする必要はない。捨て去る必要もない」

　風が吹き抜けていく。ハチミツが目を伏せ、ゆっくりと上げた。

「坊主の息子なら教えてくれよ、神様とか仏様っているのか？　いないよな？　だって俺は祈った。町田を助けて下さいって祈り続けたんだ。でも町田は死んだ」

　蟬の声が響いていた。私は深く息を吸った。

「神様、仏様がいるかどうかは知らない。信じる信じないも勝手だ。それでも、確実なことがある。生きていくのはハチミツだ」

　ハチミツは何も言わなかった。私はスケッチブックを覗《のぞ》き込んだ。町田京子ではない。

仏像が描かれている。

「神仏を信じないわりに、うまいな」

「ああ、信じてない。でもさ、顔を見ていたら何だか、落ち着いたんだ。だから描いてみた。俺が言うのも生意気な話だけど、絵ってのはたった一本の線で印象が違っちまうんだ。我ながら、なかなかいい線を描けていると思う」

「そりゃ仏さんが描かせたんだ。ありがたい顔をしている」

「どこか町田に似ているんだ」

「ハチミツにも似ているよ」

私は麦茶を飲み、腰をあげた。出かけてくる。そう言い残し、寺を出た。

街は目覚めていた。アスファルトの水溜まりが強い陽射しを受けている。むっと湿気が足元から立ち昇っている。

現れた人間の対処方法はまとまらないまま、教室に戻っていた。机の中には携帯電話が置かれたままになっている。午前九時前、プリペイドの方で千春に連絡を入れた。

千春は今日も三コールで出てくれた。生存確認の挨拶や状況を話した。

「凜もハチミツと竜台寺にいるの？」

「ああ。でも今は三中だ」

「三中？　なんでまた」

「物事には表と裏がある。そんな一乗相即の教えを、携帯で実証しようと思ってな」

「どういう意味？　もしかして、携帯で誘《おび》き寄せたの？」

その時、視界の端に異変があった。校門前に乗用車が停車している。千春が続けて何かを言いかけたが、私は電話を手早く切った。

車から三人の若い男が降りてきた。風貌《ふうぼう》は昨晩、六本木でハチミツに絡んでいた連中と変わらない。明らかに廃校に用がある種類の人間ではない。まず一人が校門を乗り越えた。続いて二人目、三人目と校庭に入ってきた。

誘き寄せることには成功した。どうする？　唇をきつく結び、私は腹を固めた。ここまで来たら、考えても仕方がない。なりゆきに任せるだけだ。

携帯電話で位置確認していたとしても、正確な場所まではわからないはずだ。三人は個別で探索するのか、それとも塊でくるのか。今のところ、三人は周囲に視線を散らしている。その中の一人が体育館の扉に手をかけると、鈍い音が聞こえてきた。

……扉が開いている。確かめていなかった。ここから見る限り、体育館の鍵《かぎ》はかかっていなかった。取り壊し作業にあたり、中身の運び出しでもあったのかもしれない。私は思考を切り替えた。現実として三人組は体育館に入った。いま考えるべきことは彼らを使い、大男たちに辿りつくことだ。

校舎の構造を思い返した。体育館からは校舎に繋がる狭い廊下がある。一度に三人を相手にする以上、かえってあの狭さは最適かもしれない。私は席を立った。

足音を殺し、廊下を歩いた。一階と二階を繋ぐ踊り場に下りた時だった。

音もなく、背後に気配が落ちてきた。

振り返ると私より頭一つ分、背の高い男がいた。

こめかみに強い打撃がきた。視界が揺れる。もう一撃きた。私は膝《ひざ》から力が抜け、目の前が暗闇に包まれるのを感じた。

14

水を浴びせられた。意識が遠くから戻ってくる。鈍い痛みを側頭部に感じた。

目を開けた。視界が滲《にじ》み、よく見えない。薄暗く、籠《こも》った空気だ。埃《ほこり》臭さに板張り独特のくすんだニオイも混ざっている。風は感じない。……視界が戻ってきた。コーティングされた木製の床が足元にあった。白や赤で線が入っている。意識の曇りが徐々に晴れてきた。頭上には鉄骨組がむき出しの高い天井があり、校歌が彫られたレリーフが正面に掲げられている。そして、演台の両脇にはベルベットの緞帳《どんちょう》。

体育館だ。

意識が完全に醒《さ》めた。パイプ椅子に座らされていた。手足が動かない。両手が背もたれの背後に回され、手首を縛られている。足首も椅子の脚に括《くく》りつけられていた。手首を動かしても、ざらついた感触が食い込んでくるだけで、緩む気配はない。

背後から太い足音がきた。私は顎を引いた。

回り込んできたのは、大男だった。彫りは深いのに細い目が冷ややかに光っている。そこからは何の感情も読み取れない。年齢はさほど私と変わらなそうだが、顔中に細かな傷がつき、右頬にはひときわ大きな傷痕《きずあと》がある。それがこれまで歩んだ時間の違いを物語っていた。

目が合った。

拳《こぶし》がきた。

きいた。座っていなければ、その場で崩れ落ちただろう。もう一撃きた。頭の奥で骨が軋《きし》み、何かが砕ける音が混ざった。……私は足元に唾《つば》を吐いた。折れた奥歯も吐き出した。揺れる視界の中、頭を細かく左右に振った。意識の濁りをかき消すためだ。口の中に血の錆《さび》臭さが広がっていく。

大男の背後には金属バットを持った若い男が三人いた。こっちは手足が動かない。向こうが殺すつもりなら、もう殺されているはずだ。連中には何か目的がある。それを達成するまでは殺されることはない。私はそう自分に言い聞かせ、荒くなりそうな呼吸を抑えつけた。

大男が細い目をさらに細めた。

「小汚い場所だが、ひと目につかない点は評価できる。泣き叫ぼうが簡単に外に漏れない。おびき出すにはいい場所だ」

「それはどうも」

「へえ、驚かないんだな。大抵の奴は俺が流暢《りゅうちょう》に日本語を話すと驚くもんだ。この黒い肌で判断してな」

「別に、肌の色で話す言葉が決まるわけじゃない。だいたいアンタがどんな言葉で話そうが、俺が置かれている状況に変わりもない。発信機をつけ、大型トラックで襲ったのもアンタらだろ」

「見事な逃げ足だったな」

「クズ野郎が」

蹴《け》りがきた。腹に食らった。体が浮き上がり、後頭部に強い衝撃がきた。椅子ごと私は倒れていた。

起こせ。大男の声が響く。両脇に手をあてられ、私は起こされた。

「資料はどこだ」

「何のことだ」

大男の腕がきた。喉《のど》を握られた。息が詰まる。体の底が煮えるように熱い。汗が全身から滲み出てきた。激しい尿意と痛みも下腹部に込み上げてくる。全身の毛穴が開いた。全身の血が逃げ場を求め、その毛穴から噴出していくようだった。涙が滲む。視界が狭まっていく。意識をしっかり持て。自分に呼びかける。だが、その呼びかけすらも遠ざかっていく。

喉から手が外れた。その途端、私は貪《むさぼ》るように空気を吸っていた。

「オマエが宮沢って小悪党と繋《つな》がっているのはわかっている。高校の同級生なんだろ。宮沢のパソコンにはデータを印刷した形跡があったらしい」

パソコンにはパスワードが必要なはずだが、宮沢と対等に渡り合う人間だ。その解読くらい簡単なのだろう。その作業をしたのはこの大男ではないらしいが、隠そうともせずに宮沢の名が出たことに、軽い身震いを覚えた。……その意味は明らかだ。私は軽く首を振った。

「受け取る予定だったが、その場所にはなかった」

出任せだった。本当のことを言っても、寺に踏み込まれるだけだ。このまま惚《とぼ》け続けるしかない。

「はい、そうですか、で終わると思ってないよな？」

「身に覚えのないことを答えられるわけない」

「そうか」

大男が顎《あご》を振った。

「手足を解《ほど》け」

でも、と金属バットを持った一人が口にした。やれ。大男は彼らに一瞥《いちべつ》もくれず、指示を出した。

私は手足を解かれたが、抵抗する間もなく大男に右腕を背中に捻《ひね》りあげられた。

歩け。背後から大男の低い声がし、腕ごと背中を押された。私は体が浮き上がり、つま先だけで歩いた。

第一校舎へ繋がる廊下ではなく、そのまま校庭を歩かされた。校舎裏に回る。行き場所の見当がついた。私は脈が激しく波打つのを感じた。

プールへの入り口は昔と変わらず金網戸だった。錆が浮いているが、無骨な南京錠がしっかりかけられている。校舎の玄関のものと古さが違う。

やれ、と大男が言う。若い男が三人、金網戸の前に立った。金属バットが次々に振り下ろされていく。荒い金属の軋みが響くが、なかなか南京錠は外れなかった。

「こいつを見ておけ」

大男は一人から金属バットを奪い取った。

腕は自由になったが、痺《しび》れで感覚が消え、動かせなかった。すぐに男二人に挟まれた。下手な動きをみせれば、大男の一撃を食らう距離でもある。様子を見るしかない。

大男が片手でバットを振り下ろした。

金網が崩れ落ちた。南京錠ごと金網戸が引き千切れている。私は再び大男に腕を背中に捻り上げられた。

プールの深さの分、高くなった階段をのぼった。十三段。嫌な段数だった。水が入っていないことを期待したが、無駄だった。濁った水が張られたままになっている。

私はプールサイドに正座させられた。周りには埃が溜《た》まり、空き缶やペットボトルが転がっている。タバコの吸殻もある。右腕は背中に回されたままで、大男が力を緩める気配はない。

「もう一度、聞く。資料はどこだ」

大男が私の後頭部に手を置いてきた。濁った水面と向きあった。プールの底は濁って見えない。落ち葉や虫の死骸《しがい》、どこからか飛んできたビニール袋も浮いている。

「知らないものは知らない」

後頭部を強く押された。

首から上が水に浸《つ》かった。しばらく堪《こら》えた。やがて口から息が漏れた。顔を上げようとするが、後頭部への強い力でできない。体ごと飛び込むにも腕を摑《つか》まれており、できなかった。胸が燃えるように熱く、爆発しそうに痛い。……視界が狭まる。息がもたない。思わず口を開けた。その拍子に気管に水が流れ込んでくる。水面を両手で叩きつけた。体から力が抜けていきそうになる。

不意に水面から顔を上げられた。咳《せ》き込み、弾《はじ》けるように私は息を吸い込んだ。

「どうだ、思い出したか」

大男の声は冷静なままだった。こういった拷問に慣れている。私は咳き込みつつも体中の細胞に酸素を取り込み、そう読み取った。

また顔を水に押し込まれた。口と鼻から空気が抜ける。胸が万力で押し潰《つぶ》されるように痛む。焼けるように喉が熱い。すぐに限界はやってきた。今度は水面を叩く余力すらなかった。目の前が白く濁り、体が強張《こわば》っていく。頭の中がぼやけ、痛みや苦しみが遠ざかっていく。意識が消える。そう思った直後だった。首根を掴まれ、顔を上げられた。急に肺の軋《きし》みが蘇《よみがえ》り、頭の奥や心臓に強い痛みが戻った。餓えた肺を酸素で宥《なだ》めようとした。横隔膜が引き攣《つ》っている。咳き込むことすらできず、私は喘息《ぜんそく》患者のように背中や肩を震わせ、呼吸を繰り返した。

「よく考えろ。ここで死にたいのか」

私は黙した。話したところで、殺されることに変わりは無い。渡したとしても、連中は私の頭の中にある資料まで奪うことは出来ない。

大男が鼻で笑った。

「黙っていれば、周りは助かると思っているのかもしれないが、オマエの周辺もとっくに洗っている。オマエと同じ苦しみを味わう人間が増えるだけだ」

単純な脅しには聞こえなかった。宮沢は死んでいる。私はふらつく体を正常に戻すため、必死で酸素を取り込んだ。頭を回転させようとする。うまく動かない。頭と体の芯が痺れている。それでも一つ確かなことが脳内を巡っていた。

切り抜けなければならない。このまま白を切り続けても、ここに誰かが来ることはない。助けを待っても無駄だ。そもそも誰も巻き込まないため、選んだ場所なのだ。どうすればいい。無計画に相手を呼び出した数時間前の自分を呪いたくなるが、自力で何とかするしかない。せめて竹刀が一本でもあれば、何とかなるかもしれないが。

竹刀……。意識の濁りが消えた。ひとつ、ぐっと奥歯を噛み締めた。

荒い呼吸を止め、一秒、二秒と過ぎた。奥歯を緩め、なるべく観念したように見えるよう、肩を落としてみせた。

「受け取った資料は、この学校の校庭に埋めた。携帯の電源を入れる前にね」

「だったら、なぜ俺たちをここに誘《おび》き出した」

「アンタらに捕らえられる計算はしていなかったんだよ」

「その埋めた場所はどこだ」

「言えばそれまでだろ」

大男は鼻で笑うだけだった。否定はない。私は唾《つば》を飲み込んだ。生臭い水の味がし、鉛の塊が体内を転がる重さを感じた。

「口で伝えるより、やった方が早い」

沈黙がきた。重い緊張が圧《お》し掛かってきた。耳元で脈動が激しく唸《うな》っている。

大男の手が離れた。

「妙な真似をすれば、その瞬間に終わりだ」

「アンタらは黙って見ていればいいさ」

膝《ひざ》に手をつき、私は立ち上がった。ふらついたが、体の芯に力を込めて耐えた。

校庭に出た。桜並木沿いを歩く。淡い記憶を手繰る。確か三本目だった。

「掘り返した跡がないな」

「朝方に雨が降ったからだろう」

大男に言い返しながら、運があると思った。早朝の雨のせいだろう。根本には水溜りが所々に生まれている。

落ちていた長い木の枝を土に突き立てた。柔らかい感触だった。

 枝を振るたびに汗が頬から顎に伝い、地面に落ちた。作業の間、私は耳を澄ませ、背後の様子を窺《うかが》い続けた。大男だけではない。金属バットを持つ男たちが控えている。連中に気取られてはならない。私はなるべく広い範囲を掘った。

「なぜそんなに広く掘り返すんだ？　埋めたのは自分だろ」

大男が言い、私は顔を上げた。

「何度も違う場所を掘り返すのは面倒だ。それに雨で掘り返した跡が消えていたから、自分でも埋めた場所を確信できないんだよ」

返事はなかった。私は土に向き直った。

無言で作業を続けた。首筋がじりじりと焼ける音まで聞こえてきそうだった。棒を刺し、土を掘る。その作業をくり返していく。やがて枝の先が何かに当たった。かすかにビニールが軋む音がし、私は手を止めずに背後をそっと一瞥《いちべつ》した。

……気づいた様子はない。気づかれるわけにはいかない。自然と指先に力が入った。

これまで同様、速すぎず、遅すぎず、注意を引かないよう作業を続けた。一つ気になることがあったが、今は考えている場合ではない。音のない呼吸で、息を整えた。

一気に屈《かが》みこんだ。手に懐かしい感触だった。私は抜き取るなり、間合いをとるために駆け出し、振り返ると、ビニールにくるまれた木刀を構えた。

大男は肩をすくめていた。

走り寄ってきた金属バットの三人が、それを構えた。私は剣先を真ん中の男の喉下に据えた。

まず右がきた。体が反射的に動いた。男が呻き声をあげ、背中から倒れていく。私は男の額を打ち、続けて胸元を強く突いていた。左から金属バットがきた。腰を据え、木刀で受け止める。そのまま突っ込み、柄《つか》で鳩尾《みぞおち》を思い切り打ちつけた。男がよろけた瞬間、肩を打ち据えた。骨を砕いた感触があった。さらに腰を強打すると、男は膝から崩れた。最後の一人が突っ込んでくる。見極め、地面を蹴《け》った。すれ違い、振り返ると、男は仰向けに倒れていた。脳天への面が効いたようだ。私は目をやった。

大男が目を細めた。反応はそれだけだった。

木刀を構えた。大男は身構える気配もない。

じりじりと近づいた。

飛び込んだ。大男は軽やかに背後によけた。私はさらに木刀を鳩尾に向け、地面を蹴った。滑らかに大男の腕が動く。

軽い感触が走った。

折れた木刀の先が大男の背後に飛んでいく。私は木刀を捨てた。足元には金属バットが転がっているが、拾う間に飛び込まれれば、命に関わる。

大男の唇の端を笑みがかすめ、消えた。

「なかなかだが、戦場じゃあ生き残れないな」

「あんた、兵隊崩れか」

「崩れているのは、生まれつきだよ」

「人を殺したことがあるのか」

さてね、大男は不敵に笑った。

「キングコブラは握ったことがあるぞ。お前のモデルガンはグリップが甘い。もう少し削る必要があるな」

お前の？　妙だった。まだ一般販売されていない。試作品の段階だ。情報が漏れたとしても、実物が漏れるわけがない。まだお富おばさんにしか渡していない。なぜだ。

一瞬だった。

目の前に影がきた。大男の腕だった。気を取られていた分、私は反応が遅れた。胸倉を摑《つか》まれ、首を絞められた。手足を振って足搔《あが》くが、大男の力は強まっていく。体を振ろうとするが、微塵《みじん》も動かない。……意識が白濁し、遠くなっていく。と、鈍い呻き声が遠くから聞こえた。首に絡んでいる大男の手が緩んだ。刹那、私は目を見開き、力任せに振りほどいた。数歩、後ずさる。

目を疑った。

大男の足元にハチミツがいた。大男の太腿《ふともも》にナイフを突き立てている。見覚えのあるナイフだった。鉛筆を削るために持ってきたナイフだ。

「逃げろッ」

私は叫んだ。

ハチミツの体が吹っ飛んだ。

大男がハチミツに迫っていく。私はその足に飛びついた。顔面に蹴りを食らい、背中から転がった。それでもすぐに肘《ひじ》で体を押し上げ、上半身を起こした。

鈍い音がした。

ハチミツの悲鳴が続いた。

大男がハチミツの右腕を踏みつけていた。大男の足がさらにハチミツに放たれ、ハチミツの悲鳴が再びあがった。

私は校庭の砂を握り締めていた。……ハチミツの右肘が逆に曲がっている。

こめかみがひくつくのを感じた。体内で血が喚《わめ》き立てている。その一方、かえって冷静になる自分もいた。

このまま飛び込んでも共倒れになる。ハチミツと逃げ切る方法はないのか。束の間考えた。

駆け出した。全身に痛みが走るが、嚙《か》み潰した。背後に足音が迫ってくる。あの時は二人だったが、一人でもやってみるしかない。振り返った。大男だ。足を緩めた。足音が迫ってくる。緊張感が高まっていく。……まだだ。もう少し。心音が耳音で破裂しそうだった。振り返る。あと十歩で追いつかれる。あと八歩、五歩、三歩。跳んだ。サッカーゴールのクロスバーを両手で摑み、体重を目一杯にかけた。そのまま足を大きく振って反動をつけ、大男の指先が私の脇腹に触れる中、大きく飛んだ。

再び駆け出し、振り返った。

大男は倒れたゴールのネットに引っ掛かってもがいている。

「ハチミツ、こっちに来いッ」

顔を歪《ゆが》ませたハチミツは垂れ下がった右腕を左手で支え、駆け出してきた。私は大男の様子を確認した。もがいている。他の三人は校庭に転がったままだ。

ハチミツがきた。そのまま進め、と私は言った。

何度も振り返りながら走り、校舎裏に回りこんだ。腕に響くのか、ハチミツは何度も立ち止まりそうになった。行け、と励ました。

膝《ひざ》をかし、ハチミツに何とか塀を乗り越えさせた。振り返る。大男が追ってくる姿はない。塀に飛びつき、私も乗り越えた。

雑木林を走った。枯葉や枯れ枝を踏み締める音が散った。途中、ハチミツはバランスを崩し、下草に足をとられて転がった。引き攣《つ》るように声を発しなかった。私は身を硬くした。叫び声が出ないほどの痛みなのだ……。抱き起こし、先を急いだ。

大通りまで出ると、私は膝に手を突いて呼吸を整えた。ここなら他人の目がある。襲ってくることはないだろう。

ハチミツの息が荒い。目も虚《うつ》ろだ。垂れ下がった腕は表面が青紫に変色し、腫《は》れ上がっている。絵はたった一本の線で印象が変わる。ハチミツの一言が脳裏をよぎった。治療したとしても、この腕で同じ線が描けるのか……。

私は携帯を取り出し、救急車を呼ぼうとした。

待てよッ。鋭いハチミツの声が私を止めた。

「ここで救急車なんて呼ぶな。どうしてこんなになったか説明しなきゃいけない」

「説明すればいい」

「駄目だ。それじゃ、町田の敵は討てない。アンタと俺でやるんだ。警察にも言うな」

一歩も引かない。そんなハチミツの覚悟を感じた。迷った。ハチミツの腕の状態を考えれば、一刻も早く治療をさせた方がいい。

「俺は勝手に寺の屋根に上って落ちたんだ。救急車を呼ぶなら、寺に帰ってからだ」

議論する時間はない。わかった。私はそう言った。

できるだけ速く歩き続けた。ハチミツの荒い息が散っていた。明らかに苦痛を噛《か》み殺しているとわかる。足元もふらつき、視線も定まっていない。私はハチミツの意識を保つため、話しかけることにした。

「どうして三中に来たんだ」

ハチミツの視線がきた。少しあり、その目の揺れが止まった。

「散歩にしては、あんたはやけに硬い顔をしていた。ちょうど、あの姉さんから寺に電話もあった。俺が電話をかわって、アンタが散歩にいきそうな場所を聞いたんだ」

「危険だと思わなかったのか」

「アンタこそ、六本木の時に危険を感じなかったのかよ」

「感じなかったな」

「同じさ。やるべきだと思った。だからやっただけだ。理屈でしか物事を考えられないのは、心が貧しい証拠だろ」

胸を強く衝《つ》かれた。ハチミツは肩で荒い呼吸をくり返しつつも、真っ直ぐな瞳《ひとみ》で笑っていた。

「しかし、よくサッカーゴールに閉じ込めるなんて思いついたな」

「中一の頃、友達が上級生に囲まれていたことがあったんだ。ハチミツに調べてもらった野崎だ。野崎はサッカーがうまくてな。その腹いせだった。誰も助けようとしなかったんだが、俺は何も考えずに飛び込んでいた。俺達は上級生をさっきみたいにサッカーゴールに誘い込んで動きを封じたんだ。結局、二人とも怪我したけどな」

「いつの時代も馬鹿はいるんだな」

「馬鹿は治らなくても、怪我はいずれ治る」

歩き続けた。一時間近く歩いた気分だった。寺が見えた途端、ハチミツがへたりこんだ。すぐに救急車を呼んだ。電話を切ると、ハチミツが血走った目を向けてきた。

「アンタは来るな。その顔だ。面倒くさいことになる。アンタはアンタのやるべきことをやってくれ。俺が怪我した意味がなくなる。絶対、警察にも言うなよ」

反論を許さない口調だった。

「待ってろ」

境内では大将が樹木に鋏《はさみ》を入れていた。私は駆け寄り、声をかけた。

「大将、救急車に同乗して下さい」

「なんだ、藪《やぶ》から棒に」

大将は素早く視線を散らし、眉《まゆ》をひそめた。

「あの小僧の腕、折れてんじゃねえか？　おい、凛もひでえ顔じゃねえか」

「ハチミツは寺の屋根にのぼり、落ちただけです。俺は自転車で転んだだけですよ」

にらみ合う格好になった。

「凛はどうするんだ？」

「とりあえず大型のスコップを貸して下さい」

「それは構わねえが、凛をそこまで痛めつけられるヤツがいるのか」

「何度も言わせないで下さい。自転車ですよ」

「傷を見りゃわかる。そいつは警察の出番だよ。意地を張るな」

「大将、意地を通し抜いたことはありませんか」

通報しても、大男が尻尾《しっぽ》を摑《つか》まれるとは思えない。無駄な時間を費やされるだけだ。

その前にやることがある。ハチミツの思いもある。通報の優先順位は低い。

大将が口元を歪めた。「痛《いて》えところ、突いてくんな」

鍬を置いて、大将が駆け出した。境内に止まる軽トラックの荷台から大型のスコップを手にし、戻ってきた。

「こいつで相手をすんのか」

「確かめたいことがあるだけです」

「まあいい。小僧を病院に連れていきゃいいんだな」

「医者にこっそり聞いて下さい。元通りに絵を描けるようになるか」

大将は深く頷《うなず》き、ハチミツに歩み寄っていった。

十分後、救急車が来た。ハチミツは担架に乗せられ、車内に消えた。寺務所から出てきた志木統は硬い顔をし、お富おばさんは何があったのよ、と騒いでいる。

私は救急車を見送るとレンタカーのドアをあけた。籠《こも》った熱気を逃がすため、ドアを開けたまま、エンジンをかける。プリペイド携帯で千春にかけた。千春はワンコールで出た。

「千春、ハチミツが腕を折られた」

「え？」

お互い黙った。少しあり、それって、と千春が言った。

「元通りに絵は描けるの」

「わからない。大将に病院に連れていってもらっている」

電話越しに互いの空気が収縮する感覚があった。私は携帯を握り締めた。

「タイムカプセル、覚えているよな」

「三中の校庭に埋めたやつのこと？」

「ああ。俺が木刀を埋めたのは覚えているか」

「そりゃ、目立っていたからね」

「木刀の上に野崎がユニホームを置いていたよな」

「そうね」

私の記憶でもそうだ。野崎がこだわった十番のユニホームだ。それがなかった。化学繊維が十五年で融解するとは思えない。少なくとも痕跡《こんせき》はあるはずだ。他にもいくつか気になる点がある。

「タイムカプセルに何かあったの」

「いや。ちょっと気になってな」

電話を切ると、番号案内で調べ、教育委員会に電話を入れた。警備員が出た。お盆ですからね、職員の方は誰もいませんよ。ぶっきらぼうに言われた。

私は寺務所に駆け込み、お富おばさんに尋ねた。

「教育委員会の知り合いはいませんか」

「そりゃいるけど。そんなことより、何があったの？　あんたも酷《ひど》い顔じゃない」

「今度、機会があれば話します。そんなことより、早く教えてください」

お富おばさんは眉を顰《ひそ》めたが、その場でかけてくれた。ああどうも富沢《とみさわ》です、休み中にすいませんね。ええ、志木統住職の息子がちょっと話を伺いたいと。すいません、ありがとうございます。お富おばさんが携帯を差し出してきた。私は耳にあてた。年配の男の声だった。休み中なのに電話を入れた非礼を詫《わ》び、切り出した。

「三中の卒業生なのですが、

「ええ、危険ですからね。侵入者がいるという通報も何度かありましたし」

「タイムカプセルはもう掘り起こしたのですか」

「何のことですか」

「十五年前の卒業生が埋めたタイムカプセルで、今年掘り返す予定のものです」

「今年？　そんな予定ありませんよ。あれば卒業生に通達を出すよう学校側から申し送りがあったはずです。申し送りがあれば、夏前にもう手配していますよ」

つまり……。

「記録にない、ということですか」

「まあ、そういうことになりますね。しかし、本当にあるのですか」

「間違いなく。記録はどのように管理されているのですか」

「だいぶ前に一元的に電子化しました。電子化する際に何度も書類の見落としがないよう確認しておりますので、漏れは絶対にないはずです」

「ところで、校舎の鍵《かぎ》は体育館を含めて閉めていますよね」

「もちろん。念を入れて南京錠もかけてあります。校舎中の窓の鍵も閉めました。音楽準備室の鍵も閉めるよう、当時の校長からも指摘を受けていますし。先ほども申し上げた通り、侵入者もいるものですから。校舎内にはまだ備品も多くありますしね」

私は改めて礼を言うと電話を切った。教育委員会が嘘を言う理由はない。私は携帯電話をおばさんに返した。

「凜、何を調べているの？」

「さあ。まだ何が出てくるのかわかりません」

寺務所を出た。エンジンをかけたままの車に乗り込んだ。運転中、あちこちに視線を飛ばした。それらしき人影はなかった。

校門前にも車はなかった。中の様子を窺《うかが》う。大男や三人組の姿はない。倒れたサッカーゴールがその痕跡を留《とど》めているだけだ。通報を恐れ、大男たちは退散している。予想通りだった。私はスコップを担いで、鉄門を乗り越えた。

掘り返した土も乾いていた。改めてスコップを入れた。汗が地面に落ちた。スコップの感触は軽く、すぐに掘り返せた。念のため、周辺も掘った。

どこにもユニホームはなかった。

セミが鳴いている。

汗をぬぐい、私はタイムカプセルを取り出した。大きな段ボール箱ほどだった。それを抱え、無理矢理に校門を乗り越えた。

寺に戻ると、何年ぶりかに自分の部屋に入った。壁のロックバンドのポスターはそのままだが、綺麗《きれい》に掃除されている。本棚から中学の卒業アルバムを引っ張り出した。タイムカプセルに目を落とす。鍵は開いている。鍵は教師が閉めていたはずだ。はやる気持ちを抑え、蓋《ふた》を開けた。次々に手紙や各自の思い出の品を取り出した。アルバムの名前と照らし合わせつつ、一人ひとりを選《よ》り分けていく。

その作業を終えると、私は壁に寄りかかった。

野崎の分だけがなかった。

アルバム撮影時、野崎はまだ三中にいた。だが、このアルバムを手にすることなく、引っ越していった。私は野崎のいるアルバムを閉じ、空のタイムカプセルを眺めた。

腹の底に重いものを感じ、唇を嚙《か》み締めた。

15

いきなりドアが開いた。

「電話、電話。携帯に繫《つな》がらないって。大将が大騒ぎしているよ」

お富おばさんだった。私は部屋を出ると、寺務所の電話から大将に連絡を入れた。

大将は間髪を容れずに言った。

「今、手術中だ。骨が粉々に砕けているらしい。医者が言うには腱《けん》も筋肉も断裂しちまっているそうだがうまくいけば日常生活には支障ないらしい」

うまくいけば……。

「絵は？　元通りに絵は描けるようになるんですか」

間があいた。ぐぅっと受話器を耳に押しつけ、返答を待った。

「そいつは無理だそうだ。感覚がまるで違っちまうらしい」

胃が沈んでいくようだった。私は目を閉じた。

なあ、と大将が続ける。「あのガキの実家の連絡先はわかるか」

「いま、二人ともパリに行っているそうです」

「そうか。未成年だから、親に連絡しないといけないと思ってな」

空白が横たわってきた。この場の私にできることはない。私は目を開けるとハチミツのことを頼み、電話を切った。

そのまま千春に電話を入れた。千春はすぐに出た。

「会った時に話そうと思っていたんだが、野崎が死んでいた。ハチミツが野崎の名前を検索したら、そう書かれたブログがあったんだ。事故死だったらしい」

絶句の気配があった。

「千春、事故死までの野崎のことを調べてくれないか。お富おばさんと協力して」

「どういうこと？」

タイムカプセルの件を告げた。なぜ、タイムカプセルの記録がなかったのか。市教委が見落とした、あるいは、そもそも三中の職員が記録を残していなかった可能性はある。しかし、その可能性は低いだろう。

「それと今回の件と関係があるの」

「わからない」

私は、野崎が死んだと書かれたブログを思い返していた。

「凜はこれからどうするつもり？」

「こっちはこっちで手繰りたい糸がある」

電話を切り、寺務所を出ると、レンタカーに乗り込んだ。発車寸前、志木統が窓を叩《たた》いてきた。私が窓を開けるなりだった。

「自分の顔が化け物みたいだってことは忘れるなよ」

私は思わず苦笑いした。

「妙な激励だな。でも、この顔も色々と役立つかもしれない」

「持って行け。アメリカから取り寄せたもんだ」

警棒のようなものが投げ込まれ、慌てて私は膝《ひざ》で受け止めた。

志木統が頷いた。

「スタンガンだ。寺に入る不届き者用だが、今はオマエの方が必要だろう。日本では強力すぎて、市販されていない代物だ。相手に数秒あてれば、気絶させられる」

「坊主が持つには物騒すぎないか」

「坊主もかつて槍《やり》や刀を持って戦ったんだよ。オマエにもその血が流れている」

「この物騒なものを使わないことを祈っていてくれ」

私は窓を開けたまま、アクセルを踏んだ。すぐに志木統の姿が見えなくなった。

高速に乗った。大型トラックが真横を通過するたび、全身に力が入ったが、体当たりしてくる車両はなかった。

西新宿は今日も空《す》いていた。もうすぐお盆休みも終わる。明後日には人で溢《あふ》れる街に戻る。しかし今はそんな気配はない。

ビルの地下駐車場に入った。車は五本の指で数えられるほどだった。蒸していた。エアコンが切られているのだ。だがエレベーターは動いていた。

私は十七階の倉庫に入った。

キングコブラの試作品を数えた。社員なら誰でも持ち出せるが、私以外に持ち出した人間はいないはずだ。持ち出すのなら、担当者に了解を得る仕組みになっている。それが流出を防ぐ社の方針だ。それなのに一箱減っていた。

私は一人の顔を思い描いていた。その時、不意に背後で足音がし、緊張が走った。

「ずいぶん人気なのね、それ」

張りつめていたものが抜けた。清掃のおばちゃんだ。彼女はお盆休みも土日も関係なく、掃除している。先週、知ったことだ。私は振り返った。

「俺のほかにも誰か持ち出していたんですか」

「あの陰険そうな人。人事部のほら、あの人よ。先週、今光さんが出て行った後、一箱持っていっていたの」

おばちゃんが顔を歪めた。

「それにしても、どうしたの？　ひどい顔じゃない」

「残念ながら、元々ひどい顔ですよ」

箱を手にし、おばちゃんと別れた。

ロッカーに向かい、休み前に置いたジャケットを手にとった。車に戻ると、スタンガンを腰に差してジャケットを羽織り、それを覆い隠した。途端に体の芯《しん》が硬直し、自分が綱渡りしていることを痛感した。

千春がいることが心強かった。この一週間、千春の存在は私を支えてくれた。そう思った時だった。

体が重くなった。

この一週間……。

三中のタイムカプセルの異変、三人で彫ったサッシの言葉を打ち消す線。いずれも千春ならできる。姿を見せたのも一週間前だ。私が狙われはじめた時期と符合する。フローラ社からメールが届いたのも、千春にアドレスを教えて数日後。また、千春の存在をフローラ社側も確認しているはずだ。千春は携帯の電源を切っていない。なのに、私やハチミツのようにトラブルに巻き込まれる気配もない。それが意味することは……。

いや。新宿駅では間一髪だった。あの時も傍らに千春がいた。吉祥寺駅でも軽い群衆雪崩に巻き込まれている。ここまで関わってくれるのも、見殺しにした女性への贖罪《しょくざい》や、乗りかかった船という意味があるはずだ。

エンジンをかけた。馬鹿らしい。千春がフローラ社に肩入れする理由もない。単刀直入にぶつけ、一笑にふされて、つまらない考えを吹き飛ばしてしまえばいい。

私は携帯を取り出した。

見つめた。つぅっと神経が冷えた。怖くて電話できない。そんなことは生まれて初めてだった。目を見開き、折れそうになる背中に力を込めた。

しかし、指が動かなかった。どうしてもボタンが押せなかった。

私は携帯を助手席に置いた。ハンドブレーキを落とし、アクセルを踏んだ。千春のことを無理矢理に頭から追い払った。

大塚の自宅に戻ると、年賀状の束を棚から引っ張りだし、その中から一枚を抜き取った。それを持ち、レンタカーに乗り込むと、電話が震えた。見覚えのない番号からだった。誰だ？　……腹を固め、耳に当てた。

「今光さん」

かすれるような蟻の巣のマスターの声だった。

「どうしましたか」

「今光さんの番号は宮沢さんから聞いていました。例の封筒を渡すためです。今光さんが店に来ない時に備えて、宮沢さんが私への手紙に記してくれていたので」

私の番号を知る理由など、用件の後に付け加えればいい。なぜ、すぐに用件を言わないのか。……私は携帯を強く握った。マスターは何かを言い淀んでいる。

電話の向こうで消防車のサイレンの音がした。嫌な予感がした。

「店が燃えてしまいました。申し訳ありません」

電話が向こうから切れた。私はアクセルを蹴り込んでいた。

春日通りを進み、池袋に近づくと、目の辺りが引き攣《つ》るのを感じた。見慣れた専門学校の裏手から煙が上がっている。

かなり手前から通行止めになっていた。警察車両や消防車が道路を占領している。投げ出すように路上駐車し、駆け出した。煙の臭いが次第に強くなる。私は黒煙が立ち昇る方向を目指した。野次馬の数が増えていく。

消防の規制線まで駆け込むと、私は立ち竦《すく》んだ。

蟻の巣があるビルが炎に包まれていた。真っ赤な炎が唸《うな》りをあげて立ち昇り、顔にその熱が降りかかってくる。視線を振った。

消防が放水を続け、警察が野次馬を制御している。辺りには黒煙が満ち、無線の応酬が響き渡る中、怒号とざわめきが立ち込めていた。野次馬の足元にはコンクリートやガラスの破片に混ざり、ＣＤやレコードの残骸が転がっている。

視線が吸い寄せられた。マスターの後姿があった。私は駆け寄った。

マスター、と声をかけた。

こちらを向いた。

マスターは泣いていた。

「宮沢さんが好きだった場所が無くなってしまいました。宮沢さんの好きだったレコードが燃えてしまいました。これでは宮沢さんに顔向けできません」

息が詰まった。だからマスターは私に電話を入れてきたのだ。しかしなぜ、こんな時間に出火したのか。

下がってッ。強い剣幕の声が聞こえた。少し離れた場所で五人組の若者が警察に押し戻されていた。意識が尖《とが》り、私は前後左右を見回した。

多くの若者がいた。池袋という土地柄、珍しいことではない。しかし、その手にゴミ袋を持つ若者が多かった。

炎が割れた蟻の巣の窓から溢れ出てきた。

ざまあみろ、天罰だッ。

先ほど押し返された若者の一人が叫んだ。

天罰？　……引っかかった。マスターをその場に残し、私は彼らに近づき、その一人に声をかけてみた。すると、若者の一人は鼻で笑った。

「あの店、五歳の女の子を食中毒で殺したんですよ。燃えて当然ですよね」

蟻の巣に五歳の女の子が来るわけがない。

「どこでそんな話を？」

「SNSで。友達から、誰かがそんな店にゴミを投げ込もうって提案をしているって教えてくれたんで、俺たちもやろうって来たんですけど、ひと足遅くて残念ですよ」

SNS……。

「そのSNS、フローラ社のですか」

「なんだ、あなたも見たんですか、あの店ですよ」

若者は嬉々《きき》としていた。

「ご神託ですか」

「あれ？　見たわけじゃないんですか。違いますよ。ただの誰かの呼びかけです。でも結構、拡散していると思いますよ」

六本木でハチミツに絡んでいた三人組を思い出した。何も確かめず、誰かの話を鵜呑《うの》みしてしまう人々がここにもいる。体が強張った。しかも、そこにフローラポイントは関係なく、誰かの悪意によって誰かの善意が暴走しているのだ。

とにかく、と意識を澄ませた。マスターの火の不始末とは思えない。それなら真夜中に燃え上がっているはずだ。原因がどこかにある。フローラ社が絡んでいるのだ。

ゴミを捨てる……。私は若者から離れ、一人の消防隊員に駆け寄った。

「あのビルの関係者ですが、出火原因は？」

「まだ不明です。しかしドア前がよく燃え、煙草の吸殻が多く見つかっています」

無線が鳴り響いた。失礼、と消防隊員は駆け出していく。

消防隊員の言いたいことは明らかだ。捨てられていたゴミに消えきっていない吸殻が引火したのだ。ゴミを捨てる呼びかけで火事が起こるとは限らないが、最悪の事態の一つとして予想はできる。偶然とは思えない。私が宮沢を巻き込まなければ、蟻の巣の炎上もなかったはずだ。ぐつ、と体の深いところで何かが煮える音がした。

この場を離れることを告げようと視線を振ると、マスターは警察に事情を聴かれていた。私はそのまま野次馬の人垣をかきわけた。

車に戻ると、急に頭の芯が冷えた。慌ててプリペイド携帯をポケットから出した。呼び出し音が途切れない。出てくれ。出ろ。祈った。……呼び出し音が途切れた。

「店長、しばらく店を閉めて下さい」

「凜坊、どうかしたの？　なんか声が怖いけど」

「危険なんです」

ややあった。

「わかった。他人の忠告には素直に従う主義だから。ちーちゃんとか、あの中学生と話していたことと関係あるんでしょ」

「聞いていたんですか」

「狭い店だからね。気をつけなさい。夏に弔うのは一人で十分だからね」

強い声が身に染みた。

16

昼の六本木は、それほど人通りはなかった。

エントランスを潜ると、管理人室のブラインドは上がっていた。その小窓をノックした。初老の男性が顔を覗《のぞ》かせ、メガネ越しにきつい視線を向けてくる。

「何でしょうか」

「三階の宮沢の友人です。故人の遺志で部屋を片付けにきたのですが、あるべきものがなかったので、侵入者がいなかったのか確認したいと考えております。監視カメラの映像を見せて頂けませんか」

「故人の遺志？　本当かどうかわかりませんし、プライバシーに関わりますからね。見せられません。それに、このマンションには泥棒なんか入ったことありませんよ」

管理人がメガネのブリッジを神経質そうに上げる。私はそこに付け入る隙を見た。

「このマンションを出た後、移動先で宮沢は死んでいます。警察は交通事故と判断していますが、もし部屋に誰か侵入していたのなら、もう一度、結論を調べ直す必要があると思いませんか。脅されて、連れ出された可能性だってあります」

「だとしても、それは警察の仕事ですよ。私だって、警察になら喜んで見せるがね」

「では、富坂署に電話して、池尻さんを呼び出して下さい。署の番号は一〇四で簡単にわかるはずです。そこで私の名前を出して下さい」

管理人の目には猜疑心《さいぎしん》が宿っていた。職務を全うしようとしているのか、面倒を避けようとしているのか。その心根までは読めない。だが、管理人が強い職業意識を持つにしろ、問題を抱えたくないタイプにしろ、感情を揺らす手段はある。

「もし警察立ち会いの下、不審者の映像が見つかれば、表沙汰《おもてざた》になるしかない。管理人の意味がありませんから、再就職先を探しておいた方がいいかもしれませんよ」

管理人の顔に緊張が走った。押し黙っている。私はその顔を見据えた。

「私は表沙汰にするつもりはありません」

管理人が唾を飲んだ。

「映像を見ても、アンタには不審者か確認できないじゃないか」

「管理人さんに協力してもらおうと思っています」

「私だって入居者全員を覚えているわけじゃないよ」

「それでも何人かは除外できるはずです」

何としても言いくるめるつもりだった。昨晩見た人影と一致する映像がないか確認したい。警察が同席しても構わない。池尻は嫌な顔をするだろうが、構わない。

仕方ねえな。管理人は短髪を掻《か》くと、ドアを開けてきた。

「三日前の映像は消えているからね」

「問題ありません。一昨日の分だけで結構です」

問題は宮沢が出て行った後だ。私は狭い管理人室でモニターの前に座った。

管理人が巻き戻し、再生していく。これは二階の奥さん、次は三階の坊ちゃんだな。

管理人はいちいち解説した。他にも宅配便や郵便配達人といった人物がマンションに入っていた。いずれも管理人の顔馴染《かおなじ》みだった。

午後九時半。宮沢がマンションを出た。入れ違いに手に鞄《かばん》を持つスーツ姿の男がマンションに入っている。目に力が入った。

「もう一度、見せて下さい」

管理人が巻き戻し、もう一度、宮沢とすれ違う男を見た。

顔は、はっきりと見えない。だが、何よりシルエットが同じだ。昨晩、このマンションを出た際に見かけた人影だ。不鮮明ながらも、すれ違った途端に忘れてしまう顔だちだとわかる。

「宮沢とすれ違うこの男は誰ですか」

「さあ。私も一日中いるわけじゃないから、旦那《だんな》さん連中は知らないんだ。こうしてお盆に出ていること自体、こっちの好意でもあるんだからさ」

管理人に映像を止めてもらい、不鮮明な画像を見つめる。

記憶に引っ掛かりがある。いつの間にかできた膝《ひざ》の痣《あざ》を見たような感覚だった。知り合いではない。だが、知っている。思い出そうと記憶の底を漁《あさ》るも、まるで思い出せなかった。

映像を進めた。午後十一時。男はマンションを出た。

その夜、他に管理人が知らない人間はマンションに入っていなかった。

車に戻ると、私は年賀状の住所を確かめた。


麻布十番は人通りが多かった。コインパーキングに駐《と》めた傷だらけのマーチは目立っている。周囲には磨きぬかれたジャガーやベンツ、BMWといった車種ばかりだ。その場違いな姿は、時代の最先端と向き合う私自身のようだった。

元麻布の仙台坂下《せんだいざかした》のマンションまで歩いた。周囲に比べ、ベランダも狭く、材料などの質も落とした個人用の建物だとわかった。オートロック式だが、共用玄関には部屋と繋がるようなカメラは見当たらない。

インターホンを押した。はい。眠たそうな声が漏れてきた。お届け物です、と私は言った。はい。再び眠たそうな声に続き、無警戒にオートロックドアが開いた。私はエレベーターに乗り、三階に向かった。ドア前で、中から見えない位置に立つ。インターホンを押す。鍵《かぎ》が開く音がし、ドアが開いた。

私はドアに手をかけ、森下を突き飛ばすように押し入った。

森下は目を丸くしていた。

「今光、何の真似だッ」

「大男の知り合いがいますよね」

「何のことだ？」

「この顔を見て下さい。まだ一般には手に入らない俺のキングコブラについて、その大男は感想を口にしました。あなたが渡したんじゃないですか」

欠点を見つけ出してやる。森下は、そんなことを言っていた。

「俺じゃない」

森下の頬が震えた。

「一箱消えています。誰が持っていったのか、掃除のおばちゃんが見ていました」

森下は口を閉じた。

「発売前の製品です。試作品を提供する資格は、あなたにはない。外部に出すなら担当者の許可が必要ですが、私はその申請を受けた覚えはありません。つまり、あなたは服務規程違反をした」

森下が唾《つば》を飲み込む音が響いた。夏休み中の出社に上着とネクタイを要求するような男だ。私は一拍の間を開け、言った。

「何者ですか、あの大男は。言えば、会社には言いません」

目が揺れ、森下の体から力が抜けた。

「大男かどうかは知らない。俺は見たこともないんだ」

見たこともない……。私は喉に力を入れた。

「知り合ったのは、フローラ社のＳＮＳですか」

「ああ。昔の友人の名で友達申請があったんだ。承認したんだが、別人だった」

「それが、どうして試作品を預けるほどの関係になるんですか」

「趣味が合ったからさ。会ったことはないが、信用できる人間だと思ったんだ」

森下の趣味程度の情報を調べることは、連中にしてみれば簡単なことだろう。

それで、と私は続きを促した。

「ネット上で今光の新製品の話をしたんだ。すると、サバイバルゲームが趣味だから、銃に詳しいと言うので、粗を探すのにちょうどいいと思ったんだよ。それで言われた住所に郵送した」

「その住所と宛名を教えて下さい」

森下は壁に手を突いて立ち上がると、奥の部屋に向かった。私も続いた。

部屋の片隅に机があり、デスクトップパソコンの電源が入っていた。森下はその前に座った。マウスをクリックする音が無機質に響く。やがて画面が出た。

四谷近辺の住所だった。本当に会社には何も言わないでくれるのか」

「なあ、今光。本当に会社には何も言わないでくれるのか」

「ええ。もっとも、私が死ねば、あなたのことも表沙汰になるかもしれません」

「死ぬ？　君は何をしているんだ」

「あなたには関係ないことです」

森下のマンションを出ると、すぐに車を走らせた。麻布から四谷まで二十分もかからなかった。まだ都内の交通量は通常の状況まで戻っていない。その恩恵だ。

四谷の裏通りだった。住宅街と小さな雑居ビルが同居している地域だ。近くのコインパーキングに車を入れ、歩いた。

聞き出した住所には四階建ての雑居ビルが建っていた。窓はひと続きだ。ワンフロアに一部屋だけの構造なのだろう。看板は掲げられていない。私はポケットから携帯を取り出し、メモ画面を呼び出した。

栄和《えいわ》電装。

何階かはわからないが、三階からは微妙に灯りが漏れている。昼間でもそれくらいはわかる。行ってみるしかない。

入ると、薄暗く、湿った臭いがした。左側には金属のドアがあった。右側はコンクリートの壁だ。ドアにはプレートが貼られているが、栄和電装ではない。そのまま素通りした。逆L字型になっており、そこに階段があった。私は足を進めた。

三階のドアに栄和電装のプレートが掲げられていた。

インターホンを押した。乾いた音が漏れてくるだけだった。何度か押しても、反応はなかった。土曜だ。用心のために電気を点《つ》けたまま、休みに入ったのかもしれない。

私はビルを出ると、改めて見上げた。このまま糸を捨てる気にはなれなかった。周囲を見回し、路地にたたずむ自動販売機の物陰に入った。

時間をやり過ごしていく。何人かが私に視線を振ってきた。そのたびに携帯電話を耳にあて、何となくそこにいるフリをした。

やがて三階の電気が消え、一人の若い男が出てきた。待った甲斐《かい》がある。まだ学生のようにも見える。Tシャツにジーンズで、会社に出向く格好ではない。もっとも、休日出勤であれば不思議ではない。私は歩み寄り、声をかけた。

「栄和電装の方ですよね」

「はあ」

社会人の口調ではなかった。

「おたくに外国人の大きな男がいませんか」

「知りませんが」

「そんなはずはないんです。おたくに郵送されたウチの商品がある。その商品をその男性が持っているんです。その商品はまだ一般販売されていないものなんです」

「俺に言われてもわかりませんので」

若者が軽く頭を下げ、背中を向けて立ち去ろうとした。私はその腕を摑《つか》んだ。若者は振り返ってきた。

「ちょっと、何なんですか。知らないって言っているじゃないですか」

顔は正直だった。面倒に関わりたくない。そう書いてある。

「だったらこのまま警察に行きましょう。私はその大男にやられて、こんな顔になったんです。今のところは、穏便に済ませようと思っています。しかし、あなた次第でもある。あなたも色々と聞かれることになるでしょう。私が、大男がおたくの社員だという心当たりを告げれば、警察はあなたも調べにくる。どんな細かい関係性でも調べることが警察の仕事なんです。その上、しつこい。それが彼らの手法ですよ」

若者が目を逸《そ》らした。無理矢理に恩を押し付けた形だ。私は待った。数秒が過ぎた。若者の目が戻ってきた。

「美木《みき》さんのことかもしれません」

「フルネームを教えて頂けますか」

「美木ジョニーさんです」

素直に名乗るとは思えない。偽名だろう。

「その美木さんは今日、出社しないのでしょうか」

「いつも来ませんよ。俺だけです。会ったこともありませんし」

「それなら、なんで美木さんを私が言った大きな男だと思ったんですか」

「名前です。偏見でしょうが、ハーフの人って大柄な方が多いじゃないですか。バイトしないかってSNS上で誘われた時に名乗ってきたんですよ」

「バイトを誘われた？」

「ええ。ちょうど前のバイトを辞めた時に案内がきたんで」

この若者の日常も調べられていたのだろう。SNSを通じて個人情報が搾取され、こうして労働力として利用されているのだ。

「他に栄和電装に社員はいないのですか」

さあ、と若者は首を捻《ひね》った。「見たことありません。俺もバイトですし」

「社員も来ないのに、何をするんですか」

「事務所にいて、届いた郵便物を運ぶんですよ」

「郵便物を運ぶ？　どこへ？」

若者は口を開けたが、言葉が出てこなかった。私は腕を握る手に力を入れ直した。続きは警察で話しましょうか。そう迫ると、若者の腕から力が抜けていくのを感じた。

「俺がまとめて新宿駅のコインロッカーに持っていくだけですよ」

「ロッカーは指定されているのですか」

「いや。その時に空いているロッカーへ」

「カギはどうするんですか」

「あの、何でそこまで言わなきゃならないんですか」

「警察に行きたければ言わなくて結構ですよ」

躊躇《ためら》いの素振りを見せたが、若者は口を開いた。

「近くのデパートのトイレのタンク裏です」

「何でそんな面倒なことを？　麻薬でも扱っているんですか」

「まさか」

「しかし、妙だとは思わないのですか」

「そりゃ、まあ。でも、俺は頼まれたことをしているだけですし」

「連絡は電話で？」

「いえ」若者は軽く笑う。「ＳＮＳで送るんです」

「フローラ社のＳＮＳですか」

「ええ」

「どんな荷物が届くのですか。特定の送り主はいるんですか」

「色々ですよ。それに送り主なんて見てませんし」

嘘の気配は感じられなかった。プロではないが、そう思えた。私は若者が手ぶらなことに気づいた。

「今日は郵便物はないんですね」

「ええ」

「じゃあ、私が渡しますので、運んで下さい」

「でも、もう今日の連絡は入れましたよ、何もありませんって」

「届け物があったと改めて連絡すればいいだけですよ。帰る間際に受けとったことにすればいい。直接、届けに来たことにして下さい」

若者は判断しかねる面持ちだった。私は黙って見据え続けた。ＳＮＳの通信先を聞いても意味はない。問題は荷物の行先だ。

わかりましたよ、と若者は小声で言った。若者をその場に待たせ、私はレンタカーからキングコブラの箱を手にして戻った。

車を置いたままにし、若者についていった。といっても寄り添わず、一定の距離を置いた。

四ツ谷駅から中央線に乗り、新宿駅に着いた。かなりの人出だった。正月やお盆の西新宿は空疎になるが、東側は常に人で溢《あふ》れている。嫌でも町田京子の事故が脳裏をよぎった。……いや、あれは事故ではない。私は首筋の血管が脈打つのを感じた。

若者は西口の改札を出た。地下のコインロッカーだった。何の躊躇《ちゅうちょ》もなく、荷物を入れている。

私は若者の周囲に視線を飛ばした。今のところ、それらしき影はない。若者がコインロッカーを離れた。すると人波に紛れ、デパートへ続くエスカレーターに消えた。私もその後を追った。

ひと気のない五階の紳士服売り場のトイレだった。若者は三分ほどして出てきた。携帯を取り出し、指を素早く動かしている。若者は私を一瞥《いちべつ》することもなく、下りエレベーターに乗った。私は追わずに、トイレを確認した。二つ並んだ個室のうち、右側のタンク蓋《ふた》の裏に鍵《かぎ》がテープで張りつけられていた。紳士服を見る素振りをしながら、トイレを監視した。運よく、販売員は声をかけてこなかった。

十五分ほど経った。新しい若い男がきた。お世辞にもこのデパートは若者が来店する品揃えではない。

新たな男がトイレに入り、私も続いた。右側の個室に入っていた。と、水を流す音が響き、その中に蓋を動かす音が混ざった。私はトイレを出た。

すぐに男も出てきた。距離を置き、その後を追う。

新宿駅に戻ると、男はコインロッカーの前に立った。鍵とロッカーを何度も見比べ、周囲に視線を配るわけでもなく、ロッカーを開けた。無警戒な素振りだった。男はキングコブラの箱を取り出し、やや大きいトートバッグに入れた。

一定の距離を保ち、男の姿を視界の隅に置くようにし、つけた。

……あまり見すぎると、警戒される。私は千春が尾行について話したことを思い出していた。自分が実践する時がくるとは思わなかった。続いてこの一週間の千春のことが思考に浮かびかけ、体の底に落とし込んだ。

男に警戒の素振りはなかった。振り返ることも、周囲を見回すこともなかった。大江戸線に乗り、六本木で日比谷線に乗り換え、降りたのは神谷町《かみやちょう》だった。

東京タワー前を抜け、坂を下った。増上寺《ぞうじょうじ》の脇を通り、路地に入る。格式のあるマンションが建つ一画を抜けた。

広い敷地に建つ巨大な円柱型のマンションが見えた。各戸ガラス窓は大きいが、ベランダはない。子供の声も、テレビの音も、笑い声も、料理の匂いもしない。敷地前には芝生が敷かれているが、虫もいない。男はそのマンションに入った。私も続いた。

立派なエントランスだった。大理石が敷き詰められ、ガラスも磨き抜かれている。エアコンもきいている。監視カメラもあちこちに見えた。

男はオートロックのガラス戸前にあるテンキーに歩み寄っていた。私は足を速め、その脇にある郵便受けに行った。郵便物を確認する振りをしながら、男を覗《のぞ》く。その指先が慣れた手つきで動いていく。

四六四九五九六三一一〇。

よろしくごくろうさん一一〇番。そう私は覚えた。

ドアが開き、男が行く。少し間を開け、閉まりかけたガラス戸に私は走りこんだ。驚いたようにガラス戸が開いた。

エレベーター前で男は立っていた。三基あるうち、左端だけが動いている。私は軽く頭を下げた。男がぎこちなく下げ返してくる。男の斜め後ろに立った。私の顔は知らないようだ。あるいは知っているが、顔に出していないのかもしれない。

エレベーターが到着した。男が先に乗り、私が続いた。先に男が三十五階を押すのを確認し、私は三十四階を押した。

無言のまま到着した。降りると、背中でドアが閉まるのを待ち、振り返ってエレベーターの表示板を見た。三十五階で止まっていた。

廊下の絨毯《じゅうたん》はまだ踏み固められておらず、一歩ごとに足が軽く沈みこんでいった。エレベーターホールを中心に円形に廊下が走り、重厚なドアが並んでいる。私は非常階段を探した。いくつものドア前を通り過ぎると、緑色の灯りが見えた。

非常階段を駆け上がった。息を整え、音が立たないようドアを開ける。

左側に壁、右側には窓が続いていた。

静かに廊下を時計回りに進んだ。空中を歩かされている気分だった。ようやく扉があった。これだけの広さに一部屋しかない。ドア脇のプレートは空欄。テンキーが備えられている。監視カメラはない。

ドアにそっと耳をつける。物音は聞こえない。逡巡《しゅんじゅん》したが、インターホンに手は伸びなかった。飛び込むにしても、もう少し様子を見た方がいい。

エレベーターホールに向かった。三十五階で止まったままだった。まだ男は部屋にいる。足音を殺しつつ、小走りで非常階段に戻った。

腕時計を見る。午後六時半。ここで待つことにし、階段に腰掛けた。

非常階段も空調がきいていることに気づいた。エアコンの稼働音すら聞こえてこない。見えないところにも金をかけている。ここは本当の金持ちが住むマンションだ。だが、人の気配がまるでない。人が動く気配もしない。生命の息吹《いぶき》がまるで感じられない。ここで育った人間にはどんな感情が植え付けられるのか。……思考を止めた。そんなことは私が考えることではない。今は他に考えることがある。

スタンガンを取り出し、軽くスイッチを押してみる。威勢のいい音とともに、無数の火花が散った。閃光《せんこう》の余韻が瞼《まぶた》の裏に残る。

じっとスタンガンの先を見つめた。

あの大男は私を殺そうとした。明らかな犯罪だ。話せば、警察も動ける。だが、警察が大男に到達する前に、私が殺される可能性もある。

宮沢、町田京子。それに腕を折られたハチミツ。

ぐうっと全身に力を入れ、抜いた。この手でやり遂げなければならない。彼らを巻き込んだのは私だ。……ならば、ここからどう切り込むべきか。

マンションへの道のりを反芻《はんすう》した。男に警戒の素振りはなかった。同じエレベーターに乗っても、目に見える反応はなかった。栄和電装の若者といい、フローラ社の裏側を何も知らないのだ。そうやって何人もが操られているのだろう。フローラ社側からみれば、知る人間は限られている方がいい。多くて十人程度か。そこまでいない可能性もあるが、このマンションにも何人かが出入りするのも間違いない。いずれにせよ、ある種のオフィスと言えるはずだ。……オフィスなら。

扉の向こうで空気が動き、ドアの開閉音がした。思わず腰をあげた。膝《ひざ》が鳴り、それが反響して、心臓が跳ねた。力が入る。時間が過ぎていく。扉が開く気配はない。深呼吸を一つ挟み、ドアノブをゆっくり捻《ひね》った。隙間から様子を窺《うかが》う。

誰もいなかった。

17

廊下に出ると足音を殺して歩いた。そっとドアに耳をつける。……中から物音はしない。腰からスタンガンを抜いた。じとり、と手の平に汗が滲《にじ》む。平常心を保とうと深呼吸し、私はドア脇のテンキーを見つめた。

今しかない。試したいことがある。中に大男のような物騒な連中がいたとしても、出ていったばかりの人間が何かを取りに戻ってきたと思うかもしれない。

よろしくごくろうさん一一〇番。口の中で呟《つぶや》きつつ、押した。一拍の間が空く。

鍵が開く音が響いた。

やはり、だ。オフィスなら、何人かがその番号を覚えなければならない。その種類は少なければ少ないほどいい。私の会社における倉庫の暗証番号と同じだ。

しばらく待った。中から足音が近づいてくる気配もない。私はドアノブに手を伸ばした。

開けた。冷ややかな空気だった。勝手に電気がつき、全身が硬直した。……壁にスイッチがある。感知式だ。ほっと息をついた。

広い玄関に靴はなかった。それでも誰かがいる可能性があるが、中の様子は窺えない。玄関からすぐ直角に曲がる廊下があり、視界を遮っている。左手に靴、右手にスタンガン。妙な格好だな、と自分でも思いつつ、壁に背をつけ、忍び足で進んだ。廊下の曲がり角で立ち止まり、その向こうを覗く。

誰もいなかった。緊張がかすかに緩み、私はそのまま進んだ。

かなり広い部屋だった。

百平方メートル以上はある。大きな掃き出し窓から入る傾いた陽射しが、フローリングに光を溜《た》めている。壁の仕切りはない。冗談のように広いワンルームだ。玄関へ続く一角を除いた三方向は大きな掃き出し窓が並び、六本木ヒルズや東京タワーが間近に見える。私は床に靴を裏返しにして置き、部屋を見回した。

キッチンはあるが、冷蔵庫もテレビも、ソファーセットもない。スチールデスクセットが中央に置いてあるだけだ。このマンション同様、人の気配は感じられない。

スチールデスクにはキングコブラの箱が置かれていた。歩み寄り、中身を取り出して腰のベルトに押し込むと、その重みを感じた。

窓に近寄った。カーテンもない。窓は全て嵌《は》め殺しで、開けられない。気圧の関係だろうが、ここでは風の匂いも感じられないということだ。

スチールの椅子に腰を下ろした。ギィ、と鈍く軋《きし》み、その音でこの部屋には音がないことに気づいた。空調も風の音もない。街から近いのに喧騒《けんそう》も聞こえてこない。世界に一人で取り残された気分だった。

待った。無機質な世界で待ち続けた。随分と遠くまで来た気がした。十分、十五分と過ぎていく。鍵《かぎ》が開く音が響いた。私は音がしないように立ち上がり、廊下の曲がり角まで小走りで向かった。壁に背をつけ、耳を澄ます。

靴を脱ぐ音がし、ほどなく派手な足音が続いた。息を止め、スタンガンを構えた。足音が近づいてくる。ドクン、と耳元で心臓がひとつ跳ね、背中を一筋、汗が流れた。

姿を見せたのは、軽く足を引きずった大男だった。

「驚いたな」

言葉とは裏腹に、大男はさほど驚いた様子のない口ぶりだった。

私は飛び込むなり、スタンガンをあてた。強い衝撃が私の腕にも走り、スタンガンを握り締めた。大男は腕を伸ばそうとするが、ぎこちなく動くだけだった。

数秒後、大男が膝から崩れ、うつ伏せに倒れた。私は顔を覗《のぞ》き込んだ。白目をむいている。首筋に手をあてると、脈はあった。意識を失っているだけだ。ズボンの後ろポケットをまさぐった。何もない。仰向けに起こし、次々にポケットを探った。

あった。フローラ社のIDカードだ。写真は別人だが、誰もそこまで確認しないだろう。それをポケットにねじ込み、部屋を出た。あの一撃でどれくらい意識を失い続けるのかわからない。目を覚ませば、こちらが危ない。

マンションを出ると、私は早足で進んだ。フローラ社の本社は赤坂だ。ここから遠くない。その前に確かめたいことがある。大通りまで出ると、交差点に交番が見えた。そこで、私はこの辺に中学校がなかったかを尋ねた。

「ああ、麻布十中ですね。マンションになりました。もう五、六年前の話ですよ」

交番を出た。タクシーを拾い、行き先を告げる。正面に先ほどまでいたマンションが見えた。そのマンション名を頭に浮かべる。

ビクトリアマンション。

大学時代、第二外国語で履修したスペイン語を思い返した。ビクトリア。フローラ社の社長の名前を反芻する。

……記憶の瘡蓋《かさぶた》が剝《は》がれた感覚があった。悪い冗談に思えてきた。

そして、フローラ。

私はその女神の名を口の中で呟いた。


フローラ社の本社前に人通りはなかった。それでもビルは、ちらほら電気がついている。エントランスをくぐった。受付は無人だが、警備員がおり、四台の入退室管理ゲートを彼らが挟んでいる。

ゲートに大男から奪ったIDカードをかざすと、音もなく開いた。注意を引かぬように私はそのまま平然と進み、エレベーター前に立った。

顎を引いた。どこに向かえばいいのかわからないが、一つの確信はある。

社長室を探すべきだ。周囲を見回すが、フロアガイドはない。エレベーターがきた。とりあえず乗った。

二十階までのボタンが並んでいるうち、私は十階を押した。

二十階建ての十階。普通の企業なら、社長室を構えないフロアだろう。確かめる意味があった。

ドアが開いた。グレーの綺麗《きれい》な絨毯《じゅうたん》が敷かれている。エレベーターホールから真っ直ぐ廊下が伸び、右手には嵌め殺しの窓、左手には壁が続いている。壁には鮮やかな色彩の絵が等間隔に飾ってある。誰ともすれ違わずに進んだ。普通のオフィスフロアとは思えない。私は背筋を伸ばした。

突き当たりに執務机があった。誰もいない。デスクトップパソコンと秘書と彫られたプレートが置かれ、埃《ほこり》が机に積もっている。夏休みで出社していないにしても、埃の量が多い気もした。その奥に重厚な扉があった。

プレジデントルーム。黒地のプレートに金字で彫られている。ノックした。重い音が響くだけだった。ドアノブを捻ってみた。……開いた。

入った。誰もいないが、電気は点《つ》いていた。部屋をゆっくり見回す。マホガニーの執務机に黒革の椅子。その背後には英語の本が並んでいる。

急に喉《のど》の渇きを覚えた。夢の中の渇きに似ていた。決して癒えることのない、あの渇き方だ。大男といい、ここまでの侵入といい、簡単に行き過ぎている。

深呼吸した。空気は落ち着き、どこか甘ったるい。長い間、籠《こも》っていた空気だ。部屋に時計がないことに気づいた、それだけではない。電話もない。本当にこの部屋で仕事をするのだろうか。外線は全て携帯電話で済ますこともできるだろう。しかし、内線も全て秘書任せなのだろうか。社長という立場に、どれだけ内線がかかってくるものかはわからない。だが電話機がないのは、やはり妙だ。

部屋を見回した。本棚に会社案内が置いてある。歩み寄り、それを手に取った。ページを捲《めく》っていく。

海浜幕張にも社屋があった。向かうべきだろうか。しかし、この部屋を捨てるほどの情報もない。何も見えないうちは、いたずらに動くべきではない。ポケットで電話が震えた。お富おばさんからだった。ちょうど良かった。聞きたいことがある。

お富おばさんは私が用件を切り出す前に話し始めた。

「ちーちゃん、もうこっちに来てんのかな。手伝うことないかと思って電話しても、留守番電話なんだよね。折り返しもないし」

「千春は津田沼に行く予定だったんですか」

「津田沼じゃなくて海浜幕張。話したのは二時間位前かな。その時にちーちゃん、これから海浜幕張に行くって話していたのよ。その時は都内だったみたいだけど。野崎君の母親の交通事故について話したら、確かめたいことがあるって」

「海浜幕張？」

「ええ。凛たちが高校の頃の話で、その現場が海浜幕張だったのよ」

視界が揺れた。

いい大人だ。携帯電話に出ないこともある。そう言い聞かせようとしたが、神経の昂《たかぶ》りを抑えられなかった。

私は野崎が通った麻布の中学校の名前や所在地を尋ねた。

「ああ、麻布第十中学校だって」

電話を切ると、静寂が際立った。

……私からも電話を入れるべきだろう。だが、この期に及んでも、怖くて千春に電話できなかった。

窓に歩み寄った。部屋の中を意味もなく歩いた。立ち止まっていられなかった。

窓の外はすっかり暮れている。ビルやマンションから漏れる窓の明かりも少ない。じっとそれを見つめた。無意味な時間の残骸《ざんがい》だけが生まれていた。

またポケットで電話が震えた。取り出し、液晶画面を確認する。

千春からだった。私は目を瞑《つむ》り、ゆっくり耳にあてた。千春から声が聞こえてくる前に喉を押し広げた。

「どこにいるんだ」

「海浜幕張。凜もこれから来られる？」

千春の声が重いように聞こえた。

ああ、と私は応じた。「どこにいけばいい」

「フローラ社の社屋。アウトレットモールを越えて進むとある。ガラス張りの白いビルだから、すぐにわかると思う。一人で来て」

息を腹に沈めた。なぜフローラ社の社屋に千春がいるのか。その意味は……。

「何かわかったのか」

「会った時に話す」

私はその場に踏ん張り、言葉を押し出した。

「なあ、千春が使っていたSNSはフローラ社のものか」

「そう」

胃がねじれるようだった。やはり千春なのか。体ごと暗闇に引きずり込まれる感覚だった。

だが、いや、しかし。

メトロノームの針のように、思考の針が左右に激しく揺れた。

すっ、と千春の呼吸が受話器越しに聞こえた。

「フローラ社のSNSを利用していたのに、わたしはご神託の存在を知らなかった。それは知らずにわたしも犯罪者になっていたかもしれないってことでしょ？　その怖さを知らない以上、絶対にポイントサービスを利用しなかったとは言えない。だから、怖くて凜には言えなかった」

そうか。私は上滑りで応じていた。

「じゃあ、凜、待っているから」ぎこちない間が空いた。「アギョウサン、サギョウゴ。覚えているよね」

意識が冷めた。

揺れていた思考の針が止まった。携帯電話を握る手に力が入る。覚えているよ、と私は言った。ついたら連絡を入れる。そう付け加えた。

じゃあ、あとで。千春は言い終えると、電話を切った。私はしばらく耳から離した携帯を眺めていた。

千春はメッセージを残してきた。

息苦しかった。いつの間にか呼吸を止めていた。何かにつかまりたかった。支えが欲しい気分だった。体の芯《しん》を握られ、手荒く揺さぶられているようだ。怖かった。自分が引き裂かれる方がましだった。

……千春は捕らえられている。

ここまですんなり動けたのは、私と千春を遠ざけるためだ。時間稼ぎだ。時間的に考えれば、大男はまだ東京にいる。千春の近くにいるのは他の人間だ。それが救いだ。それに声は重かったが、恐怖で震える気配も怪我をしている様子も感じなかった。

警察に通報すべきだろうか。だが、その姿を見れば、千春はどこかに移送される。その場合、宮沢の死を思えば無事でいられるとは思えない。もちろん私一人が乗り込んだところで、千春が無事とは限らない。可能性の問題だ。どちらの方が千春は安全でいられる可能性が高いのか。

考えるまでもない。もう一度電話を入れるまで、千春は無事なはずだ。その電話に千春が出ないと、私が警戒して近づかない可能性が生まれるからだ。連中の標的は私だ。部屋を出た。背中で自動的に扉の鍵《かぎ》が閉まる音を聞いた。

あの部屋は監視されていた……。私は首を振った。姿勢を正し、廊下を進む。拳を強く握った。

千春を無事に取り戻せるなら、この先の幸せを差し出してもいい。私にはそれだけの責任がある。引きずり込んだのは私だ。

赤坂見附《あかさかみつけ》から丸ノ内線に乗った。適度に人で混んでいた。窓に映るジャケットの膨らみを見る。これだけで対抗できるのだろうか。汗が背中を伝っていった。

東京駅でJRの改札をくぐった。京葉線のホームまで歩く間、電話を入れた。千春と連絡がついたことを告げた。

「ああ、良かった」お富おばさんは声を緩めた。「ねえ、大将が連絡を欲しいってさ」

大将にプリペイド携帯の番号を教えていなかった。私は伝えてくれた礼を言い、続けた。

「古い交通事故の記録を調べたいので、千葉県警の人を紹介してくれませんか」

「そりゃ、知り合いはいるけど、古い記録なんてないんじゃないかね。あっても教えてくれるかどうか。警察ってのは秘密主義だからねえ」

「聞いてみるだけ、聞いてみますよ」

じゃあ、あとで電話して。そうおばさんに言われて電話を切ると、大将にかけた。大将はすぐに出た。おう、凜か。ちょっと待ってくれ。電話が替わられる気配があった。

もしもし、とハチミツが切り出してきた。

「進展あったのかよ」

ぶっきらぼうな口調だが、声には張りがあった。大丈夫か。そう喉元《のどもと》まで出かかった言葉を飲み込み、私はいつもと変わらない口調を心がけた。

「ああ。それなりにな。これから過去の事故について警察に聞くところだ」

「おい、声が硬いぞ。何かあったんだろ」

驚いた。芸術の道を志すのだから、感覚が鋭いのかもしれない。

「色々あってな」

「ふうん。なあ、事故の調べものなら、俺が確かめてやるよ」

「どうするつもりだ」

「新聞記事を検索すればいい。古い記事って面白いから、俺、検索サイトの会員になってんだ。全国紙なら携帯でも全て見られるぞ」

「やめておけ。電源を入れることになる」

ハチミツは鼻で笑った。「大丈夫。この大将の携帯を借りるから」

「随分、やる気だな」

「町田の敵討ちだろ？　俺にも参加する権利はある」

「無理するな。手術が終わったばかりだろ」

「ああ。でも、問題ない。今はまだ麻酔がきいて、動かしづらいけどな。麻酔が切れたら、絵の続きに取り掛かるつもりだ。仕上げにはもう少し時間がかかるからよ」

私は唇を噛《か》み締めた。声が沈んだ気配はない。右腕が元の感覚に戻らないことを、誰も伝えていないのだ。

おい、と小さな沈黙が弾《はじ》けた。

「なに黙ってんだよ。腕のことなら、もう聞いた。俺から聞いたんだ。元の感覚には戻らないって医者に言われたよ。でも、そんなことは関係ない。俺は逃げない。正面から向き合う。町田の絵を仕上げるし、これからも絵を描き続ける」

私は目を見開いた。

だってよ、とハチミツは言う。

「感覚が変わるってことは、今まで以上に上手くなる可能性もあるってことじゃないか。終わったことはもう仕方ないさ」

力強い声だった。

私は携帯をきつく握った。

「パスワードとIDを教えてくれ。こっちで確認する。大将の携帯でも見られるなら、他の携帯でも見られるってことだろ。プリペイドにもネット接続の機能はある」

「手伝わせない気かよ」

「怪我人に頼るほど、落ちぶれちゃいないってだけだ」

まったく、そう言いながらも、ハチミツはサービス用のパスワードとIDを教えてくれた。暗記できる簡単なものだった。私は礼を言い、続けた。

「絵、しっかり描けよ」

「なんだよ、その言い方。今生の別れみたいじゃねえか」

数瞬置いた。

「そんなつもりじゃない。だが、それなりの覚悟はしているつもりだ」

本心だった。隠そうとは思わない。危険は目に見えている。誰よりもハチミツはわかっているはずだ。

「なあ、絵は言われなくてもやる。だからアンタはアンタのすべきことをやれよ」

ああ、と私から通話を切った。

周囲を見回した。落ち着いて作業できる場所は見当たらない。とりあえず、京葉線のホームに向けて歩き出した。

テーマパーク帰りの親子連れが晴れやかな表情で、すれ違っていく。彼らの情報もどこかで利用されているのかもしれない。情報社会である以上、ある程度自分の情報が漏れ、共有されることは仕方ないのかもしれない。パソコンが発達していない時代でも、就職活動時には尋常ではない量の郵送物が来た。高校時代には塾や通信教育の案内が来た。誰もが社会と隔絶して生きることはできない。だが、犯罪となれば話は別だ。それも何人も死んでいる。……防げた犠牲だった。宮沢や町田京子だけではない。これまでに犠牲になった全員を救えた可能性はあった。そして千春。

私が甘かったのだ。

ホームに辿《たど》り着いた。蘇我《そが》行の京葉線はすでに止まっていた。電光掲示板を確認すると、発車までまだ時間に余裕があった。スーツケースを持った家族連れや若者が続々と乗り込んでいく。Uターンラッシュの余波だろう。車内は適度に混んできている。それでもジャケットを着る人間は私だけで、他の誰もが半袖《はんそで》だ。

ベンチに座り、インターネットにアクセスした。記事検索の画面を呼び出し、ハチミツのIDとパスワードを入力した。検索期間を過去十五年に設定する。

海浜幕張、事故、野崎。

検索すべき単語を打ち込んだ。画面を見つめる。数秒後、五件の記事がヒットした。十三年前の記事だった。朝日、読売、毎日、産経、東京。各紙、千葉県版だった。読みなれた読売の画面を開いた。

四日午後十一時十分ごろ、千葉市美浜《みはま》区の国道で東京都港区の会社員野崎真澄《ますみ》さん(四四)が、大型トラックにはねられた。野崎さんは病院に運ばれたが、間もなく死亡した。千葉西署は大型トラックを運転していた船橋《ふなばし》市本町《ほんちょう》、運転手岡田義彦《おかだよしひこ》容疑者(五六)を業務上過失致死の疑いで現行犯逮捕した。同署の調べによると、野崎さんは近くで取引先との会合があった帰りだったという。現場は海浜幕張駅に近い見通しの良い直線だった。

他の四紙の記事にも目を通した。何ということもない、暇な時に目を通す類《たぐい》の記事でしかない。それでも私は肌がひりついた。千春が調べていたのは、この事故だ。

もう一件、調べることがあった。検索期間を外し、全期間にした。

梶野、窃盗、千葉。

入力した単語を眺める。決定ボタンを押した。検索中。そう表示された画面を見つめた。画面が切り替わった。二件、ヒットした。やはり千葉県版だった。二十五年前の記事だ。朝日と読売だった。今回も読売の記事を呼び出した。

習志野署は十五日、住所不定無職の梶野元親《もとちか》容疑者（二五）を窃盗、不法侵入の疑いで逮捕した。同署の調べによると、梶野容疑者は一九八五年四月からの二年間で、船橋市内や習志野市を中心に民家やマンションに不法侵入し、現金や宝石など計三千万円相当を盗んだ疑い。同署では余罪も追及している。

二十五年前に二十五歳。ということは、現在五十歳で、私たちが中学生の頃は三十五歳になる。

私は普通の検索画面に戻り、梶野元親という名前で検索した。

百二件。フローラ社総務部長の梶野元親。検索表示画面では、リンク先の文章にそう書かれていた。

お富おばさんに連絡を入れ、先ほどの頼みはもう大丈夫だと伝えた。アナウンスが流れた。私は膝《ひざ》に手をついて立ち上がった。

移動中、集めた情報から考えをまとめることに集中した。

海浜幕張駅は今日も混んでいた。アウトレットモールから駅に人が流れている。ショッピングバッグ片手に笑みを浮かべるカップルや家族連れだ。私は彼らに逆流する形で歩いた。もう事故を装うことはないだろうと思いながらも、周囲に視線を散らした。

アウトレットモール前を過ぎると、急にひと気が消え、しんと静まった。潮風が吹いてきた。汗と混ざり、肌のべたつきが増す。

向かい風がきた。顔を上げられないほど強い風だ。私はその中を進んだ。押し返そうとする流れに体をねじ込んだ。風は吠《ほ》え、止む気配はない。足元から、頭上から、左右から分厚い熱風が絶え間なく押し寄せてくる。

戻れ。風がそう言っているようにも思えた。だが、私は歩いた。進み続けた。ホテルやビル、マンションの合間を抜けていった。

不意に風が弱まった。勝手にしろ。諦《あきら》められたのかもしれない。そう思い、立ち止まって顔を上げた。

海辺に面した広い区画に芝生が茂り、樹木が風に揺れている。その中心にガラス張りの白壁の建物が見えた。

どの窓からも明かりは漏れていない。スモークフィルムが張られているのか、本当に電気が点《つ》いていないのか。私にはわからなかった。

ビルは十階建てだった。

靴音を振り切るように勝手に足が動いていく。

ビルの前までくると、見上げた。

このどこかに千春はいる。何階なのか。もう一度、電話を入れるべきだろうか。いや。連絡を入れてしまえば千春の身が危うくなる。そもそも大男のＩＤカードで、ビルに入れるのかもわからない。太腿《ふともも》を軽く叩いた。

……行けばわかる話だ。

エントランスの前に立った。ガラスドアが左右に開く。

薄暗いが、よく冷えていた。受付も入退室管理システムもない。赤坂の本社とは違い、警備員もおらず、監視カメラも見当たらない。かなり広い空間が広がっている。正面にステンレスのエレベーターが並び、薄暗い中でも私の顔が映りこんでいた。

表情のない顔だ。私はその眼を見返し、語りかけていた。

助け出せ。何があっても助け出せ。

一拍の間を置き、私は映り込む自分に頷《うなず》きかけた。息が驚くほど熱かった。

周囲を見回した。このビルにもフロアガイドはなかった。緑色の明かりが左隅から漏れている。非常階段だ。私はそちらに向かった。

金属製の階段は一歩ごとに大きな音を響かせた。二階のドアに手をかけた。押し開け、隙間から顔を出す。

電気は点いていない。誰もいない廊下がある。廊下の左右には、簡易パネルで仕切られたテーブルセットが並んでいた。その中央部分から強い明かりが漏れている。明かりの辺りから、空気の振動を感じる。自動販売機。そう見当をつけた。おそらくここは来客用スペースだ。そのまま歩き出した。

一つずつブースを確認していく。千春はもちろん、誰もいなかった。

三階、四階、と薄暗いフロアを進んだ。四階まではテーブルセットや会議室が並んでいた。進むにつれて背筋が冷え、軽い震えが走った。廃校でも感じなかった薄ら寒さを覚えたが、滾《たぎ》った感情がすぐにそれを覆った。

五階はオフィスだった。スチールデスクにデスクトップパソコンが並び、観葉植物が至る所に置いてある。視線を飛ばすも、人の気配はない。電気は消えている。それでいて、空調が効いており、足元から冷気が絡みついてくる。

六階、七階、八階。同じ様なオフィスフロアを進んだ。息があがった。それでも足を止めずに歩き続けていく。

私は考えていた。どこにも休日出勤の姿はない。それなのにエントランスの自動扉が開いた。その意味は……。

九階。

他の階と比べ、明るかった。頭上には等間隔で照明が灯《とも》っている。低い羽音を思わせる鈍い唸《うな》りが響いている。フロア中央を廊下が貫く構造は、他の階と変わらない。違うのは異様な圧迫感だった。左右に四角い箱が連なっている。その表面は黒いガラスで覆われていた。それでも、その内側で無数の小さな緑の点がついたり、消えたりしているのが見える。私はそのうちの一台に歩み寄った。太いケーブルが天井から伸びている。ひと目でわかった。

データサーバーだ。この箱の連なりが大量の情報を処理している。ここがフローラ社の心臓部と言っていいのかもしれない。

緊張が走った。手の平に滲《にじ》んだ汗をジーンズで拭《ぬぐ》った。

その割には無警戒すぎる。誰でも入れる部屋であるはずがない。それが社員であってもだ。とはいえ、ここで考えても仕方がない。どうせ答えは出ない。視線を飛ばし、箱の陰も確認していった。確認を終え、非常階段へ続く扉に手をかけた。

背中に生温《なまぬる》さを感じた。

咄嗟《とっさ》に脇に飛び退いた。地響きのような野太い音がした。金属のドアに黒い影がめり込んでいる。私は後ずさり、距離をとると、スタンガンを腰から抜いた。

大男が向き直ってきた。

「そいつは確かに強力だが、触れなきゃ意味はない」

「麻布のマンションで、のびたのはどこの誰だ」

大男はにやりと笑った。その笑みの意味は明らかだった。

わざとだったのだ。私は喉に力を込めた。

「千春はどこだ」

「他人より自分の心配をした方がいいんじゃないか」

大男が一歩、踏み出してきた。私は一歩、退《ひ》いた。大男は目を細めたまま、立ち止まった。ぎりぎりの間合いだった。大男が腰からナイフを抜き、鞘を投げ捨て、乾いた音が散った。

私はスタンガンを構えた。

「なぜこの部屋で待ち受けたんだ？　下の階の方が障害物もないのに」

「オマエには関係ない話よ」

指示なのだろう。それ以外に考えにくい。まともにやりあえば、負ける。指示。そこに勝機を見出すしかない。私はスタンガンの先をサーバーに向けた。

「どうなるか想像できるよな。一歩でも動けば、火花を散らす。ご主人様は嘆くぞ」

大男は腰を落とし、ナイフを構え直した。私は大男を凝視した。お互い、瞬《まばた》きすらしなかった。奇妙な膠着状態《こうちゃくじょうたい》が続いた。私から沈黙を破った。

「宮沢を殺したのはアンタだよな」

「違う、ダンプだよ。俺は押しただけだ」

「なぜアンタは危険な橋を渡るんだ？　目撃されるリスクもある」

「リスクを負う価値があるからさ。手っ取り早く大金を得られる仕事はそうない。何も考えずに、指示通りに動けばいいだけなんだ。こんな楽なことはない。アイツは金を生み出せる。それだけじゃない。人すら自在に操る。創造主なんだよ」

　アイツ……。

「心酔しているんだな」

「もう長い付き合いになる。アイツは俺を利用する。俺もアイツを金蔓《かねづる》として利用する。持ちつ持たれつさ」

　そうか、と私は呟《つぶや》いた。今でも違う結論を願う自分に気づいた。最後まで知りたくない自分もいた。……だが、最後まで見極めなければならない。私にはそれだけの責任がある。

「アンタも操られているだけだ」

「別に構わないさ。社会には使う者と使われる者がいる。頭のいい人間がいれば、悪い人間もいる。優れた人間が周囲を使うことは、悪いことじゃない。かえって頭の悪い人間に使われる方が不幸なことだ。世の中に平等なんてものは存在しない。人間は生まれながらに不平等なんだよ。容姿がいい人間はちやほやされ、不細工は足蹴《あしげ》にされる。頭が良ければ使う側に回り、馬鹿ならそれなりに生きるしかない。当たり前だろ？」

「現実は否定しない。だが、能力に優劣はあっても、個人に優劣はない。自分の頭まで預ける理由にはならない」

「綺麗事《きれいごと》を言うな。それが資本主義の基本だよ。強い者が残り、弱い者は消えるか従うしかない。そんな社会に俺たちは生きている。捻《ひね》り潰《つぶ》した方が勝ちなんだよ」

ブーン、と低いサーバーの稼動音だけがした。

大男がナイフを軽く振った。

「気が変わった」

「どう変わったんだ」

「生け捕りにしろと言われたが、面倒だ。オマエは似ている。無駄に度胸もある。達観しているところも腹が立つくらいに似ている」

空気が収縮した。

揺れた。

目の前にナイフがきた。咄嗟に首を反らした。鋭い空気の渦が薄皮一枚の差で抜けていく。スタンガンを突き出す。大男の腕が軽く波打った。衝撃が私の腕にも走る中、ナイフが落ちる乾いた音がした。私はそれを蹴《け》飛《と》ばした。大男は倒れない。腕を押さえ、こちらを見据えてきている。

突っ込んできた。再びスタンガンを突き出した。空を切る。大男が屈《かが》みこんだ。青白い光が下からきた。反射的に飛び退き、かろうじてかわす。新たなナイフだった。

大男がスタンガンの先を摑《つか》んできた。電流を流そうとした。遅かった。腕に強烈な肘《ひじ》の一撃を食らった。スタンガンが私の手から零《こぼ》れ落ちる。大男がスタンガンを蹴り飛ばした。拳《こぶし》がきた。腹にもらった。

首根をつかまれ、私は壁に勢いよく打ちつけられた。

一瞬、頭の中が真っ白になった。喉《のど》に嫌な冷たさがきた。途端に、意識がはっきりした。喉元にナイフを突きつけられている。

「切り札は持っておいたほうがいい」刃が喉に食い込んできた。「一つだけ教えろ」

「なんだ」

私は目を見据えた。気づかれぬよう、右手をゆっくり動かしていく。

首を絞める大男の力がわずかに緩んだ。

「なぜアイツはオマエを生け捕りにしろと言ったんだ。オマエを事故に見せかけるため、色々と苦労もした。それなのに、なぜ今になって生け捕りにしろと言うんだ」

ゆっくりジャケットの裾《すそ》をめくる。……右手が腰の無骨な感触にあたった。

「そんなこと、俺に聞かれてもわからない」

「いや。わかるはずだ。オマエとアイツは似ている」

大男の声が昂《たか》ぶった。そこに怯《おび》えの色を感じた。

似ている……。胸がきつく締まった。

「そうか。似ているのか」

言い、私は無骨な感触を握った。そして。

全力で額に叩《たた》き込んだ。大男がくぐもった声を発する。もう一撃、思い切り叩き込んだ。鋭い音がし、大男がその場に崩れ落ちる。

私は手に持った玩具のキングコブラを見た。

銃把に大男の血がこびりついている。グリップは荒削りかもしれないが、重量は本物とほぼ同じだ。

落ちたスタンガンを拾い、大男に押し当てた。途中で切れたが、痙攣《けいれん》した大男は白目を剝《む》いて動かなくなった。

「確かに切り札は持っておくべきだよ。それも最後までとっておいたほうがいい」

18

非常階段をのぼり、最上階のドアを開けた。

廊下はすぐに途切れ、打ちっ放しのコンクリート壁が聳《そび》えている。そこに重厚な木製ドアが埋め込まれていた。

ドアを開けると、広い空間が広がっていた。天井以外、全面ガラス張りだ。薄明かりが部屋を照らしている。右奥にはさらにドアがあり、小部屋に繋がっているようだ。

スーツ姿の男が、こちらに背を向けて立っていた。その背中に声をかけた。

「梶野勝利。そう呼べばいいんだな」

「不思議だな。凜にそう呼ばれるなんて」

男は振り返らずに言った。

「じゃあ、野崎と言い直そう」

振り返ってきた。

「君と話すなら、そっちの名前の方がいい。久しぶりだね」

野崎は年相応に老けていた。しかし、面影は濃厚に残っている。私は野崎と正対する形で向き合い、五メートルほどの距離をとった。

「死んだらしいな」

「幽霊じゃないから安心してくれ」

野崎は懐かしそうに微笑んでいた。私は笑みを浮かべる気にはならなかった。

「いつ僕が梶野勝利だと気づいたんだい」

「最初に可能性に気づいたのは、梶野という苗字《みょうじ》に思い至った時だ。二人で助けたホームレスの苗字だ。加えて、下の名前だ。勝利。野崎の口癖だった」

「親の痕跡を消したくてね。だから母親が亡くなると、彼の養子になった。梶野氏は一人っ子で父母は亡くしているけど、郷里に家は残っていてね。その戸籍を利用させてもらったのさ。僕には祖父母も親類もいないから、手続きは呆気《あっけ》ないものだった」

「梶野元親。今はフローラ社の総務部長らしいな」

「秘書でもある。よく調べたね。今日、彼には僕の留学先だったマサチューセッツに出張してもらった。どうも周辺が騒がしくなってきたからね」

「騒がしくしている原因は野崎だろ」

野崎は微笑を消さず、肩をすくめた。「そうともいうね」

「留学か。養子先はホームレスだ。その資金は母親の保険金か」

「いや。保険金は全て寄付したんだ。でも、知っての通り、僕は頭が良いからね。奨学金で留学できたんだよ」

「母親が亡くなったと言ったが、殺した、の間違いじゃないのか」

野崎は薄く笑った。

「気づいたのは凜が最初だよ。しかし、誰ももう証明できない」

「下の名前まで、なぜ変えたんだ？」

「さっきも言ったろ？　親の痕跡を消したかったんだよ。僕は僕自身の手で野崎健太を殺したんだ」

「野崎が死んだと書かれたブログも、その一環なんだな。考えてみれば不自然なんだ。読んだ人間が野崎だと確信するよう書かれている。太腿の傷のことさ。直後、それを見つけた少年がネットには嘘が氾濫《はんらん》しているって教えてくれたのに、その内容が内容だけに最初は信じてしまったよ」

「あれは目くらましさ。僕がそれらしく作ったんだよ。誰が作ったのかわからないブログでも、その内容を信じる人は多いから、野崎健太を検索する人間がいれば、いずれ行き着くようにね。結局、君は見破ったわけだけど」野崎は一拍置いた。「そんなことより、続きを聞かせてくれないか。僕に辿《たど》りついた経緯をね」

私は睨《にら》み据えた。

「三中のタイムカプセルは掘り返され、そこには野崎の分だけがなかった。埋めた記録さえ、市教委にはなかった。アルミサッシに彫った文字も線で消されていた。さらに野晒《の ざら》しになっていた割には新しいサッカーボールも落ちていた。誰かが置いたとしか思えないボールだ。これらの事実を合わせれば、野崎を思い浮かべるのは簡単だ」

それに、と私は続けた。

「教育委員会は三中の全ての鍵を閉めたと言った。音楽準備室の窓も閉めたそうだが、開いていた。校舎の扉にかかっていた南京錠も新しかった。二年もたてば、普通はあんな光り方はしない。つまり誰かが南京錠を壊して侵入し、音楽準備室の窓を開けた。その上で壊した一か所をカモフラージュするため、全ての南京錠を新しくかけ直したと考えるのが自然だ。じゃあ、なぜ音楽準備室の窓を開けるのか。近いうちに誰かが侵入を考える、そう行動を読んだと考えるしかない。そして、音楽準備室の件を知るのは卒業生に限られる」

「君は素晴らしいよ。君が、梶野が僕だと気づいた場合の行動を何通りか考えた。そのうちの一つさ。やっぱり君は想像力がたくましいんだ」

「むしろ貧困さ。事実と僅《わず》かな想像力を繋《つな》ぎ合わせて導いた考察にすぎない。だから途中、もう一人、怪しいと悩むはめにもなった。見当違いだったけどな」

「へえ。ところで、ゴードンは強かっただろ？　九階にいた男さ。暴力の本職なんだ」

「おかげで何度か死にかけたよ。随分、お前に心酔していたな」

「彼は沖縄で米兵と日本人との間に生まれたんだ。でも米兵が彼らを置いて帰国し、母親と東京に出てきたそうだ。で、彼は肌の色で小さな頃から蔑《さげす》まれ、日本人を恨んだ。というか、人間を恨んだ。それで人を殺したいとの気持ちが募って日本を飛び出し、米軍に入隊した。いわゆる外国人米兵さ。英語は彼の母親が教えていたらしい」

あの男も柴崎に似た被害者なのかもしれない。

「イラクで、木っ端微塵《みじん》に飛び散る無数の人間を見たそうだよ。退役後、マサチューセッツでふらふらしている時に見つけたんだ。彼は見るからに兵士だった」

野崎は嘲《あざけ》るように笑った。

「あの頃から筋骨隆々でね。銃に敵《かな》わないとわかっていても、すがれる何かが欲しいんだろうね。でね、毎日バーに入り浸る彼を調べると、イラク帰りの兵士に見られる典型的なPTSDの症状がみられたんだ。人を殺したかったわりに、細い神経だったんだね。で、僕らは徐々に話すようになり、ある日、僕はこう言ったんだ。人殺しなんて気に病むことはない。なぜなら人の命には価値なんてないからだ、とね」

「納得するとは思えないな」

「そうだね。だから僕はバーにいた人物を無作為に選んだ。その人間を殺す。だけど僕が捕まらなければ、それが命に価値のない証明であり、警察の捜査なんて茶番に過ぎない証拠でもある。運の悪い人間が逮捕されるだけだ、とね」

「無茶苦茶な理屈だな」

「世の中は理屈で動くわけじゃない。力と要領、それと、いかに他者に付け込むかが全てなんだよ」

　野崎は眉を動かし、その時の光景を思い出すように言った。

「僕はゴードンの目の前で、バーで選んだ女を軽く道路に押した。それを三日間繰り返した。それから彼は僕に傾倒するようになった。くだらないよね。人間は何かにすがりたい生物なんだ。たとえ信じるに値しない力でもね。以来、僕の言いなりさ」

「直接ご神託の掟も、その信じるに値しない力の一つだな」

　野崎が外国人のように手を広げた。

「あれは力というか噂だね。この時代、噂で人を操れるんだよ。特にあの類《たぐい》の連中はね。真偽も確かめずに、頭から信じ込んでしまうんだ。直接ご神託があった人間や、そのメッセージが表に出ない理由は何か。それは失敗した人間を大男が始末しているから。バカみたいだろ？　そんなわけないじゃないか。だったら、なぜ成功した側から情報が漏れないのか。送ったメッセージは一定期間後に自動で消えるようプログラムし、ネット上の書き込みは僕が作ったシステムが勝手に消している。そして人間の口封じは金だ。こんな些細《ささい》なことにすら思い至らず、信じ込む連中が日本を担っていくんだ」

「おまえがやったことだ」

「僕はこの国の性質を利用しただけさ。バブルや学生運動について前に話したことがあっただろ。今も本質は変わらないのさ。流行《はや》っているから買う、流行っているから信じる。そうやって誰かに判断を預ける国民性なんだ。笑えてくるよね」

「俺たちもその国の一員だよ」

哀しいことにね、と野崎は肩を上下させた。

「警察の動きは気にならなかったのか」

「まあね。うまくやっていたからね。彼らは、物事が表に浮かんでこない限りは動けない硬直した組織なんだ。それに警察は忙しい。事故と判断できる事案に時間をかけることはない。勘づかれたとしても、ゴードンを切り捨てればいい話だしね」

「そうか。麻布のマンションはそういうことか。野崎が通っていた麻布第十中学校の跡地のマンションの部屋さ」

「そう。いわば裏の事務所だね。郵便は僕からの発注書が主なんだ。ネットでは送受信の記録が残る。そこで偽名を使った郵便さ。文章には暗号を使ってね。紙は燃やせばいい。仮に運び役の若い連中が警察に引っ張られても、ゴードンごと切り捨てられるよう、栄和電装という架空の会社まで作った仕掛けさ」

野崎の発言の底から、私は感情を読み取ることは出来なかった。

「お前はゴードンに当初、俺を殺していいと指示していたんだよな？　どうして気が変わったんだ。九階で待ち受けさせたのも妙だ。サーバーの存在だよ。弱点として俺が利用すると読めたはずだ」

野崎は目を細めた。その眼には嘲りの気配が浮かんでいた。しかし、それが私へ向けられたものではないことはわかった。

「凜、各地に分散しているから、あれは一部なんだ。だけど、いわばフローラ社の頭脳だ。くだらない情報を処理する脳みそ。実はね、プロバイダーもポータルサイト運営会社も自分の脳みそであるサーバーですら、外部委託するケースがほとんどなんだ。頭脳を外部に預けているんだよ。ある意味で現代の縮図と言えるよね」

それで、と野崎が話を接いだ。

「梶野勝利が野崎健太であり、野崎健太が黒幕だとわかった理由はそれだけかい」

私の問いへの答えではない。だが、応じることにした。

「赤坂の本社もそうだ。社長室は十階だった。十は野崎がこだわっていたユニホームの番号だ。太腿《ふともも》に傷を負うほどにね」

乾いた拍手が鳴った。野崎は笑みを浮かべていた。公平に見て、魅力的にも思える笑みだった。

「君はあらかた手がかりを回収してきたんだね。まあ、赤坂の件は僕がゴードンを使って君が赴くよう仕向けたとも言えるけど、見事なものさ」

手がかり、回収……。考えていると、野崎が遮るように語りかけてきた。

「覚えているかな。三人で海を見に行ったことがあった。ちょうどこの辺りだったよね。この部屋からも海が見えるだろ。真っ黒い海だ。あの時と同じだよ。海はいいよね。眺めているだけで心が弾む。特に夜の海はいい」

「この部屋にいては、海の匂いを感じることはない」

「感じる必要はないさ」

その目が窓の向こうにいった。私はそれを追った。漆黒の世界が広がっている。空には星も月もなく、海と空の境界線は溶け、黒一色に染まっている。

やがて野崎の目が戻ってきた。表情が消えていた。

「母親だった女と同じくらい、僕は海の臭いだけは嫌いなんだ」

「どうして自分の母親を殺したんだ」

「簡単なことだよ。自分の頭では何も考えられないくせに、他人を潰《つぶ》そうとする。単なる自分のエゴのためだ。そんな人間、世の中に必要だと思うかい？　僕はね、あの女が笑っている所を見たことがない。どう頭を振り絞ってもそんな記憶はない。いつも他人を批判することしかしていなかった。どうしようもないクズだったんだよ」

寺に怒鳴り込んできた野崎の母親の姿が蘇《よみがえ》ってきた。確かに行き過ぎた感はある。しかし子を思う親の一面であるようにも思えた。

野崎の無表情は変わらなかった。それが私には堪《こた》えた。

「千春はどこだ」

「無事だよ。すぐ奥の部屋にいる。心配しなくていい。ところで、アギョウサン、サギョウゴってのは、どういう意味だい」

「あ行の三番目、さ行の五番目を考えてみろ」

　ぱっと野崎の顔が綻んだ。

「なるほど。うそ、か。じゃあ、なぜここに？　罠《わな》だとわかったんだろ」

「意味のない問いかけだな。何があろうと、俺が来るとわかっていたんだろ。だから千春が意味不明なことを口走っても、特に手を打とうとしなかったんじゃないのか」

「確かにね。凜は警察を頼ることはない。そう読んだ通りだったよ」

「失敗したよ。野崎は思わせぶりなことを言っていたんだ」

「何の話かな」

「引っ越す間際だ。千春に言わなくていいのか。そう声をかけたのは覚えているか」

　野崎は不意に遠い目をした。

「そうか、やっぱり、あれは恋の告白という意味じゃなく、罪の告白という意味だったんだね。僕が噂のたて方を話したこと、聞き流していなかったんだね」

「ああ、でも確信はなかった。千春を貶《おとし》める噂を流したのは野崎だと思っていたが、断定できる材料もなかった。おそらく母親を使って噂を流したんだろ」

「その通りだよ。でもどうして、あの時に確かめなかったんだ？　凜になら、僕は正直に話していたかもしれない」

「野崎のためじゃない。千春のためだ」

そうか、と野崎が嚙《か》むように言った。

「末松が抱く僕のイメージのためか」

私は甘かったのだ。

人を操る術。その種はあの時、すでに蒔《ま》かれていた。野崎はそれを育て、ここまで至った。その芽を引き抜き、投げつけてやることができた。だが、私はそれをしなかった。

野崎が静かに細い息を吐いた。

「当時、僕が何のために噂を流したかわかるかい？」

「自分で流した悪い噂を断ち切って、王子様を気取るつもりだったんじゃないのか」

「その通りさ。失敗した僕は末松と近づいた君を貶めるため、カンニングの噂を立てた。泥棒である梶野氏を使って、君の机に盗品まで仕込んだ。まんまと君はすり抜け、末松とさらに仲良くなったけどね。今ではいい思い出だよ」

眉間《みけん》の奥がじんと痺《しび》れた。野崎が言う『いい思い出』の延長線上に今があるのだ。宮沢、ハチミツ。その顔が思い浮かぶ。そして、話したこともない町田京子や西片健吾、田中陽菜という殺された人間たちの最期を思った。

「今さら、中学時代のことをとやかく言うつもりはない。だが、お前の会社を守るために死んでいい命はない」

「よくわからないな。説明してくれないか」

「会社を守るためだったんだろ。企業が利益を求めるのは当然だ。それに反する消極的な意見を持つ人間を、極端な手段で減らそうとしたんじゃないのか」

なるほど、と呟《つぶや》くと野崎は続けた。

「確かにそんな考え方もあるね。だけど違うよ。考えてみてくれ。野垂れ死にする革新性や最先端に何の意味がある？　何の意味もないさ。今、流行《はや》っている技術や機能だって、一年もすれば廃れている。一年もったとしても、五年という期間で見てみればいい。見向きもされないクズに成り果てている。次の最先端が生まれているからね」

「そうやって時代は作られているんだろ」

「そうだね。だけど、本当に基盤となる技術は数えられるくらいだ。ほとんどのものは生まれながらにクズなんだよ。地球は塵《ちり》の惑星だ。一日掃除しないと部屋は埃《ほこり》だらけになるだろ？　それと同じことだ。世の中は塵芥《ちりあくた》で溢《あふ》れているんだよ。もちろん、金にはなる。しかし、そんなことのために人を殺そうとは思わないよ」

「じゃあ、なぜこんなことをした？」

野崎は顎《あご》をさすり、考える素振りを見せると、徐《おもむろ》に口を再び開いた。

「発端は君が僕の命を助けたからだよ」

身に覚えがなかった。野崎は口元を緩め、私の心中を見透かしたかのように続けた。

「別れの品として君がCDを渡してきた時さ」

この借りは必ず返す。あの時、野崎が言ったことを思い出した。声をかけた時の野崎が脳裏に蘇ってきた。表情のなかった野崎……。

「お前、死のうとしていたのか」

あの時のように、野崎の顔から表情が消えた。

「自分は人を自由に操れる。あの頃、僕はそう自負していた。目的は達成できていなくても、手段としては末松の噂や君に対する仕打ちが成功していたからね。でも、あの時、単にいい気になっていただけだったと痛感したんだ。その原因は転居だよ。結局、自分が嫌う社会の権化である母親の影響下から抜け出せないってね。いくら自分は違うと思っていても、腐った社会から抜けられない現実が目の前に突き付けられたんだ。僕は自分の無力さに絶望した。ある意味で柴崎と同じだよ。あの時、僕に残された勝利の手段は一つだけだった」

「死が勝利？　単なる逃避だよ」

「それは本当の絶望を経験していないから言えることだよ。世界に満ちる黒い靄《もや》、すぐ隣にある暗闇、巧妙に隠れた暴力性。本当の絶望はそれらの襲来と言い換えてもいい。経験の有無による価値観の違いなんだよ。試しに考えてみてくれ。柴崎が生き返り、目の前に現れたら、彼女の苦しみを経験したこともないくせに、君は今と同じことを言えるのかい」

「言えるかどうかじゃない。言うかどうかだ」

「まあ、ここで議論をしても始まらないね。結論も出ないだろうし、話を戻そう」

野崎は私を見ていながら、別の何かを見つめているようにも思えた。

「凜、君が声をかけてきた時、ある意味で吹っ切れたんだ。あの時、君と話しながら考えていたんだ。死のうと思っても死なないのなら、生きる意味はあるのだろうかってね。で、気づいた。意味はないとね。生死は表裏一体だ。死ぬから、人は生きる。生きるから、いずれ死ぬ。しかし、僕は死ななかった。現実と非現実の間、虚と実の間、有と無の間、簡単に言えば、踊り場みたいな場所、そんな場所に辿《たど》り着いた。そう思ったんだ。だったら、思うがままに動いてみよう。僕は決意したんだよ」

「それが人を殺す理由にはならない」

「思うがままに動いた結果さ。僕も逃げずに闘ったということだよ。僕なりの方法でね。この世界に満ちる黒い靄、すぐ隣にある暗闇、巧妙に隠れた暴力性との闘いさ。社会との闘いと呼んでもいい。その手段がフローラ社なのさ」

僕は勝つよ。転居の前夜、野崎はそう言った。あの時から徐々に野崎は壊れていったのかもしれない。じくり、と体の奥底が痛んだ。その痛みを抱え、問うた。

「フローラ社が手段ってのは、どういう意味だ」

「他人を動かすってことさ。それには、まずは声を張り上げて、もっともらしく主張すればいい。たいていの人間はそれだけで流される。じゃあ、それで流されない人間を操るにはどうすればいいのか。それはね、雰囲気や時代の流れを作ってしまえばいいんだ。ただし、まだ流れない人間もまれにいる。でもね、流れの勢いが増すにつれ、抗《あらが》える人間は減っていく」

野崎は肩を大きく上下させた。

「その流れを作り出す道具こそ、フローラ社なんだよ。当初は弱小だった。既存企業や外資の足元にも及ばない弱小さ。だから、一つだけウリを作ったんだ。使用料を徹底的に安くした。その上で顧客サービスとしてネット通販に力を入れたんだ。どのプロバイダーも力を入れていなかった頃さ。その結果、フローラ社は爆発的に若者に受け入れられた。その流れを維持したまま、現在に至っているんだよ」

言葉が途切れた。少しあり、野崎の口がまた動いた。

「特に今やSNSは流れを生み出す装置でも中心的な役割なんだ。本当に呆気《あっけ》ないほど、人の心ってものは操れるんだよ。僕はヒット商品やヒット曲、人気タレントを次から次へと生み出した。人気絶頂の商品やタレントの秘密を公開したり、誹謗中傷をばら撒《ま》いたりし、貶める方向に使うことにも成功した」

「本当にそんなことが出来るのか？」

「簡単だよ。広告や書き込み、まことしやかな情報、そういった作りあげた種を入れておく。すると誰かと繋《つな》がることで安心したい連中が、その種を勝手に拡散してくれるんだ。そしてあちこちで発芽し、再び胞子が飛ぶ。そうやって世界が僕の意思に覆われるって寸法さ。利用者は、自ら作る流れでさらに自分の頭を使わなくなっているんだ」

私は思い出した。炎上した蟻の巣の周りにいた人々……。

それにね、と野崎は鼻で笑った。

「呆《あき》れたことに、彼らは情報を無料で手に入れていると勘違いしている。こっちは彼らの登録情報でお金を稼いでいるというのにね。だいたい、記憶や記録を誰かに預けるなんて気が知れないよ。僕がサイトをぶち壊せば、彼らの思い出も情報も消えるんだ。所《しょ》詮《せん》、脳を預ける連中だから、しばらくは頭の中に残っていても、ほどなく記憶に埋没するのが関の山さ。まったく無意味な世界だよ。連中は僕が創り出した道具の中で転がっているだけだ」

「違うッ」私は声を張り上げていた。ハチミツが見せた町田京子のメッセージを思い出していた。「一生の思い出を刻んだ人間もいる」

「意味と呼ぶものの正体はエゴだから、否定はしないよ。まあ、話を進めよう。僕が人を操った結果を凜も味わっているんだよ」

少し間があいた。

「『ウイリアムを発見』って絵本を覚えているかい。僕らが子供の頃に流行《はや》ったものだ」

「ああ。各ページの中にウイリアムがいる。それを探す絵本だろ」

「そう。あの現実版を僕は作ったんだ。『さて、僕はどこにいるでしょう』という件名で、目当ての人物の特徴を記した情報を会員に送る。そして会員に街で撮影した写真を送らせる。もちろん、あらかじめ携帯の位置情報にこっそりアクセスして、標的の行動範囲に見当をつけた上でね。あとは会員から届いた写真の位置情報を追い、標的の行動を予想する。で、線路や道路に向けて背中を押せる状況を作り出すってわけさ。街中での撮影なんて誰もがする。だから誰も罪悪感を抱かないからね。この国のモラルは消え去ったんだよ。誰もがいつの間にか殺し屋になっているんだ」

「殺し屋を作ったのは野崎だよ。お前は、柴崎を殺した連中と変わらない」

ほんの一瞬、野崎は祈るように目を閉じた。

「そうだね。自分の手を汚さず、誰かを死に陥れるわけだからね。でも、よくできたシステムだろ？　数はある程度集まると暴力性を内包する。その原則を少し発展させただけなんだけど、僕は黒い靄《もや》すら造り出せるシステムを生み、操っているんだ。ポイント、つまり金で人を操る発想の源は中三の時、スニーカーのために襲われた体験だ。話したよね？　あの時、流行や金のために暴力すら振るう人間がいることを知ったんだ」

「黒い靄は敵だったんじゃないのか」

「敵でも手なずけて味方にしてしまえばいいんだよ」

「野崎、お前の言う『闘い』の目的は何なんだ」

私は何度も同じ問いかけをしている気がした。

「凜、君はこの世界を、この国をどう認識しているんだい」

「さあな。野崎こそ、どう思っているんだ」

野崎は目元を緩めた。

「僕の母の価値観は母が形成したわけじゃない。借りものだ。じゃあ、誰からの借りものか。世間の常識だよ。でもね、常識ほどあてにならないものはない。例えばそうだな、僕らはタコを食べる。だけど食べない国も多い。それがその国の常識だからだ。日本でも地域によって特定の虫を食べる。世界にはもっと多くの虫を食べる地域がある。僕らが見ることとさえ気持ち悪いと思う虫をね」

「何が言いたいんだ」

「つまりね、常識の正体は玉虫色だ。空っぽなんだよ。でも、人間はそんな常識を無条件に判断基準にする。だから、一つの方向が生まれると、流されるんだよ。この商品が可愛いという常識が作られれば飛びつき、いい曲だと常識が作られれば飛びつく。欲しい物も、食べたい物も、聞きたい音楽も、全てを他人の判断に委ねる、自分の頭で何も考えられない空っぽの連中の集まりが、社会なのさ」

空っぽ。私は野崎の一言を考えた。空っぽだからこそ、その中身は自分で埋めなければならない。自分に足りない要素を取り込むこともできる。だから千春はもがき、ハチミツも前に進もうとしている。

「空っぽでも意味はある。いや、だからこそ意味がある」

「それが僕と凛の違いだね。僕には、空っぽは無にしか見えない。彼らは黒い靄の構成分子なんだ。僕が一番嫌いな連中だ。そんな連中は今、この国に溢《あふ》れている。僕らが中学生の頃に比べても、爆発的に増えている。でも、誰もそんな状態を是正しようと考えていない。だったら、僕がやればいい。単純な話さ。僕は力を持ち、その使い方も知っているんだからね」

「お前の言う是正で人が死んでいいことにはならない」

それはね、と野崎は静かに言った。

「線路を眺めながら、目の前に高い壁がある話をしたことを君は覚えているかな」

「ああ。俺はあの時、登ると言った。野崎はもう一つ別の方法をとると言った」

「そう。壁なんか壊してしまえばいいんだ。僕はそういう人間なのさ」

しばし黙った。静寂が全身を包み込んだきた。

「はっきり、そう自覚した破壊の手始めが母だったんだ。高校二年の時だ。僕は周囲にいるのが常識や学校の言うことに盲目的に従う連中ばかりでうんざりしていた。そんなある日、母親が仕事で海浜幕張に行くと知った。テーブルに手帳が置いてあってね。その場所は、君たちと見た海の近くだった。勝手知ったる場所さ。で、試してみようと思った。簡単だったよ。隠れ、母が出てきた所を背後から押しただけさ」

私は心が波立った。もしその頃、私が野崎の近くにいれば、野崎はそんなことをしなかったかもしれない。

「情報は使い方次第。あの時、僕は再確認した。だから、基礎から学ぼうと思い、アメリカに行ったんだ。あの国は情報大国だ。対イラク戦争の結末を知っているだろ。非人道的な化学兵器をはじめ、大量破壊兵器があるから。それを理由の一つにして攻め込んだ挙句、何もなかった。そもそも兵器に人道的もなにもあったもんじゃないと思うけどね。まあ、そんなことはいい。あの国で僕は改めて学んだ。嘘でも真実になる場合もある。情報で命を左右できる。情報こそ勝利の鍵《かぎ》なんだ、とね」

私は野崎の思考が読めなかった。濃霧が立ちこめ、手探りで進もうにも身動きがとれない感覚に陥っていた。……ただし、野崎はなぜこんなことをしたのか、その目的をはっきり言おうとせず、話を逸《そ》らしていることはわかる。

「凜、情報は力だ。国が転覆することもある。誰でも破壊者になれる時代なんだよ。いわゆるアラブの春だよ。歴史が検証するだろうが、彼らはＳＮＳの力で繋がり、国を変えるうねりとなった。そう認識されている。その後の混乱には目を瞑《つむ》るとしてもね」

でね、と野崎は続けた。

「裏返せば、装置で生まれた動きなんだから、人為的に造り出せないはずがないと思わないか。そして僕はその装置の根本を握っている。ある種の権力さ。ならば、使うことは所有者の責任だろ？　どんな道具も能力も使わなければ、ただのゴミだからね。確かに血は流れたよ。でもね、社会を変えようと思ったら、多少の犠牲は仕方ないさ」

「権力？　俺には野崎こそ情報の力に操られ、弄《もてあそ》ばれているようにしか思えない。それが力と呼べるのか。お前こそ空っぽじゃないか」

「空疎だろうと力を手に入れたことに違いはないさ。権力の権。この漢字には、仮という意味もあるんだ。昔の人はよく言葉を知っているよね。所詮、力は仮のものだと認識していたということだよ。権力は仮の道具さ」

「日本を変えたいのなら、より良い方向へ進む貢献をしようとは思わなかったのか」

「思ったよ。今でも思っているよ」

　野崎は軽く首を振った。

「自分が一番可愛い。自分さえ良ければ、他人はどうでもいい。その本音は否定しない。むしろ理解できるよ。だけど、一年生だから十番を背負ってはならない、ホームレスは襲っても構わない、偏差値の高い大学に入らねばならない、水商売の親を持つ娘は嫌われなければならない、肌の色が違う人間は蔑《さげす》んでも構わない、金を得るためには周囲で事故が起きても指示を全うしなければならない。こんな連中はまともかい？　少女が人生なんて早く終わればいいと願う社会なんて、まともかい？」

　正論だった。しかし。

「野崎はどんな社会を作りたいんだ」

「空っぽの社会を、より空っぽにするだけさ。見ものだろ？」

　野崎は微笑んだ。

「でね、どんな人間が抵抗できそうかを考えた。すると浮かんできたのは、凜、君だった。君ほど実験にふさわしい人間は僕には思いつかなかった。君は格好つけるために動くクズではなかった。君は流れに自然に抵抗する人間だったからね」

「実験台？」

「そう、システムの仕上げだ。それが君と闘うことだった。君が僕を助けた時、君は責任をとるべき立場になったんだよ。で、君を探していたんだ。とはいえ、会社は無数にある。居場所の手がかりもない。だから、網にかかるのを待っていた。すると末松のSNS上で明らかに君とわかる人物への言及があった。玩具《がんぐ》会社の社員だとね。僕は片っ端から玩具会社の社内システムに侵入し、君の勤務先や住所を突き止めた。僕は凜を調べた。徹底的に調べた。携帯電話の履歴や駅改札の記録。凜を丸裸にしたんだ。アメリカで身につけた技術さ。そして、念願の実験を始めることにした」

私は眉根《まゆね》を寄せた。

「それなら、なぜ俺だけを狙わなかった。なぜ無関係な人間まで巻き込んだ？」

「本当に機能するのか、僕自身、半信半疑でもあったからさ。流行を作るのとは話が違うからね。単に君を殺すだけなら簡単だ。でも、それでは駄目だ。システムとして勝たねばならない。僕にも創造者の責任やプライドがある。きちんと稼働するシステムなのか。それを確認したかった。いわばテストのためのテストさ」

テスト……。浮きあがる記憶があった。通学路に倒れる血まみれの同級生、あるはずのない拳《こぶし》大の石、そばに立っていた野崎。

「そうか。一連の殺人を事故に見せかけていたのは、野崎の犯行だと暗に示すためだったんだな。中学時代の事故を思い起こさせ、野崎と結び付けさせたかったんだ」

「やっと気づいてくれたようだね。ちょっと謎かけの難易度が高かったかな」

会話が途切れると、足元が崩れていく感覚があった。図らずも野崎の命を救ったために、大勢が死んだことになる。……意識の狭間《はざま》に、ハチミツの声が聞こえてきた。

ふざけるな、逃げんなよ、正面から向きあえよ。

背中を強く張られた気がした。

19

踏んばった。

「野崎、死んでいった人間の命を何だと思っているんだ」

「別に何も思わないよ。誰の命だろうと、平等に無価値だというのが僕の考えだ。アメリカの大統領だろうと、アフリカで餓死寸前の赤子だろうと等しく命に価値はない。僕にもなければ、凜にもない。誰もが、そう無意識に気づいているからこそ、人間は子供が三十秒に一人死んでいく地域の現状より、株価や景気を気にするんだよ」

「それは命の価値とは別問題だ。誰にだって生活がある」

「またしても見解の相違だね」

野崎の顔色はまるで変わっていない。

「ただし、死ぬのが惜しいと思う人物はいたよ。君の友人さ。宮沢君と言ったかな」

「野崎が殺したんだ」

「ああ。仕方ないね。彼は邪魔だった。排除が妥当な判断だったんだ。だけど、僕も鬼じゃない。チャンスは与えたよ。彼ほどの能力を消すのは惜しいからね。だから誘った。

ウチで働いてみないか、とね。プログラムを通じてメッセージを送ったんだ。冗談じゃない。そう一笑にふされたよ。面白くない、とね」

「宮沢は面白いか、面白くないかが行動基準だからな」

「それが首を絞めたわけだね。明確な行動基準を持つのも考えものだな」

「なぜ蟻の巣まで燃やした？」

「理由は二つある。一つは凜に実感してほしかったんだ。いかに社会が愚かなのかってことをね。普通、誰かの家や店の前にゴミなんか捨てない。でもね、みんながやっていれば、そんなモラルは吹き飛ぶんだよ。その結果、燃えたってだけだ」

野崎は投げ捨てるように笑った。

「もちろん、火災のことは予想していた。それが二つ目の理由に繫《つな》がるんだ。凜を試したかったんだ。凜は脅しに屈することがあるのか。あるのならどんな脅しなのかってね。そのバリエーションの一つさ。自分のせいで誰かの大事なものが奪われたら止まるのかって。それは時に命以上の重みを持つからね」

「関係ない人間を巻き込み、俺が止まるか試したというのか」

「そうなるね。結局、君は自分への危険があろうと、他人が危険に巻き込まれようと止まらなかった。凜が成長すれば、こうなるだろうと思った通りだったよ」

私は腹から重い息とともに吐いた。

「梶野元親の過去を調べたよ。宮沢の部屋に入ったのは梶野だな」

「ああ。彼に言わせると、オートロックさえ抜ければ、鍵《かぎ》の仕組みは昔からさほど変わらないそうだ。オートロックだろうと、マンションは待っていれば、いずれ誰かが開ける。彼はあの顔立ちだからね。格好さえ整えれば、どんな役柄もこなせる。高級マンションの住人役だろうと、ヤクザだろうと」

「そうか。小石川の坂に若者をけしかけたヤクザの正体か。マンション前で俺を監視していたのも、梶野元親だな」

「そうだよ。その後、彼にはマンション前で二日、凜が来るまで張ってもらった」

「深谷邸に入ったのも梶野元親だな」

「そう。君との関係を探るため、警報装置を作動しないようにしてね。システムへの侵入は簡単だったよ。なにせ、フローラ社のセキュリティソフトの亜流だからね」

ハチミツの折れ曲がった右腕が脳裏に浮かんだ。

「腕を折る必要はなかったはずだ」

「へえ、そうなんだ。でも、自業自得だよ。もとを正せば、少年が首を突っ込んだのが間違いさ。彼は検知システムに引っかかったんだ。会員の個人ログを辿《たど》り、僕の狙いに気付いた可能性のある会員を検知するシステムだよ。だから僕はまず、彼に送ったご神託を消去した。ご神託にはいつでもこちらから操作できる消去ウイルスに感染させてあるんだ。それを作動させた。凜に関係した分を残してね。試合の途中だから消すのは不公平だと思ってね」

後悔や反省の色は微塵《みじん》もなかった。私には野崎こそが黒い靄《もや》であり、悪意であり、暗闇であり、暴力にしか見えなかった。

「野崎、お前は引き返せない道に進んじまった。自分の母親を死に追いやった時に」

「でも法律は僕を罰していない。警察も気づいた様子はない」

「露見していないだけで、行いが消えたわけじゃない」

「確かにね。僕は自分の痕跡《こんせき》を出来るだけ消したけど、他人の記憶を操ることは出来ないし、他人に渡った写真を消すことも出来ない。でもね、それは僕の幻影だよ。誰も僕の本質や考えを理解しているわけじゃない。ただの形に過ぎない。要するに、その形で目を眩《くら》ませられるということさ。世の中は形ばかり求めているからね」

例えばさ、と野崎は続けた。

「その最たるものは金だよ。紙幣はただの紙であり、画面上でもただの数字の羅列だ。金を手にすることは、額面の価値があるとされた紙や金属片を手にしているに過ぎない。その存在自体がまやかしなんだよ」

「世の中が狂っているように聞こえるな」

「知らなかったのかい？　狂っているんだよ。自分たちが設定した架空の価値に振り回され、紙や数字の羅列を求めているんだよ。だから、金のない人間は手っ取り早く金を稼げる手段をいつも探している。フローラポイントがいい例さ。あさましいよね」

「だからといって、その世界に生きる人間を殺していい理由にはならない」

「それは凜の基準だよ。一念三千だっけ？　昔、話してくれたよね。一つの事柄には多くが含まれている概念について」

ああ、と私は応じた。

「僕はあの考えに大賛成なんだ。例えば、凜が見ている赤がある。リンゴの色さ。でも、それは僕が見ている赤とは限らない。僕が黒だと認識しているものを凜は赤と言っているのかもしれない。でも、僕はそれを確かめることは永遠に出来ない」

「全員が違う色を見ているなら、世界では六十億通りのリンゴが出来上がっちまう」

「そうだね。おそらくほとんどの人間は生物学的に考えても、目の前の赤を共通の赤だと認識しているんだろう。でもね、中には黒を赤と認識する人間もいるんじゃないか。そう僕は思っている。色覚異常とか病気とはまったく別次元の話でね」

「俺と野崎の世界観は違うと言いたいのか」

「ご名答」

「野崎、お前が何と言おうと、俺たちは誰かが作った食料、服、物語、音楽、そのほか色々な物や文化に支えられて生きている。お前が何を思い、何をしようと、この見えないシステムの一部に過ぎない」

言ってから気づいた。そんなことを野崎ほどの頭脳が考えないわけがない……。ならば、それを変えるという、勝算もない試みに至るきっかけがあったはずだ。

千春のSNSで私の名前を見つけた。それだけが引き金であるとは思えない。そこに何か別の理由があるはずだ。

　そして、それはおそらく、野崎が煙に巻くように口にしない、私への質問の答えなのかもしれない。なぜ、こんなことをしたのか、という質問の。野崎はそこに触れられたくないのだろう。ここまで言葉を多用したことが、それを物語っている。

　私は野崎との会話を振り返っていた。その言葉の一つ一つで、目の前にいるはずの野崎が、どこか遠くにいる感覚にさせられた。

　……と、一つ引っかかるものがあった。頭の中から血が引いていくようだった。何も確かめたわけではない。しかし、最初から知っていたのかもしれない。私は一瞬だけ目を伏せ、上げた。

「さっき、千春のSNSの話をしたな。つまり、千春のSNSを覗《のぞ》き見ていたんだな」

「一人同窓会の発展版かな。君はしたことないかな。友人の名を検索するんだ」

「あいにくないな。だから野崎が死んだというブログもつい最近知ったんだ」

「そうか。まあ末松の話に戻そう。末松が被害者から面倒をかけて申し訳ないというメッセージを受け取った時の返答だった。面倒と思うかどうかは本人次第。わたしは思わない。寺を継がずに玩具会社に入った知り合いの受け売りだけど、ってね。それで君の現在に見当がついたんだ」

「SNSに批判的な人物ばかり狙ったのは、なぜだ」

「それは凜の思考に合わせた結果だよ。君がSNS推進派なら、推進派を狙っただけのことだ。木を隠すなら森に。この言葉を知っているかい」

「表沙汰《おもてざた》になりやすくなる。共通点がある方が不自然だ。仕掛けだろ」

野崎が顎を引いた。

「説明してくれないか」

「表沙汰になった場合、誰もが納得しやすくした。テレビでSNSに消極的な発言をした人間が次々に事故で死んでいく。普通じゃない、そう思われる仕掛けだ。そう考えない限り、こんな目立つことをするとは思えない。フローラ社は民放の主な情報番組のスポンサーだ。内容に圧力を加えることも出来る。それなのに消極的な意見を放送させ、何も言わないこと自体が妙とも言える。そもそもSNS特集に民放は消極的らしい。その彼らがなぜ特集を組んだのか」

野崎は何も言わなかった。私は続けた。

「野崎からテレビ局に特集を持ちかけた。そして消極的な意見を言う人間を殺した。あえて森を作り、俺をその中の一本にしようとしたんだ。俺がSNSを利用していないと簡単に調べられたはずだ。当然、消極的だと予想もできた。森が出来たタイミングで西新宿の会社員からも事情を聞きたいと再び声をかけたんだろ。俺を監視していたのなら、どの辺りでテレビクルーが俺を捕まえられるかもわかる。そういう細かい指示も出したはずだ。一度目で捕まえられなかったら、二度、三度と繰り返せばいい。ああいう番組は右向け右の世界だそうだ。つまり一つの番組が放送されれば、次々に同じ特集が各番組で組まれる。罠《わな》に俺がかかるのを待てばいい」

疎《まば》らな拍手の音が散った。

「凜、さすがだ。その通りだよ。しかし、個人的な意見を言わせてくれ。僕は取材内容や放送内容に口を出そうと思ったことはない。意見を述べる自由は誰にでもある。言論の自由ってやつさ。それを封じ込めようとは思わない」

「だからこそだよ。テレビ局を使った木を隠すなら森という行動は、もっともらしいベールなんだよ」

「じゃあ聞こう。凜は何のために僕がそんなことをしたと思っているんだい」

「千春のためだ」

野崎が眉《まゆ》を微《かす》かに動かした。

「どうして僕が末松のために、そんな危険な橋を渡る必要があるんだい？」

私は沈黙で応じた。随分と長い沈黙が続いた気がした。やがて、野崎から長いため息が漏れ出た。それが返事だった。

野崎は自嘲《じちょう》気味に口元だけを綻《ほころ》ばせた。

「凜、まさにネットっぽいと思わないか」

「どういう意味だ」

「インターネットというと何か大きく広がっていくイメージがあるけど、結局は個人に帰結するんだよ。個人的人間関係、個人的事情、個人的欲望にね。検索する事柄なんて自分にまつわることに過ぎないだろ？」

今の一言が、一連の犯罪を集約している気がした。

現実社会の破壊という壮大な思いと、その実行に至る引き金となった個人的な思いの対比が、インターネットという底知れぬ装置も、結局は身の回りのことを扱うに過ぎないという野崎の考えに呼応しているようでもある。

……私は熱い息を鼻から抜いた。

「フローラという社名は千春に因《ちな》んでいるのか？　フローラは古代ローマで花、春、豊穣《じょう》の女神だ。千春という名前にぴったりだよ。三人で話したことがあっただろ」

野崎が目を広げた。

「驚いた。凛に言われて気づいたよ。会社設立の際、この社名がふっと浮かんだんだ。それこそ天啓のようにね」

フローラか、と野崎が歌うように呟《つぶや》いた。その響きを味わい、楽しげでさえあった。

私は長い瞬《まば》きをした。

「千春が警官だと知っていたんだろ」

「ああ。そんな情報は登録されていなかったけど、少し調べれば、簡単に浮き上がってきた。警察は男尊女卑が激しいみたいだね。女性というだけで苦労しているようだ」

「だから失敗した場合、表に出やすい条件を整えたんだな」

「ああ。失敗すれば、僕だって潔く敗北を認めるさ。末松はすでに三か月前、SNS上で死んだ女性に、『自分を見つめ直すために、中学時代の親友に会いに行く』と書き込んでいた。つまり、凜を狙えば、末松が近くにいることは明白だった。要するに失敗した場合、末松に手柄を与えられる可能性が高くなる計算さ。どうせなら知らない人間や、前例や規則に沿った判断しか出来ない警官より、末松に手柄を与えたい気持ちがあった。僕は結局、君と違って彼女に何もしてやれなかったからね」

私は黙した。いつ、どこで、どんな風にしても社会との闘いには勝てない。野崎がそう見切れないわけがない。それでもなお、無謀な破壊に踏み切った野崎の、黒い靄と呼ぶものさえ内包する社会への憎悪。そして、どうせ失敗するなら、せめて千春のためになろうという思い。

私は揺さぶられていた。……この男を許すわけにはいかない。一方、しかしながらと思う自分がいる。

野崎が恥ずかしそうに笑った。

「末松へのプレゼントはもう一つあったんだ。彼女が関わった事件で警察へのSOSメッセージが最近、公になっただろ。あれさ。柴崎の件があるからね、三か月の時間を置いたんだ。このタイミングは事件が忘れられた頃、世間に思い出させるためさ」

柔らかな口ぶりだった。私には殺人者の口調には聞こえなかった。

野崎は目の前にいる。だが、野崎ではない。そう思った。現実と非現実の間、と野崎は言った。確かに、この男はそこを漂っていたのだ。黒い空間に一人で漂う野崎の姿が脳裏に浮かぶ。野崎に残る生身の人間らしさと、装置と同化してしまったような無機質さ。それが私に寂しさを与えていた。

フローラ会へのご神託で事故を装うのではなく、途中から実力行使に出てきたことも、野崎が生身と装置との境界にいることを物語っているのかもしれない。そして、千春のために踏み切ったこと自体、生身の野崎と無機質な野崎がせめぎ合った結果、生身の頃の記憶が勝ったからなのかもしれない。

十五年前、野崎ともう少し突っ込んだ話をしていれば、何かが変わったのかもしれない。何も変わらなかったかもしれないが、しておくべきことだった。野崎が黒い靄《もや》に囚《とら》われなかったかもしれないのだ。

……胸の奥が痛かった。それは激しい痛みだった。

部屋は静まっていた。

「いずれにしても、凜はここまで辿《たど》り着いた。お見事だよ」

野崎がスーツの内ポケットに腕を入れ、ゆっくりと抜き出した。

「所詮《しょせん》、僕は人殺しなんだ。金が集まると、こういうものにも縁ができるんだよ。安心してほしい。苦しまずに死ねるよ」

銃が向けられていた。

私は平静だった。驚くほど落ち着いていた。私は銃口を見据えていた。距離は五メートルほど。なぜ、まだ撃たないのか……。

私は腰からキングコブラを抜いた。

「それが凛の開発した玩具《おもちゃ》か。ここから見る限り、よく出来ているね」

「一つ教えてくれ」

「何だい」

「千春に言わなくていいのか」

野崎が言葉を呑《の》む気配があった。その一瞬が、とてつもなく長く感じられた。

「懐かしい台詞《せりふ》だね。十五年前に戻ったようだよ」

「今回はどうするつもりだ」

ややあった。

「凛、サヨナラを言う時が来たようだ」

鈍い金属音がした。野崎の構える銃が動いた。

私はキングコブラを投げた。野崎がそれを払いのける。その隙に私は飛び込んで、その右腕を摑《つか》んだ。力任せに野崎のこめかみから銃口を外す。破裂するような銃声が響いた。天井からコンクリートの破片が落ちてくる。

野崎は力ずくで銃口を自らに向けようとした。

「凛、邪魔するなッ」

腹に膝《ひざ》を食らった。私は肘《ひじ》を入れた。私は野崎の右腕を離さずに喰《く》らいつき、銃口を外に向け続けた。負けるわけにはいかなかった。

揉《も》み合った。

荒い息が重なり、体中に痛みが走った。互いに銃の位置を争いながらも、私は生身の野崎を感じていた。剝《む》き出しの野崎が目の前にいる。そう思った。一瞬を待ちながら、もう少し殴り合ってもいいとさえ、思っていた。

野崎の拳《こぶし》がきた。顎《あご》に入った。構わず、私は拳を入れ返した。

……野崎と殴り合ったことはない。それなのに、どこか懐かしいものがあった。呼吸を詰め、さらに私は拳を放ち、一撃を食らった。また拳を出す。息が苦しかった。心臓が暴れている。胸が破れそうだ。これでいい。野崎の息もまた荒い。こいつは今、ここにいる。実体のない黒い靄でも悪意でもない、野崎がいる。私は野崎を殴っている。しかし、同時に生身の野崎の向こうにある何かも殴っている気がした。腹にもらい、顎に返した。揉み合いながら、私は野崎の向こうに喉《のど》の奥で吠《ほ》えた。そして殴られ、殴り返した。目が合った。

野崎が深く息を吸った。瞬間、私は腰からスタンガンを抜いた。耳元で銃声が弾《はじ》け、頰を熱が掠《かす》めた。

一瞬あった。

ふっ、と野崎の体から力が抜け、ゆっくりと私に倒れかかってきた。踏ん張った。ずしり、とその重みを受け止め、少しの間、私はそのままでいた。二度、三度と深呼吸して息を整えると、静かに床に寝かせた。そして、銃をその手から引きはがした。頬に生温かさを感じた。手の平を当て、顔の前にかざす。血だった。ドクン、と心臓が大きく跳ねた。生きている。そのことを実感した。私は野崎の顔を見下ろした。

……野崎は死ぬつもりだった。だから、撃ってこなかったのだ。

私が海浜幕張に来る時点で負けを認め、私を殺さないで自らの話を聞かせる方針に変えたのだろう。ゴードンにも理由を告げず、方針を変えたのだ。必ず私を仕留める気なら、ゴードンを九階に配置する必要はない。

そして野崎は私と話し続けることで、自分がしたことを全て私が把握しているかを確かめたのだ。その解明は千春の手柄になる。私は頬の血をまた拭《ぬぐ》った。

所詮、僕は人殺し。

野崎の言葉が胸に迫ってきた。その人殺しを生み出したのは一体誰なのか。野崎の母親なのか。野崎の母親が価値観を委《ゆだ》ねた常識や社会通念なのか。噂や雰囲気に流されやすい人間なのか。暴走を止められたかもしれない私なのか。

怪異はその時を象徴する道具や思想に乗り移って出現する。志木統に伝わる教えが胸中で喚《わめ》き立ててきた。

それが、なぜ野崎だったのか……。なりふり構わず叫びたかった。胸倉を摑んで誰かに問い質《ただ》したかった。

20

千春の口からタオルを外し、足首と後ろ手に縛られたロープを解《ほど》いた。千春は表情を止めていた。

「多分、わたしと野崎君は同じものと闘おうとしたんだと思う。世界って何なんだろうね。社会とか常識って誰のためにあるんだろう」

私たちのやりとりを聞いていたのだろう。

私は何も答えなかった。答えを求められているとも思えなかった。また、答えが出る問いかけでもない。

怪我はないか、とだけ言った。

「大丈夫」

「どうして海浜幕張に来たんだ」

「墓参りに行って三中に行く前に立ち止まったでしょ。交差点の事故現場で」

「千春も疑問に思っていたんだな」

千春は軽く頷《うなず》いた。

「あの事故と、女の子を殺したストーカーが死んだ事故が似ていたから。今回も自転車に乗った犯人がトラックに撥《は》ねられ、そばに拳大の石が落ちていたの。警察は逃げ切れないと考えた末の飛び込み自殺と処理した。偶然だと思っていた。でも、海浜幕張での野崎君のお母さんの事故を知って、偶然じゃないかもと思ったんだ」

「それで海浜幕張の事故をひっくり返そうと思ったのか」

「そう。事故現場に来たら、しばらくして野崎君が現れて、わたしは薬品を嗅《か》がされた。多分、わたしも携帯で行動を監視されていたんだと思う」

千春が先ほどまで自分を縛っていたロープを握り締めた。

「わたしね、野崎君に頷ける面もある。大きく物事を動かすには小さな犠牲は仕方ないって考え方。大きな幸せを得るためには、小さな幸せを捨てなければならない時もある。だって、それが現実だから。世の中は理不尽な悪意で満ちている。大勢がその悪意に取りこまれないためには必要な犠牲もあると思う。誰も傷つけないで社会を変えていけるのは理想だし、できるに越したことは無い。でも、理想だけを追い求めるのは不可能に近いことだとも思う」

千春の大きく跳ねた声が空間に消されていく。

私は見つめた。千春、と声音を和らげ、呼びかけた。

「俺も野崎の考え方に領ける面もあった。常識や慣習にとらわれる必要はないという考え方だ。千春が言った今の考え方は常識だ。現実が作り上げた考え方だ。でも、綺麗事《きれいごと》を綺麗事のまま追い求める道が間違いだとは思えない。青臭い理想を抱き、進み続けても良いと思わないか？」

千春の目が激しく揺れた。私はその瞳《ひとみ》を見つめた。

「黒い靄《もや》や悪意で満ちる世界だからこそ、綺麗事や青臭さが必要なんだと思う。千春の言う犠牲って、ストーカーに殺された女の子のことだろ？　でも、どんな大きいものが相手だろうと、誰かを最後まで信じようとする優しい子を犠牲にしちゃならないんじゃないか」

千春の口が開きかけた時、無骨な足音が響いた。私は振り返った。開けっ放しの扉越しに、巨大な影が浮かび上がっている。

ゴードン。

その右手には薄闇でも鈍く光る刃物があった。

遠い上、薄暗い。それでも、その目は血走り、私に据えられているのはわかった。

ゴードンが野崎の脇を抜けた。野崎に一瞥《いちべつ》もくれていなかった。その足は次第に速まってきている。

逃げ場はない。耳元でにわかに脈動が激しく波打ち、神経が冷える一方、体の芯《しん》が熱を帯びた。このままでは千春も巻き添えにしてしまう。それだけは避けたい。野崎から奪った銃を構えようとした。……撃てるのか。人を殺せるのか。私は手が震えた。先ほどふき取った、頰を垂れた血の温かさを思った。

「ゴードンッ」

刃が煌《きら》めき、ゴードンの体が跳躍した。

乾いた銃声が二発、続いた。

冷たい静寂だった。巨大な影が崩れ落ち、その向こうに人影があった。

小さな銃を構えた野崎だった。私は撃たなかった銃を下ろした。

「野崎、お前、その銃は」

「切り札さ。足首につけていたんだ。だから揉み合った凜が気づかなくても当然だよ。君のスタンガンは充電が切れてきているようだね」

野崎は銃を持つ右手をだらりと下げ、ゴードンを一瞥した。

「僕が見出《みいだ》しておきながらなんだけど、しぶとい男だよ。二発叩き込んでも、突っ込んでくるんだから」

せり上がってくるものがあった。野崎は自分に突っ込ませたのだ……。先ほど、ゴードンは野崎の声に反射的に飛びかかっていった。

ゴードンの手から零《こぼ》れたナイフを蹴《け》ると、野崎はよろめくように後ずさった。

強い血のニオイがした。

私は目を見開いた。野崎は腹を抉《えぐ》られていた。出血は夥《おびただ》しく、素人が見ても危険な状態だとわかった。

野崎が微笑んだ。それは、憑《つ》き物が落ちたように朗らかな笑みだった。

「心苦しいけど、一つだけ頼みがある。僕を海辺まで連れていってくれないか。すぐそこなのに、一人じゃ辿《たど》り着けそうもないんだ」

野崎がその場に崩れた。弾かれるように私は、野崎のもとへ歩き出した。一歩一歩、足が遠くにあるように感じられた。

腕をとり、肩を貸した。動かさない方がいい。頭ではわかっていたが、ドアに向けて歩きだしていた。微熱が私の胸の奥で疼《うず》いている。

「千春、俺のポケットに携帯がある。それで救急車を呼んでくれ」

すぐに千春が私から携帯を取り、耳にあてた。野崎の呼吸は荒かった。その合間に千春が救急車を要請する声を聞いた。

エレベーターで降り、道路を渡ってすぐの砂浜に入った。

時折、砂浜に足をとられながら、野崎とともに進んだ。肌を撫《な》でてくる潮風は、ざらついていた。歩みを進めるにつれ、波の音が次第に強くなった。

波打ち際まであと少しという場所だった。

「凜、ありがとう。この辺でいい」

野崎は、腕を私の肩から外した。途端、力なく座り込んだ。

夜気は重く、湿っている。戻ってきたのかもしれない。そう思った。私と千春は野崎の顔の辺りに並んで座った。砂はまだ昼の名残を留め、熱を抱いている。

野崎の呼吸は荒く、浅かった。私は目の前の暗闇を見つめた。

波音の合間に野崎の声が滑り込んできた。

「また三人で海を見られるとはね。海ってこんな良い匂いだったかな。いつか凛が言っていた焼肉の匂いが漂う世界も魅力的だけど、この海の香りも悪くないね」

野崎が咳《せ》き込み、血飛沫《ちしぶき》が散った。救急車の音はまったく聞こえてこない。私には見守ることしかできなかった。

呼吸が落ちつくと、野崎が呑気《のんき》な口ぶりで言った。

「海は広いな、大きいな。そんな童謡の歌詞があったけど、本当にその通りだね。海を眺めていると、僕が何をしようと世界は勝手に流れていくと認識させられる」

私は海を見つめた。どこまでも黒く染まった世界が広がっている。砂を握り締め、胸の前にかざした。指の間からさらさら零れ落ちていく。

「どうして俺たちを助けたんだ」

「責任だよ。僕は負けた。負けを認めたからこそ、君と会うことにした」

責任。その言葉が私の中で弾《はじ》けた。

「野崎、お前、止めてほしかったのか」

「どういう意味かな」

「お前は俺を実験台にすることについて、俺に責任があると言った。それに、お前は俺について、成長すればこうなるだろうと思った通りだったと言った。俺が屈しないことを見越し、責任をとって自分を止めろという意思が隠れていたんじゃないのか」

少し間があいた。

なるほど、と野崎は呟《つぶや》いた。

「考えたことのない視点だな。意識もしていなかった。でも、否定はできないな。本能や深層心理はわからないからね。無意識に末松に因《ちな》んで会社をフローラと名付けたように、自分のことは自分が一番わからない。まさしく一念三千だよ」

社会への敵意、宮沢や町田京子らの死、千春への思い、そして私への信頼……。胸苦しかった。

バカ野郎、と私は呟いた。

波音がする。

「また会う日まで、か。あのサッシも無くなっちゃうんだね。過ぎた時間はどこに消えていくんだろう」

野崎が崩れるように仰向けに倒れた。

私は野崎を見た。声がぶれないように喉《のど》に力を込めた。

「彫った過去は消えない。誰かが覚えている限り、過去は消せるものじゃない」

風が吹き、潮の香りが舞いあがった。野崎君、という千春の小さな一言は夜の染みとなり、すぐに溶けていった。

「凜、一つ聞かせてくれ」

野崎の胸が大きく上下した。野崎はいったん口を閉じた。そして何かを振り切るように再び開けた。

「僕のことは覚えていたのか」

「なぜ、そんなことを聞くんだよ」

「長い間、僕らは連絡をとっていなかった。君は僕のことを検索もしなかったんだろ？僕を忘れている可能性を思うのは当然さ」

「ふざけるな。野崎を忘れるわけないだろ」

絶え間ない波音の一つが静かに砕け、私たちの会話を引き取っていく。

野崎は穏やかな顔だった。

「人間は死んだら、どうなるんだろう。坊主の息子でもわからないのかい」

「ああ、わからない。だけど、わかることもある。俺たちは十五年、会っていなかった。また連絡もしなかった。それでも俺は野崎を忘れることはなかった。ここで別れても、連絡のとれない時間が続くだけだ。だいたい、俺たちが極悪人の野崎を忘れることはありえない。野崎のために死んでいった人たちのためにも忘れるわけにはいかない」

野崎が口元を緩めた。

「極悪人か。凜は手厳しいな」

「友達だからな」

野崎は微笑んだまま、目を瞑《つむ》った。

波音が響いてた。それは、十五年前と変わらない潮騒《しおさい》だった。

解説

香山《かやま》二三郎《ふみろう》

社会派ミステリーというと、即松本清張《まつもとせいちょう》の顔を思い浮かべる人は多いだろう。清張の出発点は歴史、時代小説であったが、程なく現代ものに進出、デビュー作「西郷札《さいごうさつ》」を発表して五年後の一九五五年には「張込み」でミステリーにも手を染め、五八年に刊行された長篇『点と線』の大ヒットでついにベストセラー作家に躍り出る。犯罪の背景や犯行の動機にリアルな社会性を求めたその作法は、六〇年代になって〝社会派〟と呼ばれるようになる。日本の高度経済成長と足並みをそろえて人気を博し、その後も森村誠一《もりむらせいいち》を始め、数多くの後継者を生んできた。

むろん〝社会派〟の特徴は社会性だけではなく、リアルな謎解き演出にもあった。『点と線』を例に取れば、有名な東京駅一五番線ホームでの目撃シーンや当時の交通網を駆使したアリバイ崩しなど、捜査陣は犯人の仕掛けた数々の謎の解明に追われる。ミステリーとして読者を飽きさせない工夫が幾つも凝らされていたのである。

伊兼源太郎も、そうした社会派ミステリーの正統をゆく後継者のひとりだ。

といっても、『点と線』が世に出てすでに半世紀余り、作品に織り込まれた社会派趣向もかつてないものになっている。いきなり社会派呼ばわりされて、著者自身、驚かれるかもしれない。

本書『見えざる網』は二〇一三年九月、角川書店（現KADOKAWA）より刊行された。第三三回横溝正史《よこみぞせいし》ミステリ大賞を受賞した伊兼の記念すべきデビュー長篇であるが、それでは従来の社会派ものとどんなところが違うのか。

物語は、主人公今光凜太郎《いまみつりんたろう》がテレビのコメント取材でSNS（ソーシャル・ネットワーキング・サーヴィス）に否定的な意見を吐いた翌朝の出勤シーンから幕を開ける。東京・山手線、大塚駅。いつも以上に混雑していたホームに携帯を持った若者の集団が現れ、凜太郎は危く線路上に落とされそうになる。それだけではない。彼は新宿の玩具《おもちゃ》会社に勤めていたが、昼休みに路地を歩いていて頭上から鉢植えを落とされた。その夜かつてのアルバイト先で中学の同級生・末松《すえまつ》千春《ちはる》と再会、ふたりは千春の母が眠る津田沼の凜太郎の実家・竜台寺《りゅうだいじ》に墓参に赴くが、帰途津田沼駅前の横断歩道でも車道に押し出されそうになる。凜太郎はその近くで大塚駅で見かけた少年の姿を目撃、彼を新宿までおびき出し、面と向かって問い詰めるが、逃げられてしまう。その日さらに、新宿駅で大塚駅のときと同じ群衆雪崩事故に直面した凜太郎たちは一連の事件の真相追及に乗り出すが……。

SNSとはフェイスブックやツイッターを始めとする、インターネットのコミュニティ型会員制サーヴィスのこと。凜太郎が狙われるのは、TV取材でSNSへの反対意見を吐いたからなのか。身の回りの人々が突如自分に牙《きば》をむく恐怖を描いた序盤は社会派ミステリーというより、ちょっとホラーがかったドメスティック・サスペンスという感じ。やがて池袋駅の雪崩事故未遂現場でつかまえた青年の証言から、彼らの一連の目的が巨大ネット通販「フローラ市場《いちば》」の通貨〝ポイント〟獲得にあったことが判明する。フローラ社という黒幕らしき存在が現れたところで、社会派らしい構図も浮かび上がってくるわけだが、著者はそこに至るまでの過程で別の趣向も呈示してみせる。

そのひとつが、まず青春小説。凜太郎と千春が出会ったのは、中三のとき彼女が彼の学校に転校してきたから。親のことが原因で彼女へのいじめが始まり、彼はその責任を彼女に負わせようとした担任教師をぶん殴ってしまい、それがきっかけで学年一の秀才・野崎《のざき》も交えた三人の間に絆《きずな》が生まれたのだった。幸か不幸か、凜太郎の身に起きた事件は、その絆を復活させることにもなる。

もうひとつは、ハードボイルド趣向。もともと本書は凜太郎の一人称語りで綴《つづ》られているのだが、中学時代の回想シーンでは、彼が少林寺拳法《けんぽう》と剣道の遣い手であり、担任殴打事件を通して硬派の正義感の持ち主であることも明かされる。まさに、卑しい街をひとり往《い》く孤高の騎士キャラクターの持ち主なのだ。後半には、武闘派のタフガイとしての見せ場もきちんと用意されていて、ハードボイルド・アクションの要素も盛り込まれている。かてて加えて、彼のかつてのバイト先がジャズ・バーということで、作品自体のBGMとしてジャズが随所で効果的に使われているのも印象的だ。

さらにもうひとつ、凜太郎の実家、津田沼の竜台寺は、実はただの寺ではない。「志《し》木統《きすべ》」と呼ばれる彼の父親＝住職によれば、「うちは陰陽道《おんみょうどう》と深い関係がある。陰陽師《おんみょうじ》の目や手足になり、手助けしていた家系だ。（中略）陰陽師は政治、疫病、天変地異などについて星の運行に基づいた占いを執り行った。だが、その占いをするまでもなく、収集した情報でカタがつく案件も多かった。じゃあ、その情報は誰が集めていたのか。当然ながら人間だ。それがわが祖先だ。自分たちを式と呼んだ。うちの一族は、その元締めだった」。式の元締めだから「志木統」という次第で、凜太郎はハードボイルドヒーローどころか、陰陽師ヒーローでもあったのだ。

さすがに伝奇小説趣向まで凝らされているると知ったときには、そこまでやるかと思ったものだが、再び志木統の言葉を借りれば、「式が活躍したのは、疫病や天変地異も鬼の仕業だと考えられた時代だ。（中略）あの時代、怪異の原因の多くは怨念《おんねん》や恨みとされた。欲、業、妬《ねた》み。その怨念や恨みの原因も分類すれば、出発点は人の心であり、結局、怪異は人間が生み出したものと考えられた」。そしてそれは、そのまま今回の事件の動機にも深く結びついてくる。誠に奥が深いというか、贅《ぜい》を尽くしたサービスぶりというべきか。

さて、そうした諸々《もろもろ》の物語趣向を織り込みつつ、著者はフローラ社の実態を徐々に明かしていく。同社の創立は八年前だが、ネット通販を中心にポータルサイトやプロバイダー業務の他、不動産業にも進出するなどして急成長。今や社員数三〇〇〇人、売上高年間二兆円、プロ野球やJリーグのチームも買収するほどになっている。同社のSNS会員は若者を中心に二〇〇〇万人、全世界では二億人にのぼる。社長の梶野勝利《かじのしょうり》はマサチューセッツ工科大学の出身らしいが、凜太郎の協力者でプログラマーの宮沢《みやざわ》によると、「あそこは社長の顔すら拝めない秘密主義」で、厳格な統制システムが敷かれている。若者たちを狂奔させているポイント制度も「一種のねずみ講さ。もしくは新興宗教と同じだよ。功徳を施せば、極楽に近づけるってね」とのことで、これまでにない、新たな権力組織と化していることがわかってくる。

近年、情報通信システムは急速な進化を遂げてきたが、逆にいえば、そのネットワークを利用すれば、人々を監視するのも操るのもお手のものということである。そんなに簡単に人を騙《だま》せるかとご不審の向きもあるかもしれないが、凜太郎や千春、はたまた凜太郎を狙った少年ハチミツのように俗情にまつろわぬ人々は意外に少ないのだ。事件の黒幕たる人物にいわせれば、「簡単だよ。広告や書き込み、まことしやかな情報、そういった作りあげた種を入れておく。すると誰かと繋《つな》がることで安心したい連中が、その種を勝手に拡散してくれるんだ。そしてあちこちで発芽し、再び胞子が飛ぶ。そうやって世界が（自分の）意思に覆われるって寸法さ」。

情報が密になり、世界の結びつきが強くなればなるほど、それが操作される危険性も増大する。ＳＮＳがその装置と化す危険性も、また。本書に貫かれているのはそうした高度情報化社会への警鐘であり、現代の社会派ミステリーのテーマとして、これほどうってつけのものもない。本書にはミステリーエンタテインメントの多彩な手法が駆使されているけれども、その根幹をなしているのは、やはりそうした告発メッセージなのではなかろうか。

本書は何よりもまず、今の時代でしか書き得ない社会派ミステリーなのだと喧伝《けんでん》したいゆえんである。

最後に著者のプロフィール。伊兼源太郎は一九七八年、東京都生まれ。上智大学法学部を卒業後、新聞社勤務などを経て作家修行を開始。二〇〇九年から一一年まで三回連続で江戸川乱歩《えどがわらんぽ》賞の最終候補に、一〇年に松本清張賞の最終候補となったのち、一三年、本作で第三三回横溝正史ミステリ大賞を受賞、作家デビューを果たした。

執筆活動は順調で、元刑事の市の広報課職員が人工海岸陥没事故の真相を追う長篇第二作『事故調』（ＫＡＤＯＫＡＷＡ）は社会派ミステリーの王道をゆく長篇。すでに小澤《おざわ》征悦《ゆきよし》の主演でＴＶドラマ化されており、一五年四月に放映された。また第三作『外道たちの餞別《せんべつ》』（同）は作風が変わって、学生時代に出会った青年ふたりの復讐譚《ふくしゅうたん》。彼らは目的を果たすため犯罪の道に足を踏み入れるが、一〇年後、厄介な事件に巻き込まれていく。先の読めないノワールなクライムノベルに仕上がっている。

社会派ミステリーといっても、そこには多彩な作風が織り込まれていて、もはやひと筋縄ではくくれない。松本清張のブレイクから半世紀余、伊兼源太郎がハイブリッド化した新たな社会派ミステリーの旗手として期待されているのは間違いない。

本書は、二〇一三年九月、小社より刊行された単行本を加筆・修正のうえ文庫化しました。

見《み》えざる網《あみ》

伊兼源太郎《いがねげんたろう》

平成27年 9月25日　初版発行
令和6年 11月15日　6版発行

発行者●山下直久

発行●株式会社KADOKAWA
〒102-8177　東京都千代田区富士見2-13-3
電話　0570-002-301（ナビダイヤル）

角川文庫 19357

印刷所●株式会社KADOKAWA
製本所●株式会社KADOKAWA

表紙画●和田三造

●お問い合わせ
https://www.kadokawa.co.jp/（「お問い合わせ」へお進みください）
※内容によっては、お答えできない場合があります。
※サポートは日本国内のみとさせていただきます。
※Japanese text only

ISBN978-4-04-103459-0　C0193

角川文庫発刊に際して

角川源義

第二次世界大戦の敗北は、軍事力の敗北であった以上に、私たちの若い文化力の敗退であった。私たちの文化が戦争に対して如何に無力であり、単なるあだ花に過ぎなかったかを、私たちは身を以て体験し痛感した。西洋近代文化の摂取にとって、明治以後八十年の歳月は決して短かすぎたとは言えない。にもかかわらず、近代文化の伝統を確立し、自由な批判と柔軟な良識に富む文化層として自らを形成することに私たちは失敗して来た。そしてこれは、各層への文化の普及滲透を任務とする出版人の責任でもあった。

一九四五年以来、私たちは再び振出しに戻り、第一歩から踏み出すことを余儀なくされた。これは大きな不幸ではあるが、反面、これまでの混沌・未熟・歪曲の中にあった我が国の文化に秩序と確たる基礎を齎らすためには絶好の機会でもある。角川書店は、このような祖国の文化的危機にあたり、微力をも顧みず再建の礎石たるべき抱負と決意とをもって出発したが、ここに創立以来の念願を果すべく角川文庫を発刊する。これまで刊行されたあらゆる全集叢書文庫類の長所と短所とを検討し、古今東西の不朽の典籍を、良心的編集のもとに、廉価に、そして書架にふさわしい美本として、多くのひとびとに提供しようとする。しかし私たちは徒らに百科全書的な知識のジレッタントを作ることを目的とせず、あくまで祖国の文化に秩序と再建への道を示し、この文庫を角川書店の栄ある事業として、今後永久に継続発展せしめ、学芸と教養との殿堂として大成せんことを期したい。多くの読書子の愛情ある忠言と支持とによって、この希望と抱負とを完遂せしめられんことを願う。

一九四九年五月三日

角川文庫ベストセラー

最後の記憶　綾辻行人

脳の病を患い、ほとんどすべての記憶を失いつつある母・千鶴。彼女に残されたのは、幼い頃に経験したというすさまじい恐怖の記憶だけだった。死に瀕した彼女を今なお苦しめる、「最後の記憶」の正体とは?

眼球綺譚　綾辻行人

大学の後輩から郵便が届いた。「読んでください。夜中に、一人で」という手紙とともに、その中にはある地方都市での奇怪な事件を題材にした小説の原稿がおさめられていて……珠玉のホラー短編集。

フリークス　綾辻行人

狂気の科学者J・Mは、五人の子供に人体改造を施し、"怪物"と呼んで責め苛む。ある日彼は惨殺体となって発見されたが!?——本格ミステリと恐怖、そして異形への真摯な愛が生みだした三つの物語。

殺人鬼
——覚醒篇　綾辻行人

90年代のある夏、双葉山に集った〈TCメンバーズ〉の一行は、突如出現した殺人鬼により、一人、また一人と惨殺されてゆく……いつ果てるとも知れない地獄の饗宴。その奥底に仕込まれた驚愕の仕掛けとは?

殺人鬼
——逆襲篇　綾辻行人

伝説の『殺人鬼』ふたたび!　……蘇った殺戮の化身は山を降り、麓の街へ。いっそう凄惨さを増した地獄の饗宴にただ一人立ち向かうのは、ある「能力」を持った少年・真実哉!　……はたして対決の行方は?!

角川文庫ベストセラー

覆面作家の愛の歌　北村　薫

天国的美貌の新人推理作家の正体は大富豪の御令嬢。しかも彼女は、現実の事件までも鮮やかに解き明かすもう一つの顔を持っていた。春、梅雨、新年……三つの季節の三つの事件に挑む、お嬢様探偵の名推理。

覆面作家の夢の家　北村　薫

人気の「覆面作家」こと新妻千秋さんは、実は大邸宅に住むお嬢様。しかも数々の謎を解く名探偵だった。今回はドールハウスで起きた小さな殺人に秘められた謎に取り組むが……。

不夜城　馳　星周

アジア屈指の歓楽街・新宿歌舞伎町の中国人黒社会を器用に生き抜く劉健一。だが、上海マフィアのボスの片腕を殺し逃亡していたかつての相棒・呉富春が町に戻り、事態は変わった――。衝撃のデビュー作!!

鎮魂歌《レクイエム》　不夜城Ⅱ　馳　星周

新宿の街を震撼させたチャイナマフィア同士の抗争から2年、北京の大物が狙撃され、再び新宿中国系裏社会は不穏な空気に包まれた！『不夜城』の2年後を描いた、傑作ロマン・ノワール！

長恨歌　不夜城完結編　馳　星周

残留孤児二世として歌舞伎町に生きる武基裕。麻薬取締官に脅され引き合わされた情報屋、劉健一が、武の精神を蝕み暴走させていく――。大ヒットシリーズ、衝撃の終幕！